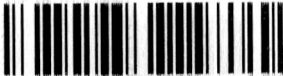

U0662351

安东：欢迎你。

帕洛玛：谢谢你。

引言　西葡边境（a raia[1]）的老辈人还在讲述这样一个故事。

有个老头每天都骑着自行车越过西班牙和葡萄牙之间的加利西亚（Galicia）边境，肩上总是挎着一个袋子。每次，边防军都会拦住他，问他袋子里装的是什么。老头总是很随和，打开袋子让他们自己找找看，并且叽叽喳喳地说道："就是煤块。"边防军虽然很恼火，但还是让他过了境。在另一边也是同样的场景：葡萄牙边防军，当地称他们为卫队（guardinhas），也会先搜查他的袋子，然后才允许他骑车前行。这一幕年复一年上演，次次都让边防兵感到窝火；每次老头来，他们不仅找不到任何禁运品，还会把他们的制服弄得满身煤灰。正如埃德加·爱伦·坡的一个短篇小说所描述，警察为找一封信，把房子翻了个底朝天，其实那封信他们一进门就能看到，而这个老头的秘密也一直昭然若揭。

他是个自行车走私犯。

1　葡萄牙语的意思为"边疆"或者"狭长地带"。文中所讨论的地区是西班牙和葡萄牙边境一带，历史上这是一个两种语言混杂的地区。

从罗马人到威望号油轮溢油：一切都失沉
于这一海岸。

第 一 章
穿过陆海江河

加利西亚

上海湾

费罗尔

拉科鲁尼亚

死亡海岸

马尔皮卡

贝坦索斯

卡马里尼亚斯

穆希亚

塞埃

圣地亚哥 – 德孔波斯特拉

菲尼斯特雷

穆罗斯

乌利亚河

里安霍

卡托伊拉

穆罗斯诺亚湾

博伊罗

卡里尔

乌米亚河

卡拉米尼亚尔镇

雷耶斯温泉

比利亚加西亚 – 德阿罗萨

里韦拉

阿罗萨新镇

阿罗萨岛

坎巴多斯

格罗韦

蓬特韦德拉

阿罗萨湾

桑亨霍

马林

波尔图诺沃

布埃乌

大西洋

蓬特韦德拉湾

比戈

比戈湾

尼格兰

下海湾

巴约纳

米纽河

图伊

葡萄牙

阿瓜尔达

米纽浅滩

塞代拉

奥尔蒂盖拉

比韦罗

阿斯图里亚斯

卢戈

拉林

卡斯蒂利亚－莱昂

奥伦塞

加利西亚

20千米

那片海：死亡海岸的神秘传奇

学生时代我们曾做过测量计算，但结果似乎令人难以置信：加利西亚居然拥有1498千米的海岸线，比安达卢西亚（Andalucía）还要长，甚至超过了巴利阿里（Baleares）群岛海岸线的总长度。放大之后可以看到，那段海岸线曲折迷离，它由无数海岬和众多深邃的小港湾组成，可谓是神出鬼没的理想之地。其周遭延绵不断的陆架和岩石，似乎就是专为搁浅船只而设计的。其中有一段海岸，被称为"死亡海岸"[1]（Costa da Morte），而我们的故事即将在死亡海岸展开。

该区域大多数乡村与城镇蜷缩在海岸之内，躲避大西洋狂风之虐，曾几何时，城乡之间互动的唯一形式就是渔夫行会之间的你争我抢。在偏僻的加利西亚，人们形成了一种独特的口音，令其他西班牙

1　西班牙语为"Costa de la Muerte"——加利西亚作为中间地带的另一个语言标志。

人觉得晦涩难懂。菲尼斯特雷角（Cabo Fisterra）是皇冠上的宝石：在古罗马人眼中，它是世界的尽头；在希腊人眼中，它是冥府渡神穿越冥河的起点；它同时也是基督教卡米诺·德·圣地亚哥（Camino de Santiago）朝圣之路的开端。而对当今的大多数游客而言，它只是一个伸向大西洋的风光旖旎的海角。无独有偶，这里也是一个绝佳的携运走私物品的陡峭海崖。

死亡海岸，北起拉科鲁尼亚市（A Coruña），向西南蜿蜒曲折至菲尼斯特雷以南，这一带的居民一向靠海吃海。除了打鱼和贸易，他们还依赖过往的商船过活。但他们并非总是坐等科尔米（Corme）、拉赫（Laxe）、穆希亚（Muxía）、卡马里尼亚斯（Camariñas）等重要港口的船只送货上门，他们通常会选择突袭抢劫过往船只，或只需密切关注任何可能被冲上岸边的失事船只残骸。

加利西亚到底吞噬了多少船只？要试图弄清楚这一点注定是徒劳无益的。"如果单凭"当地人称，自中世纪以来，已经有927起在册的沉船案例。一位名叫拉斐尔·勒迈（Rafael Lema）的研究人员对这些故事进行了细致入微的描述，并将之汇编成《死亡海岸，梦想与沉船之乡》（*Costa da Morte, un país de sueños y naufragios*），对其中一些骇人听闻的事件进行了收录。

19世纪末，英国商船岩羚羊号（Chamois）在拉赫附近搁浅。当地有传言说，一个渔夫前去援助船员，在靠近失事船只时，他大声呼喊，问船长是否需要帮助。船长以为来人是问这艘船的名字，就回答说"岩羚羊"，结果出现了神奇的语言"短路"：渔夫以为他想说的是这艘船上的货物是牛（bois，加利西亚语的意思是"牛"），于是急匆

可卡因海岸

匆匆地赶回岸上，并告知了他的乡亲。不消片刻，他们就成群结队、全副武装地乘船出现在了那些浑身湿透、神情惊骇的英国人面前。

大约在同一时期，还有一艘名为普里阿摩斯号（Priam）的商船搁浅，从船上漂到海滩上的金表银表在短短数个小时内就不翼而飞。一架三角钢琴也被冲到了海滩上，当地人之前从未见过这样的东西，根本不可方物，还误以为是另一个宝箱，于是将之大卸八块来探寻宝物。

流传的所谓孔波斯特拉号（Compostelano）故事并非严格意义上的沉船事件。该船游刃有余地进入拉赫湾，在即将登陆之际，误打误撞到了卡瓦纳（Cabana）海滩附近的一片沙洲。据说当地人下去查看时，在船上只找到了一只猫，并未发现任何船员的踪迹。

1890年发生了一起无比惨痛的事故，英国的巨蛇号（Serpent）在卡马里尼亚附近沉没，500名船员丧生。他们的坟墓就矗立在附近海滩和悬崖之间的英国公墓里，形成一道独特的风景线。20多年前，船长号（Captain）曾在菲尼斯特雷遇难，400多人无一生还。

海难的惨状多种多样，溺死人只是其中一种形式。1905年，满载手风琴的巴勒莫号（Palermo）在穆希亚附近遇难。据传，那晚吹向陆上的微风带来了令人毛骨悚然的、幽灵般的生物。

1927年，尼尔号（Nil）在卡梅尔（Camelle）附近搁浅，货舱里装满了缝纫机、布匹、地毯和货车零件。船主所做的第一件事情就是雇用一些当地人来看守货物。但这种做法却被证明是大错特错：未被雇用的当地人蜂拥而至，不消数日，船舱就被洗劫一空。尼尔号还碰巧装运了几箱炼乳。有记载称，当地人之前从未见过炼乳，将其误认为油漆。他们把炼乳带回家，在房子上一阵涂抹，结果被大量苍蝇侵扰。

人们记忆之外的例子还包括西班牙无敌舰队1596年骇人听闻的海难：25艘船沉没，1700多人丧生。当时的报道描绘了最为凄惨的画面：数道闪电划过长空，照亮了悲惨的水面景象，那里漂满尸体、船只七零八落、人们在吞噬一切的海浪中哭爹喊娘。

19世纪，复仇者号（Revendal）、爱尔兰胡德号（Irish Hood）和悍狼号（Wolf of Strong）这3艘英国船在死亡海岸沉没，人们在海滩上发现了船上水手支离破碎、残缺不全的尸体，水手们的命运就此葬送在当地的拾遗者和陆上的海盗手中。这些人的任务就是让船只偏离航道，然后上船洗劫，他们会在悬崖顶位于战略要地的灯塔边点燃火堆或悬挂火把，船只一旦搁浅，他们就划船而来屠杀船员。大多数受害者都是英国人，很快消息就传到了那些海岸。19、20世纪之交，皇后维多利亚·欧珍妮（Victoria Eugenia）的朋友、作家安妮特·米金（Annette Meakin）对这些报道感到惊愕，想出了"死亡海岸"（Coast of Death）这一引人注目的称谓，从此被人们记住。英国报纸很快就开始刊登有关这一可怕地区的文章，而马德里的新闻界也正是从中得知了这个故事，并将"死亡海岸"回译成了加利西亚文——Costa da Morte，对其大肆渲染。威斯敏斯特立即向西班牙发出请求，要求当局采取措施打击"这些海盗黑手党"。

拉斐尔·勒迈指出："从来就没有什么黑手党。"他认为，这些都是孤立的事件，而当地的传说也不过如此："文献中没有任何记录表明存在任何海盗组织有计划地出没并掠夺船只。"尽管沉船的故事众说纷纭，但它们仍然给人一种感觉：几百年来，死亡海岸当地的社会和经济就是在那些轻易获得而通常无须偿付的货物基础上形成的。

那片地：狭长的边境带，黑市的肇始

当船只在死亡海岸被抢劫（或据称被抢劫）时，那些内地人就可趁机大捞一把。这一事实不容争辩，也没有那么神秘：从医药到硬通货，从食品到电器，从金属到武器和移民的托运，随着时间的推移，各色商品都穿越了那个狭长边境带（a raia seca，干旱地带/边境），也就是所谓的加利西亚和葡萄牙交界区域。

在这些纬度上，葡萄牙—西班牙边界是出了名的分散。两国之间自古存在着文化和语言方面的重叠，却没有明确的地理分界线。就在19世纪，居住在偏远的维林（Verín）和查韦斯（Chaves）村落之间的一些居民，都弄不清楚他们到底是哪个国家的公民，而且也没人把这事放在心上。这种无国籍状态最极端的例子莫过于一个叫作杂居区（Couto Mixto）的地方。

杂居区是一块地处边远的三角形地带，占地27平方千米，那里崇山峻岭，由圣地亚哥（Santiago）、米乌斯（Meaus）和鲁比亚斯（Rubiás）三个村落组成。这一荒凉的地区在中世纪时被称为"谋财害命之地"。同样的地位也被赋予了其他一些地区，它们要么是位于偏僻的边境地带，要么是被瘟疫或战争摧毁的人烟稀少的地区，而后由于释放到那里的囚犯得以繁盛。11世纪时，大约1000人在杂居区安顿下来，后来这个地方被当作一个自治区管理。无论是葡萄牙伯爵领地还是加利西亚王国都放弃了对其的任何所有权，这使那里的人民处于被遗忘的边缘。

12世纪初，在加利西亚被莱昂王国（León）和卡斯提尔王国（Castile）吞并后，杂居区缺乏身份界定的奇特情形就变得更加明显。自13世纪以来，由于葡萄牙王国和西班牙王国都没有对该地区提出主权要求，那里的居民实际上开始作为独立的国民自行其是：他们选举自己的代表，不缴赋税，免征兵役。鉴于没有关于该地区的正式条约，各方都接受了该地区事实上的自主。这样一来，杂居区也就成了一个自由贸易区，处于三不管的状态，羽翼未丰的西班牙国民警卫队（Guardia Civil）和葡萄牙财政警卫队（Guarda de Finanzas）之流对其不屑染指。那所谓的将其一分为二的"专线"便成了走私犯的天堂。

这种地缘政治上的模糊状态一直持续到1864年，那年西班牙和葡萄牙签署了一项边界协议，作为《里斯本条约》的一部分：所确定的边界为，从米纽河河口（desembocadura del Miño）到瓜迪亚纳（Guadiana）的卡亚河河口（desembocadura del Caya），直穿杂居区中间，不偏不倚。由此宣告了独立长达8个世纪的这个加利西亚版的安道尔的终结，同时也成为鲁道夫·冈萨雷斯·韦洛索（Rodolfo

González Veloso）所拍摄电影《拉亚诺斯：最后一个自由的加利西亚人》（*Rayanos: los últimos gallegos indómitos*）的主题。

　　按照官方的说法，该条约确定的边界，今天仍将西班牙的奥伦塞省（Ourense）与葡萄牙分开。许多家庭被一分为二，但仍有很多人无视这项法令，因涉及财产，一如既往地遵守以往的边界划分。有些地方，乡里乡亲召开年度会议，根据作物需求或已建成的新建筑来决定新的边界。所以，尽管当局强行设置了一个边界，当地人却按照自己的协议行事。西班牙内战（1936—1939年）后，边境开始有人把守，当局试图结束迄今为止仍存在的互相渗透，并正式宣布所有货物的进出口都是非法的。牧羊人是唯一被允许未经边境哨所登记而过境的人。有些人，一旦穿过那狭长边境带，就一去不复返了。

　　这一死板的新边界也将两国人民的生活水平做了明显划分。在战后的西班牙，加利西亚等农村地区陷入贫困，而葡萄牙的生活水平则相对较高。加利西亚人不仅要在没有药品和汽油的情况下过活，而且还面临食品、电力和机器零件等各种物品的短缺。咖啡和打火机成了奢侈的紧俏货。加利西亚人透过油灯的光向外望去，在不远处就能看到葡萄牙家家户户用电灯泡照明。这是有史以来人们第一次齐心协力进行走私活动的背景，一种由边界两边地区不平等造成的结果。

　　那时候人们开始偷运食品、药品、机器、机械零件和武器。偷运货物的人每捆食品要收49比塞塔（peseta），每捆金属或工具要收300比塞塔——这个数目大概是一个普通加利西亚人的月收入。

　　货物之所以能如此轻易地穿过狭长边境带，部分原因是走私者与西班牙国民警卫队串通。在当地的酒馆里，走私者与警卫队员共饮着一大杯酒，玩着多米诺骨牌游戏，看上去没有丝毫不正常。当局可以从这种安排设置中渔利，这一权宜性的结合一直延续到现在，直至该地区成为烟草和毒品走私的重灾区。

只有在马德里官员访问期间这类活动才会偃旗息鼓。往来于西班牙和葡萄牙之间的列车开始以正常的速度行驶，而不是以通常每小时15千米便于移交货物的速度运行。马德里官员在附近转悠时，人们会从窗户上取下白色的手帕示警——海岸不再安全。于是人们会消停几天，之后，随着官员们安全返回西班牙首都，当地人便可再次获得葡萄牙人从巴西带来的青霉素，以及咖啡、火腿、腌鳕鱼和食用油。穿越边境的甚至还有英国头巾，专门为加利西亚的奥伦塞和比戈（Vigo）集镇上的名媛淑女装点门面。显而易见，走私非但没有被人唾弃，反而是一种值得尊重，甚至能赢得威望的活动。在加利西亚的战后大萧条时期，走私贩运也成了一种生存手段。

第二次世界大战期间，该地区成为钨的国际来源地，在德国军备制造中，钨是一种至关重要的金属。狭长边境带的专业矿工罄其所有地将钨出售给当时被称为"金发贵族"（los rubios）的纳粹特使，价格一度堪比黄金。二战前，每千克钨价值13比塞塔，但第三帝国的大量需求使其价格飙升至每千克300比塞塔。当时，几十个奥伦塞家族一夜暴富。当地的这种繁荣为加利西亚作家赫克托·卡雷（Héctor Carré）的小说《淘钨热》（Febre）提供了素材：加利西亚边境被描绘成一个黄金国（El Dorado），矿工们争先恐后地淘钨。事实上，在纳粹进入这一地区的同时，坚持反对佛朗哥（Franco）的抵抗斗士也正隐藏在加利西亚的山上；他们从当地人手中购买禁运的葡萄牙物资，从而成为当地人收入的另一个来源。最近，人们对这一特定时期的兴趣再度高涨，这是因为加利西亚议会和波尔图（Oporto）的旅游学院在携手揭秘钨的走私路线，这可谓是令人拍手称赞的"壮举"，尤其是在加利西亚这样一切都可成为过眼烟云的地方。

可卡因海岸

那条河：狭长的潮湿地带，走私贩运的雏形

当奥伦塞人用山路运输货物时，蓬特韦德拉（Pontevedra）的人也没闲着，他们走水路，一个叫"狭长的潮湿地带"（a raia mollada）的河口。这是一个几千米宽的地方，由许多小岛和滨海小径组成，在米纽河注入大海的地方形成了西班牙与葡萄牙的边界。

在战后的岁月里，差不多所有有船的人都对走私产生了兴趣。他们将货物从船上卸下来，装到车上运往内地。是不是听起来有点耳熟？狭长的潮湿地带的走私活动是近代加利西亚所有贩毒活动的雏形，这些最初的走私者为走私的基础设施和黑市文化打下了基础，这里后来成为拉丁美洲卡特尔贩毒集团寻找进入欧洲路线时的一个诱人的窗口。你可以想象它在毒枭心目中的样子：他们所需要的一切都已经按部就班，而且由来已久，这正是他们要选择的地方。直至今日，加利西亚人仍然是他们愿意选择的商业伙伴。

事情并非总像电影中所展示的那样，那么暴力十足，甚至也没有那么伤风败俗。在米纽河下游地区，如同内陆地区一样，战后生活非常困苦，走私活动的出现是对艰难时世的映照。配给制度被强行实施，而各种药品和食品就在几千米外，跨越边境便可获得，走私就成为必然。因此，在《我也是米纽河口的走私者》（*Yo también fui contrabandista en el estuario del Miño*）一书中，普拉西特莱斯·冈萨雷斯·马丁内斯（Praxíteles González Martínez）用第一人称向人们举证，由此打开了20世纪40年代通往加利西亚边境地区的窗口。他写道："人们食不果腹，对边境对面投去艳羡的目光。一箭之遥就是葡萄牙，那里的人们住着白色的房子，开着汽车，用电灯照明。与此同时，我们却用牛油蜡烛挑灯夜读，就连能够认识有自行车的人都算是幸运。"他所描述的这种差别是两群人，一群饥寒交迫，一群乐享着从其非洲殖民地搜刮的战利品。

最早有组织地参与走私活动的其实是女人。她们负责看管家畜，在河口小岛上放牧，可轻松地用牛群运输糖、米、油和肥皂等货物。时间久了，她们开始批量运输咖啡、火柴和布匹。迫于回避当局查封的需要，女人们设计了预警系统，首个集体组织的雏形应运而生。

许多加利西亚人之前迫于生计移居到了卡斯提尔和加泰罗尼亚（Cataluña），在那里做季节性的水果采摘员，而走私热潮让他们得以重返家园。不久，男人开始取代女人成为新集体的领袖。随着货物数量的增长，物流的复杂性也随之增加，船只和马匹随即被投入了运输的队伍。当时由于肺结核传染病的爆发，青霉素成了摇钱树，供不应求，油水可观。

可卡因海岸

从一开始，走私者就与国民警卫队建立了良好的关系。那些吃官饷的人与普通人一样贫困潦倒，而且几乎总是他们来提出协议。如果不能达成协议，他们会逮捕个把走私者，并对他们所没收的货物处以价值两倍的罚款。也就是说，如果货物没有什么价值，就能免于罚款。走私者一看到警卫队的身影，就把包裹扔到船外或销毁商品（在那一时期，某些鸡肉走私者会血洗禽鸟）。从各方面来看，这都是20世纪后期，贩毒者从快艇尾部甩掉包裹这一主要形象的前身。

20世纪50年代，情势大改，人们开始走私非必需品。西班牙经济回暖，情况已经没那么糟糕，而葡萄牙则进入了萧条期，诸如汽车零件、废金属、铜、锡、电线、橡胶、腌鳕鱼、章鱼、葡萄干和烟草等商品开始双向流转。走私者被称为承运人（freteiros，frete在葡萄牙语中是货运的意思），他们每次代运就能挣到200比塞塔。为了避免误会，同时也为了确保不会上当，那些店老板会在边境上等候。承运人会将货物交到他们手中并换取一枚铝制代币，之后用之兑现。禁运品被社会广泛接受，以至于这些代币在边境两侧的数个城镇都享有货币价值，达到200比塞塔或100埃斯库多（escudo）的程度。众多商家都因收到此物而沾沾自喜，乐不可支。

有时货运的对象是人。由于在安哥拉和莫桑比克进行的殖民战争，20世纪60年代初，葡萄牙经济开始衰退，大批葡萄牙人都想逃离本国，有些人是因为日复一日的贫困，有些人则是为了逃避征兵。加利西亚的走私者构成了人口贩运新网络的一部分，而米纽河则是该网络一个重要的中转站。他们收取600比塞塔的人头费，可算是笔可观的横财。

加利西亚人把偷渡者带到河流上游，安置到安全屋，之后再把他们塞进卡车和货车里，运往法国。其中也不乏欺诈案例：有些人冒充走私者，只将偷渡者带到西班牙的阿斯图里亚斯（Asturias）或巴斯克地区（País Vasco），然后带着钱溜之大吉。撇开这些个案不谈，有报道说偷渡者得到了精心的照料，如果他们当中有人患病，这些走私者还会请医生为他们诊治。

起初，贩运人口相对容易，节奏也比较稳定，但当官方有所反应时，行动则需精心策划，巧妙安排。偷渡者会被装到空油罐车里、卡车驾驶室后面的休息床下面或是汽车的后备厢里。

有一名参与贩运这些葡萄牙偷渡者的走私者，绰号叫"利托"（Lito）。他记得有一次贩运一个四口之家，那个父亲一路酒不离口。"利托"说："他吓得不成样子。"那人来到船头走到"利托"跟前，问踏上西班牙的土地时是否必须脱帽行礼。"利托"记得那人用葡萄牙语掺杂着加利西亚语唱了一首歌："在波涛汹涌的大海上，我们起舞翩翩，我们砍掉了萨拉萨尔的头颅，割掉了佛朗哥的蛋蛋"（Bailemos xuntos, sobre as ondiñas do mar, para lhe cortar os collóns a Franco e a cabeza a Salazar）。一度，他狗啃地似的栽到了泥地中。那次贩运让"利托"大伤脑筋。

走私网络蓬勃发展，向新的地区一路蔓延，从河口向上移动，直插比戈和葡萄牙北部之间的陆路过境点。废金属成为主要商品；起初尚可相当公开地贩运，但同样的，一旦官方警惕性提高，走私者也要相应优化他们的把戏。例如，跃跃欲试的比戈青年男子会用废金属做成马甲，穿在外套里面，用轮胎橡胶做护腿。普拉西特莱斯·冈萨

　　　　　　　　　可卡因海岸

雷斯·马丁内斯描绘了一幅当时年轻人的画面：胸前和后背携带着10多千克，腿上又带了20千克，吃力地在比戈的街道上缓缓举步——"像机器人一样，但动作迟缓"。巴士有时会在接近边境时抛锚，司机则一脸懵圈，根本不知道是因为有那么多乘客携带了40多千克的禁运品。

对于西班牙国民警卫队或葡萄牙卫队来说，在米纽浅滩（Baixo Miño）设置一个哨所要远远好过中什么彩票。有故事说，一个年轻的葡萄牙官员被派往了加利西亚边境，他的父亲也曾就职于同一个岗位，而且为人颇为正直，曾设法回避了与走私者的所有联系。这让西葡双方都很尴尬。当儿子来上任时，他父亲之前的赫赫名声，让他颇为忧虑，他担心那些走私者会认为他和他父亲是一路货色。也就是说，他所担心的是得不到自己的那份好处。这位年轻人上任的第一天就迎头解决了这个问题，他挨家挨户地走访了边境的村镇，让黑市商人确信无疑，他跟他父亲完全是两回事。他像所有人一样爱钱爱富，而且他有意从中捞上一把。

马里亚诺，去马德里吧，到那里后，娶妻
生子，再学习一下加利西亚语。

第 二 章

烟草时代

2

万宝路赛尔塔

有这样一个传说，称20世纪60年代初比戈的足球队比戈塞尔塔
（Celta de Vigo），在他们的主场馆巴莱多斯（Balaídos）举行了一场盛
大比赛。俱乐部主席塞尔索·洛伦佐·比利亚（Celso Lorenzo Villa），
共和党的前飞行员和走私者，来到了比赛现场并进行飞行检阅。据传
他飞得超低，喷气式飞机的螺旋桨都蹭到了球员的头发。

也就是在20世纪60年代这10年中，走私者逐渐明白了真正的发
财之路：从葡萄牙运送烟草。除汽油外，没有什么比这个来钱更快了。
犯罪网络经历了结构性的改革：中小黑市商给批发商让路，而批发商
又对市场进行了垄断。从小农场到种植园，从单打独斗的走私者到等
级森严的组织，由"黑老大"（capo）把控全局。

塞尔索·洛伦佐·比利亚是加利西亚第一批烟草贩运的黑老大之
一。他生于米纽浅滩，不仅颇有威望、腰缠万贯、人缘好、人脉广，

还是皇家比戈塞尔塔足球俱乐部（Real Club Celta de Vigo）的主席。1959年，他接手了俱乐部，并计划把最近降级的球队带回全国更高级别的赛事中去。他很少在巴莱多斯董事会的包厢里露脸，但是他的董事会成员却频频去观看比赛。其中有位董事叫贝南西奥·冈萨雷斯（Venancio González）或"毒药队长"（Capitán Veneno）。在20世纪40年代，他是一名足球健将，因在右翼对队友和对手用脚内侧铲球而名声大噪。有一个故事讲的是在一场比赛中，某个球迷大声辱骂了他，他从球迷手中夺过一把伞，并用伞殴打了这个球迷。20年后，当俱乐部进入所谓的"万宝路赛尔塔"（Celta del Marlboro）阶段时，"毒药队长"在那里帮助运营。

塞尔索·洛伦佐·比利亚的塞尔塔在去其他体育场比赛时总是乘坐一辆最先进的道奇（Dodge）大巴，车侧两边涂着俱乐部名字和盾牌标志，还写着"加利西亚哈瓦那品牌中心赠"。车里面，除了球员和教练，总会有数箱万宝路香烟，以便在比赛期间出售给球迷。

塞尔索·洛伦佐·比利亚娶的是国民警卫队一名探长的千金。每逢星期天去参加弥撒时，这家人都开着一辆米色的捷豹车（Jaguar）去教堂。

20世纪60年代的黑老大手下雇用了数百人；总的来说，这些组织在米纽浅滩和比戈（近期，地盘也拓展到了下海湾［Rías Baixas］和死亡海岸）为数千人提供了就业机会。黑老大们在马德里和巴塞罗那订购西装，开着最气派的汽车，吃的是珍馐美味，为当地教堂和街头派对之类买单，还总有靓女相伴。而且，最重要的是，这些烟草走私组织的老板经常与各色政治家、市长、银行家和企业家推杯换盏。

整体政治气候很包容，官方和政客也是睁一只眼闭一只眼。这些走私者非但没有被视为恶棍，反而得到了各界毫无保留的支持。贩运禁运品是份备受追捧的工作和令人骄傲的职业。据说在图伊（Tui），一个位于比戈和葡萄牙边境之间的小镇，一位禁运品买卖者的妻子去为儿子办理出生登记，负责官员询问了一些常规问题，在问到"父亲的职业"时，那女人毫不犹豫地回答说"走私者"。

通过一种润物细无声的方式，这种大众崇拜和政治共谋的有毒混合物，为几十年后这些走私组织沦落为一个类似黑手党的犯罪综合体奠定了基础。

媒体开始留意到这个非法行业，并谈论其潜在的危险，但人们对此置若罔闻。在木已成舟很久之后，国民警卫队进行了一次象征性的突袭，主要是为了装点门面，哗众取宠。其中包括在拉科鲁尼亚的一次行动：所有的走私者都免于处罚，但官方也得到了上镜的机会，站在一旁与那批缴获的烟草拍照。这次行动皆大欢喜，而且由此开创了一个重要的先例。

"走私者是最值得尊敬的人"

　　曼努埃尔·迪亚斯·冈萨雷斯（Manuel Díaz González），后来的阿瓜尔达（A Guarda）市长。他曾从阿瓜尔达快速跨过边境到达葡萄牙，因而被称为"神速"（Ligero），或者至少如曼努埃尔·弗拉加（Manuel Fraga）所言是这样的。弗拉加是20世纪80年代右翼政党人民联盟（Alianza Popular）的主席，该党也是当时主要的反对党。记者伊莉莎·洛伊斯（Elisa Lois）在为西班牙《国家报》（El País）撰写的一篇文章中声称，弗拉加先生曾对加利西亚自治区（大区）主席阿尔贝托·努涅斯·费霍（Alberto Núñez Feijóo）说："你知道人们为什么曾称阿瓜尔达市长'神速'吗？因为国民警卫队一出面询问他葡萄牙禁运品的事情时，他就立刻闪人了！"当媒体刊登了费霍在马西亚尔·多拉多（Marcial Dorado）的游艇上与弗拉加共享阳光海风的照片时，弗拉加大为恼火。马西亚尔·多拉多是一名来自阿罗萨（Arousa）地区

　　　　　　　　　　　　　　　　可卡因海岸

一个岛镇的传奇烟贩。稍后，我们会详述这段关系和那些照片。

在20世纪六七十年代，批发商成了受人尊敬和仰慕的烟草大佬，曼努埃尔·迪亚斯·冈萨雷斯是其中的一员。他只是一个没有受过教育的黑市商人，却备受乡里乡亲的敬重。他为阿瓜尔达所有的街头派对捐款，为当地家庭提供就业机会，甚至还开办了镇上的足球队——阿瓜尔达体育俱乐部（Club Sporting Guardés）。从各个方面看，他都堪称加利西亚版的教父，1987年，他被人民联盟任命为市长。

在被任命为市长的4年前，他曾在马德里的卡拉班切尔（Carabanchel）监狱服刑。他是1984年11月"宏起诉"（macrosumario）中被指控的92人之一。"宏起诉"是一系列针对走私者的突袭，最终却无一人被证明有罪，而这完全是由于体制上的漏洞。同加利西亚在此期间被扫荡的所有黑老大一样，"神速"只被当局看押了很短时间。（国民警卫队沃克斯豪尔-欧宝车[Vauxhall Opel]押着他前往马德里，在越过加利西亚边界之前，他从车上翻身跳下，大摇大摆地在警官面前扬长而去，只不过不久被再次抓获。）在卡拉班切尔监狱期间，他的美誉反而有增无减，因为他在那里给其他囚犯购买食物和毛毯，以及他们可能需要的任何东西。

他一直坚称，在选举之前他就放弃了走私活动。1987年，已经是市议员的他，接受了当地报纸《比戈灯塔报》（Faro de Vigo）的采访，这可是千金难买的机会。除提及其他事情外，曼努埃尔·迪亚斯·冈萨雷斯还解释说，弗拉加对他绰号的说法是错误的。"在孩提时代，人们就这么叫我。我对这一称谓同我的教名一样感到骄傲。"他极力为走私者辩护，在诸多的人数中，或许是不经意间，他道出了自己的名字:"走私者一诺千金,就像卖牛的人与买主握手成交一样。你无须文件、签名,等等。与曼努埃尔·迪亚斯打交道就是这么干脆!"采访的最后一行构成了报道的标题,并将载入史册:"走私者是最值得尊敬的人"。这是他的言辞,而当时被登上了报纸。曼努埃尔·迪亚斯·冈萨雷斯,又名"神速",于2年后辞世。在参加葬礼的数千人中,其中许多是高官显贵和加利西亚商界的领袖,其中就有曼努埃尔·弗拉加先生,他后来被任命为加利西亚大区主席。显然,加利西亚当局对曼努埃尔·迪亚斯·冈萨雷斯的话成为报纸头版头条没有任何异议。

可卡因海岸

栈板云斯顿香烟

　　1982年夏日的一天，坎巴多斯旅馆（Parador de Cambados）[1] 发生了枪战。先是枪响的声音，人们四散奔跑的声音，汽车飞驰而去的声音，而后一切归于寂静。警方到达现场，对这起事件进行了调查，却悬而未决 —— 至少没有公开给出结论。当地人士说："因为某些走私发生了口角。"后来有消息说，一些烟草集团的黑老大在那家旅馆聚会。当地记者称，本次聚会是为了讨论生意的发展方向。在一场紧张会议的间隙，"特里托"（Terito）维森特·奥特罗（Vicente Otero）掏出手枪对劳雷亚诺·乌比尼亚（Laureano Oubiña）开了一枪。随后发生了枪战，但无人受伤。有人称"特里托"手中的枪被撞了一下，子弹击中了另外一个人的脚。还有人称，争吵的原因不是走私，而是为即

1　Parador是城堡、修道院和其他历史建筑所改造成的国营的旅店和豪华客栈。

将到来的人民联盟大选捐赠款数额产生的分歧。在这一事件中，只有枪击是事实，其他则疑云重重。

传闻中的枪手维森特·奥特罗，人称"特里托"或维森特先生，是塞尔索·洛伦佐·比利亚万宝路塞尔塔董事会的另一名成员，在将生意从米纽浅滩拓展到下海湾的新一批走私者中也是有头有脸的领袖。从小受黑市环境的熏陶，他乐得让人们知道他是个白手起家的人。他自视高雅，总是优雅地出现在公众视野中，虽然算不上十分风流倜傥，但也无可挑剔，他还染发来掩盖那丝丝缕缕的银发。在20世纪60年代的走私网络中，他广结人脉并从中脱颖而出，成为一名正大光明的商人。他创建了奥特罗运输公司（Transportes Otero），当时，其卡车车队在坎塔布里亚（Cantábrico）海岸和西班牙北部的高速公路上随处可见——当然，经常是满载一箱箱黄灿灿的美洲烟草。

烟草使"特里托"成为百万富翁。他收购了多家公司，作为投资和洗钱的方式。他持有蒙达里斯（Mondariz）著名的矿泉浴场，实际上，整个坎巴多斯海港都归他所有。他是海湾河口一带第一个拉美风格的霸主。他慷慨大方，为镇议会和自治区政府提供捐赠，雇用当地居民，组织城镇聚会和宗教朝圣活动，最重要的是，确保人民联盟赢得所有的当地选票，帮助该党派主宰阿罗萨和周边地区。

维森特先生毕生都是一名政党活动家，与曼努埃尔·弗拉加也私交甚好。他们声称彼此是朋友关系，而且两人从未否认过这种友谊。弗拉加每次去阿罗萨都被奉为上宾，受到很好的招待，为他举行长时间的宴会，奉上大量的新鲜海鲜，要么在坎巴多斯旅馆，要么在维森特先生在托克萨（A Toxa）娱乐综合体的一家餐厅，他的"家外

可卡因海岸

之家"。每次人民联盟领导人莅临，该城都会大张旗鼓地举行欢迎仪式。而且这堪称两情相悦，维森特先生被授予该党的金质奖章就是最好的体现。毕竟，他保证了人民联盟及其后来的化身人民党（Partido Popular）在一个地区享有高达70%的选票支持。

维森特先生之所以被授予金质奖章，是因为他为该党的金库中投入了据称数百万比塞塔，以及他为该党争取选票所做的努力，这在加利西亚人人皆知，甚至也是下海湾一带记者们的常识。由此，他的解囊相助也加强了人民联盟与走私者之间的联系。正如佩费克托·康德（Perfecto Conde）在《加利西亚之网》（La conexión Gallega）一书中所述："我没有任何证据来证实这一资助行为，但话说回来，我写此事时，也没有任何人对我提起诉讼。"

维森特先生的左膀右臂是"小鬼"（Nené）何塞·拉蒙·巴拉尔（José Ramón Barral）。此人生于里瓦杜米亚（Ribadumia），这一内陆城市距坎巴多斯1000米左右，可沿乌米亚河（río Umia）到达。他早年在国外的汽车行业工作，包括瑞士和德国，后来回到了加利西亚。他手头相对阔绰，于是参与投资了一些商业项目，例如建立了一个猕猴桃种植园，开创了这些地方的先例。没过多久，他就搞清楚了真正的财路所在并加入了走私者行列。佩费克托·康德这样描述："'小鬼'运货时，可谓是来无影去无踪。他会用三艘巡逻艇，每艘上面装有1800个箱子，一路运往上游，直到接近他的家门口。开工之前，他会封锁所有通往乌米亚河的山径和小路，有点像佛朗哥去钓鲑鱼时的架势。""小鬼"野心勃勃，是最早在加利西亚家族与国际走私黑手党之间建立联系的人之一。他所有的活动都是在他位于阿罗萨新镇

（Vilanova de Arousa）海滩边的豪宅里进行的。

"小鬼"和他的导师一样是个政党活动家。不过，他的情况远远超出了捐赠：1983年，人民联盟成员以压倒性多数选举他为里瓦杜米亚市长。当时他宣布他将与走私者断绝关系，并得到了该党的祝福，不过，并不是所有人的祝福。某个名叫马里亚诺·拉霍伊（Mariano Rajoy）的人当时是蓬特韦德拉议会的负责人，对"小鬼"和维森特先生之流远没有那么亲善。马里亚诺·拉霍伊还当面质问弗拉加与这些罪犯的关系。弗拉加对这种质疑并不放在心上，他的迅速回击在加利西亚民间广为流传："马里亚诺，去马德里吧，到那里后，娶妻生子，再学习一下加利西亚语。"显然，马里亚诺·拉霍伊忘记了当地方言，在原则立场上，他显然领先于他所处的时代。

当"小鬼"声称金盆洗手时，那并非全部的真相。在他担任里瓦杜米亚市长期间，他一直在染指某些活动。他的市长任期相当长：他担任人民联盟/人民党市议员共计18年，每届都以绝对多数当选，直到2001年。那一年，他因负责指挥比戈40万包大卫杜夫（Magnum）香烟的交付而和其弟一起被抓。他在辞职声明中说："我在处理所有的公共事务中都是诚实正直的。这个错误纯属私事。我请求你们的原谅。我现在辞职是为了不让里瓦杜米亚这个名字与犯罪活动有丝毫瓜葛。"

那次突击搜捕之后，以据称他在维尔京群岛偷税为由而提起的诉讼仍然悬而未决。

可卡因海岸

比塞塔钱网

20世纪80年代初，当维森特先生和"小鬼"巴拉尔等黑老大决定不再使用葡萄牙供应商，加利西亚的走私实现了第一次突飞猛进。正是在此时，贩运中心最终从边境上移到了下海湾。

他们开始直接从制造商 —— 美国跨国公司那里购买货物。R.J.雷诺兹烟草公司（R. J. Reynolds Tobacco Company）的欧洲商会主席帕特里克·洛朗（Patrick Laurent）萌生了此想法：为什么不把那些生产过剩或有瑕疵的批次抽出来放入国际走私网络呢？菲利普·莫里斯国际公司（Philip Morris Products Incorporated）相继跟上。这些货物从巴塞尔和安特卫普进行陆路部署，从希腊和意大利进行海上部署，让供应船在包括加利西亚在内的欧洲海岸线全线停靠。这样，这些烟草跨国公司就有了三个新的合作伙伴 —— 希腊的犯罪集团、意大利的克莫拉、加利西亚的家族帮派，每个都有自己强大的势力。他们每年于摩纳哥大奖赛期间在蒙特卡洛举行年会，对这些错综复杂的走私网络做出决定并进行分赃，个个金钵满盆。

得益于数十年的黑市经验，加利西亚的家族帮派不久就成为烟草网络中值得信赖的玩家，而这片经常风雨交加的沿海地区则成为世界上欧洲违禁品最重要的落货点。数百艘集装箱货船停靠在加利西亚港口，每艘都携带与数十辆卡车运输量相当的香烟。裁审员估计，在20世纪80年代初，加利西亚是欧洲三分之一非法烟草的入口点。西班牙财政部的统计数据显示，每年政府要漏收100亿比塞塔的税收（相当于今天的6000万欧元）。一项对加利西亚烟草商的研究发现，在1980—1982年间，他们的销售额每年下降8.5亿比塞塔（约合500万欧元）。

烟草家族开始为他们的金钱寻找安全港，而瑞士则成为他们首选的目的地。负责从阿罗萨转移资金的是一个名叫约瑟夫·阿瑞塔（Joseph Arrieta）的法国巴斯克人。他会把一捆捆钱装进汽车后备厢，一路马不停蹄地开往瑞士。阿瑞塔最初单枪匹马，但后来雇用了一个车队，并拉了弟弟和一些朋友入伙。金钱的数额如此之大，而且总是急急忙忙地转移，以至于他们后来干脆按重量计算数额："我要带3千克""你欠我300克"，诸如此类。

黑老大协助阿瑞塔向西班牙和法国海关官员进行必要的贿赂，所以这些钱的转移可谓是一路绿灯。抵达日内瓦后，阿瑞塔会把车停在机场附近，马路对面就是林立的银行。银行员工会走出来，从车上取下这些钱袋，换上其他袋子，里边装有运往加利西亚的金条。走私者会把它们暗藏起来，或者投资到珠宝首饰上在黑市交易。这一洗钱过

可卡因海岸

程之后被称为"比塞塔钱网"（Peseta Connection）。

　　阿瑞塔声称，如果他认为金钱数目过大，显然不可能单纯来自烟草时，他不会接手。例如，在20世纪80年代末，仅一年中，就有220亿比塞塔（约合1.33亿欧元）通过他汽车后备厢的行李箱横穿了欧洲大陆，这显然是所有加利西亚家族的利润总和。阿瑞塔知道这只能意味着毒品，他说，也就在那时，他决定向当局告发。除了良心突然发现，可以肯定的是，他与一位法国地方法官取得了联系，此人名叫热尔曼·森杰林（Germain Sengelin）。热尔曼·森杰林从一名瑞士走私犯埃德蒙·艾肯伯格（Edmond Eichenberg，此人娶的是一名拉科鲁尼亚女子）那里得到了密报，一直在调查阿罗萨和日内瓦之间的资金流动情况。据说埃德蒙·艾肯伯格是在一辆停在法国和瑞士边境的皮卡车内提供的证词：他坐在后面，属瑞士地盘，而法官坐在前面，属法国地盘。

　　当森杰林法官问阿瑞塔为什么不诉诸西班牙当局时，他说，比利牛斯山以南，他找不到一个可以信任的人。事实上，森杰林确实把他的发现转达给了西班牙当局——他所知道的关于"比塞塔钱网"的一切。猜猜结果怎样？石沉大海。这些交易一直持续到贩毒时代，所有人都懒得染指——要么是出于懒散，要么是因为西班牙的立法体系，由于正处在从佛朗哥的独裁政权向民主政权过渡的时期，西班牙的立法体系在解决洗钱问题上仍处于初级阶段。

　　实际上，"比塞塔钱网"只是一张更为复杂的线路网中的一个枢纽，而日内瓦才是整个欧洲犯罪分子洗钱活动的中心。阿罗萨的走私者使用的是与埃塔、克莫拉、西西里黑手党和北非军火走私商相同的渠道。正是在这种重叠中，加利西亚人第一次接触到了贩毒团伙。前方的路开始初见端倪。

可卡因海岸

"做个走私者，跟我爸爸一样"

加利西亚家族的作案手法与有一天他们会演变成的毒贩的作案手法几乎完全相同：被称为"妈妈船"（mammas）的补给船会在国际水域中等候，由快艇前去接应，卸下货物带到岸上。家族帮派拥有最尖端的船只，其引擎和改装令当局望尘莫及。阿罗萨周围蜿蜒迷离的海岸则成了天然的屏障。这些小小的峡谷和海湾构成了无数次落货的背景幕，有时甚至是在光天化日之下。一旦这些货物上岸，它们将被存放在工厂、教堂里，甚至是百姓家中，人们以此换取对教区的慷慨资助和丰富的家庭食品、杂货。由此，这些货物将通过各种各样的机构（甚至是烟草摊）或当地的小型组织进行分发。烟草有时会被藏在海中，在"栈板"（batea，漂浮的木制平台）下面，用绳子拴住泡到海水中，上面长满了贻贝。这种做法导致了"栈板云斯顿香烟"（Winston de Batea）一词的出现。

油水很大，而且一手交钱一手交货。每次不足几个小时的落货，都可提供一个诱人的赚快钱的机会。因此，怎能埋怨当地人的这种公共精神？

有位阿罗萨新镇的居民"曼努埃尔"（Manuel），他不愿意透露自己的真实姓名（"倒不是因为我参与了什么……"），说道："当快艇带着烟草到岸时，城里的灯会熄灭三次。他们会通过发电站的开关发出警示，这样快艇上的人就知道海岸是安全的；或者这会是一种密码，告诉他们具体的落货点。""曼努埃尔"的回忆使人非常好理解走私者的到来对当地人的影响："那笔钱数目相当可观。我记得大约在1980年，我儿子的两个同学，一个做服务生，拿着微薄的工资；另一个，会去帮忙落货，一个晚上能挣到的钱就相当于他朋友一个月的收入。那个当服务生的人告诉我，当他朋友开着的高尔夫GTI停在店外面时，他觉得自己简直衰极了。"

我采访过一位同样选择匿名的地方法官，他当时参与了对走私者的起诉。他说："从社会学的角度来看，这是一种现象。整个阿罗萨，以及大部分的下海湾，都将非法烟草视为经济增长的动力。它为众多的当地人提供了就业机会。人们对这些现金心存感激，不愿去想太多题外之事。"

换句话说，大家都知道这是错的，但人人都闭口不谈。

《加利西亚之声报》（La Voz de Galicia）的记者胡里奥·法里亚斯（Julio Fariñas）的描述可圈可点："阿罗萨走私的程度是如此之高，而真正的问题是，有谁没有参与其中？这就是一种生活方式。"马克·吐温有句话用在这种场合最恰当不过："一次，我给十几个朋友发电报说

38　　　　　　　　　　　　　　　可卡因海岸

'赶快逃跑 —— 事已败露'。他们立刻纷纷逃出了城。"

这种缺乏反对的态度对于理解现在看似难以相信的局面至关重要。事实上，根据法律条文，在1982年之前，走私并非是严重犯罪。如果你被抓了，你会得到警告，而国民警卫队专注的是其他事情。1978年以前，走私被视为纯粹的经济问题，如此一来，总检察长会通过海关监督局（Servicio de Vigilancia Aduanera）查明问题。只有在个别情况下，罪犯才会被送进监狱。但随着民主的到来，这一权力也受到了限制：新宪法实行的分权意味着政府不再有权限制人民的自由。这样一来，就算走私犯是在案发现场、在落货的过程中被抓了个现行，他或她所受到的只是罚款，而这笔罚款通常会在官僚主义的迷宫中不知所踪。就算罚款真正达到了预期的目标，被罚的走私犯，反正其财产都会登记在别人的名下，会干脆宣布破产。这就是从1978年到1982年的情况，其间维持着一种平衡。但1983年是个分水岭，至少在书面形式上，那年法律规定了严厉的惩罚。

把烟草作为经济引擎的想法正在毁掉整个地区。这个国家和后来欧洲经济共同体的欺诈导致了这里数十个行业的萎缩。当地人的思维固化，认为如果没有美国烟草，这个地区将一文不值，其他行业也因此被搁置。不仅数百万的税款得不到缴纳，还有一种根深蒂固的想法 —— 除了走私，别无选择，从而阻止了人们开发这里包括旅游业在内诸多显而易见的资源。例如，阿罗萨湾（ría de Arousa）一年内生产的贻贝数量超过了欧洲其他地区的总和。烟草走私和拖网捕捞有一个共同点，就是把所经之处的一切都夷为平地，后果立竿见影。

还有一个因素可以解释人们为何对走私持正面看法，那就是家族帮派之间鲜有暴力冲突，这一点当地人还真应该感激涕零。冲突偶有发生，而且通常是小规模的，特别是与后期毒品贩运时代的到来相比——枪战、绑架和勒索遍地开花。在20世纪80年代初，"原材料"人人可得，人们大多相处得很融洽。有时会发出恐吓，也有单独的袭击，但人人都知道，任何死尸都意味着美好时代的结束。这其中包括与局势密切相关的国民警卫队。因为当时大部分禁运品都来自葡萄牙，没有当局的参与，一切都根本不可能。

此外还有一个问题，对某些人来说，是最严重的：下海湾地区支柱产业的非法行为必然导致犯罪文化。如何逃避当局监管、要尊重像黑老大这样与合法国家机构毫无关系的社区领袖、怎么样挣快钱，考虑和谈论这些都很正常。一种情境正在形成，在这种情境中，违法或多或少是一种常态。而这就是当时的现实。

那个阿罗萨新镇的居民"曼努埃尔"，当时在公共行政部门工作，他说："我不记得有哪周我们的人来，是不带着200系列或400系列云斯顿香烟的。我们会从来人手中购买，然后在办公室里销售。前来办理公务的市民，在签字或干什么的时候，会从旁边买几包烟。"他一边回忆一边笑着说："在某种程度上，我们也算走私犯！"他的妻子伊莉莎（Elisa）是一家房地产经纪人，她说："我的工作就是带客户到处看房子。我记得有时带着客户到处转转，一打开门，就看见房间里堆满了云斯顿香烟。人们连眼皮都不眨一下。我会说：'好吧，我们腾出这块地方来，这样你就大概知道房间有多大了。'否则根本看不出来！""曼努埃尔"说："你知道，我想说的是，如果你去商店买东西，他们会直接问你，要正品还是水货……"

1981年7月，恶劣的天气袭击了海湾河口，对某些走私者来说，这是霉运降临的时刻。坎巴多斯正在期待一批重要的走私货，但天气如此凶险，让人无法出门。汽艇不得不在原地待了整整三天，而"妈妈船"也只好干等。这场风暴减弱了圣女卡门节（Virgen del Carmen）的气氛。圣女卡门在传统上被视为海洋女王和各地渔民的守护神。在加利西亚海岸地区，圣女卡门节是非常重要的一天：所有的船艇都会列队出海，船上缀满鲜花，鸣着号角。但是"妈妈船"还需要卸货，所以走私者去找神父，看看节日是否可以推迟——他们需要船只和人力来做这项工作。这一请求得到了批准，节日游行在次日举行——据报道，一些船上还堆着装满了香烟的箱子。那年对教区的捐款刷新了纪录。

还有一件奇闻可以表明，烟草走私在多大程度上已构成了海湾河口生活的一部分。1981年，一个小孩在加利西亚电视台（Televisión de Galicia）接受采访。在比利亚加西亚－德阿罗萨（Vilagarcía de Arousa）演播室的现场连线中，一名记者挨个询问那些青少年长大后想做什么。最后一个被采访的孩子接过话筒，不假思索地说："做个走私者，跟我爸爸一样。"

烟 王

阿罗萨岛（A Illa de Arousa）是一个风景如画的岛屿，位于海湾河口的一个宽阔地带。1983年，神父发现该岛的教堂屋顶上有一个窟窿，他直接去找了当地最有钱有势的人——马西亚尔·多拉多，也被称为"海岛马西亚尔"（Marcial de la Isla）。这名令人敬畏的走私者，后来因与加利西亚自治区议会主席阿尔贝托·努涅斯·费霍在游艇上合影的照片流出而名扬加利西亚以外。神父要求捐款，马西亚尔·多拉多义不容辞。漏水的屋顶修好了。第二年，屋顶又出现了一个窟窿，牧师又去找这位岛主老爷，但这一次无功而返，马西亚尔·多拉多勒紧了他的腰包，拒绝赞助。几个月后，海关监督局截获了他的一艘船，船上藏有一堆烟草。据报道，这名走私者似乎早料到了这种情况："这就是我拒绝神父的报应。"

在海湾河口有三大家族帮派，马西亚尔·多拉多经营着其中的一

　　　　　　　　可卡因海岸

家。维森特先生和"小鬼"巴拉尔之流为新一代的走私者铺平了道路，他们更年轻，也更壮志踌躇，从20世纪80年代开始掌握控制权。维森特先生继续担任象征性的族长，但这些新群体的贩运却以不同的节奏展开。这些是结构良好的组织，由拥有巨大能量和全球化抱负的黑老大领导。在短短的几年时间里，他们将成为西班牙烟草走私活动的霸主，并一度主宰整个欧洲。

他们是给黑手党形象画龙点睛的人。他们就是所谓的"烟草霸主"（señores do fume）：显赫、傲慢的百万富翁，在社会各个阶层都有人脉的领袖。当他们走进赌场时，人人都巴不得跟他们握手；他们吃着海鲜大拼盘，用最上等的阿尔巴利诺（Albariño）葡萄酒润胃；他们开的那种豪车你只在电视上见过。他们也并非人人相同。例如，有些人在社会上自视清高，把孩子送到最好的外国学校读书；另外一些人虽然富可敌国，但本质上仍然是暴徒，丝毫没有柔化自己的形象，只希望后代能继承他们的衣钵。

马西亚尔·多拉多属于前一类人。其家族，简单地说就是"马西亚尔帮"，是所有家族中最强大的。就生意层面而言，马西亚尔·多拉多是维森特先生的后辈；从血缘上讲，有人说这两人也算是一脉相承——马西亚尔·多拉多一直在前辈的膝下做事，直到自己可以站稳脚跟。马西亚尔·多拉多不久就与了不起的走私大佬帕特里克·洛朗建立了直接联系，而且两人的交情日渐深厚，这个加利西亚人开始定期访问日内瓦和巴塞尔。他最亲密的同伙是胡安·曼努埃尔·洛伦佐·洛伦佐（Juan Manuel Lorenzo Lorenzo），以及曼努埃尔·苏亚雷斯·涅托（Manuel Suárez Nieto）[1]。虽然很难量化，但所有证据都表明，马西亚尔帮崛起成了欧洲最强大的烟草走私团伙。他们的联络网和对加利西亚海湾河口的全面控制无与伦比。曼努埃尔·普拉多·洛佩斯[2]（Manuel Prado López）是帮派中负责行贿的人，他办事的高效性无疑是马西亚尔与当局有过无数次摩擦却毫发无损的原因之一。马西亚尔·多拉多帮已经渗透到了国民警卫队、海关监督局、比戈机场（警用直升机一出动就会发出无线电呼叫）和无数家银行——特别是在蓬特卡尔德拉斯（Pontecaldelas）的一家银行，它们总是为其最好的客户备好大量的美金。

"屠夫西托"（Sito Carnicero，请不要与西托·米南科[Sito Miñanco]混淆）是何塞·拉蒙·巴雷罗·丰坦（José Ramón Barreiro Fontán）的绰号，他坐海湾河口走私的第二把交椅。他的行动中心在比利亚加西亚-德阿罗萨，距马西亚尔的岛只有几千米。里卡多·坎巴（Ricardo Camba）是西托的二掌门，他们也与欧洲的走私团伙有直接交易。西托以脾气暴躁出名，凡事都不愿意等数到十。1985年，他死于一场莫名其妙的车祸。可以预测，这一事件引发了一系列推测，从仇杀到自杀。"屠夫西托"似乎是曼努埃尔·里瓦斯（Manuel Rivas）的《尽是沉默》（*Todo es silencio*）中马里斯卡尔（Mariscal）这个人物的灵感源泉，该故事就以加利西亚走私和贩毒为背景。1983年冬天，

---

1 他们一起被称为"费拉佐家族"（los Ferrazos），后来组成了自己的帮派。据西班牙检察官称，1982年至1983年间，他们负责进口了350多万箱香烟，每箱售价可为3万比塞塔（约180欧元）。

2 曼努埃尔·普拉多·洛佩斯是走私界的偶像，2012年因运送一批3.2吨的可卡因被捕，这批可卡因本打算从死亡海岸的科尔库维翁（Corcubión）上岸。

当时还是一名记者的里瓦斯，在一家旅馆里见到了西托，当时这个黑老大是一名逃犯，躲在旅馆里。当里瓦斯试着向西托提问时，西托掐住他的喉咙，对他说，如果他不想被扔到沟壑深渊，最好从哪来滚回哪去。要不是因为车偏离道路而丧生，西托似乎就是为毒品贩运而量身定做的人物，他显然具备了必要的天分。

"拉奥西有限公司"（ROS S. L.）是第三个阿罗萨走私团伙所选用的冠冕堂皇的名字。该团伙的头目是拉米罗·马丁内斯·塞奥兰斯（Ramiro Martínez Señoráns）、奥列加里奥·法尔孔·皮耶罗（Olegario Falcón Piñeiro）和何塞·拉蒙·普拉多·布加洛（José Ramón Prado Bugallo），最后一个黑老大更为人所知的名字是西托·米南科。这三人似乎不太喜欢这个名字，在他们给法官拉米罗（Ramiro）的供述中，声称这是警方的发明。所有的证据都表明，他们就是"拉奥西公司"，他们的运作非常像一家公司，以坎巴多斯为基地，拥有一套复杂的基础设施，其中包括分类账、分包商、一系列烟幕公司，以及操作船只和卡车用的精密卫星无线电设备。法院发现，该团伙长期以来一直与某个"托尼诺"（Tonino）保持联系，将分销款寄给此人。起初人们认为，"托尼诺"是安东尼奥·巴尔德利诺（Antonio Bardelino），一个那不勒斯的克莫拉分部的负责人，多年后，安东尼奥·巴尔德利诺作为所谓的"比塞塔钱网"的一部分接受了审判。事实上，"托尼诺"是个名叫安东尼奥·埃斯波西托（Antonio Esposito）的人，是帕特里克·洛朗的意大利走私伙伴——也是克莫拉成员。当时，听证会上公布的商业数据几乎令人难以置信。1983年7月至12月，据称"拉奥西"集团逃税达15亿比塞塔、140万美元（总共约合1010万欧元）——我们可以推测此前30年中相应的逃税额，而且这只是所找到的该团伙的部分账簿，并非全部，所以实际数额肯定还要高。

据调查，仅在1983年下半年，这三个集团总共向不同账户存入了相当于2150多万欧元的资金。当其中一个黑老大出现的时候，所有的银行都会隆重欢迎。阿罗萨新镇、比利亚加西亚－德阿罗萨和坎巴多斯的分行（它们的经理后来都被起诉）都常备现金和多种货币。在20世纪八九十年代，恩里克·莱昂（Enrique León）曾是比利亚加西亚－德阿罗萨的一名警官，后来当上了警长，他解释说："我记得在比利亚加西亚－德阿罗萨有一户家庭，在1983年的六个月里，往银行账户存入了30亿比塞塔。当总检察长办公室检查银行账户时，发现该账户是以一个智障男孩的名义登记的。我们去找那个男孩谈话，结果他根本不懂什么是活期存款账户。"

这三个团伙彼此配合，不存在一决雌雄的情况。西托·米南科和马西亚尔·多拉多一起飞往日内瓦十多次。当法官询问西托·米南科如何解释这些旅行时，他说他和马西亚尔·多拉多的座位挨着纯属偶然。多年以来，西托·米南科变得颇似哥伦比亚毒枭，在海湾河口是一个迷你版的巴勃罗·埃斯科巴（Pablo Escobar）：他模仿他们的穿衣打扮、他们的言行举止，并最终为他们效力。

与西托·米南科形成鲜明对比的是劳雷亚诺·乌比尼亚。他是加利西亚第二类走私者的最佳典范，尽管他实际上目不识丁，但他账户中数字后面的零数都数不清。乌比尼亚帮的行动中心在比利亚加西亚－德阿罗萨和阿罗萨新镇之间，乌比尼亚在那里买下了地标性的拜恩（Baión）庄园。总的来说，乌比尼亚的交易勾当更加谨慎，总是尽量避开当局的视线，这使他的帮派得以扩大，进而成为欧洲主要的贩毒组织之一。

1983年冬，国民警卫队的一艘船在阿罗萨湾北岸的里韦拉（Ribeira）码头巡逻，突然发现水中有东西在移动：是一个人。他们靠近一看，原来是他们的一个同事，而他正处于低温症的晚期。他们把他拖了出来，起初他声称自己掉进了水中，但后来真相浮出水面：与"雀鹰"（Gavilán）曼努埃尔·卡巴罗（Manuel Carballo）的讨论演变成了一场争吵，卡巴罗把他推下了水。原来，这名警官每天都来索要他的分成，这次却以干架告终，差点被淹死。

卡巴罗通常不诉诸暴力；相反，他以头脑冷静、目光敏锐和追求利润最大化著称。后来，他携家人卷入贩毒，下场却极为鲜血淋漓：其子"达尼利托"（Danielito）卡巴罗·康德（Carballo Conde）在比利亚加西亚–德阿罗萨的一家酒吧头部中弹丧命，他的妹妹卡门·卡巴罗（Carmen Carballo）在仇杀袭击后四肢瘫痪，他的堂弟路易斯·胡根（Luis Jueguen）在本纳文特（Benavente）的枪战中勉强躲过哥伦比亚人的子弹，死里逃生。

"法尔科内蒂"（Falconetti）是人们给路易斯·法尔孔·佩雷斯（Luis Falcón Pérez）的绰号，很显然是取自20世纪70年代美国迷你剧《富人，穷人》（*Rich Man, Poor Man*）中危险而古怪的人物。他早先是一名装卸工，为维森特先生装卸货物，后来成了海湾河口一带最有权势的人之一。

他来自比利亚加西亚–德阿罗萨，是诉诸暴力的黑老大之一，从不因与当局对抗而感到内疚。人们说他总是全副武装，开着一辆装有有色防护玻璃的汽车在阿罗萨转悠，尽管当时人们不明就里。有一则关于他拜访阿罗萨新镇市长何塞·巴斯克斯（José Vázquez）并讨论土地边界问题的故事。当这位政客表现出不合作时，"法尔科内蒂"掏出手枪放在桌上："你知不知道眼下从葡萄牙雇一名职业杀手只需100万比塞塔？"他在其他场合的表现则要精明得多，还充分利用了其作为人民联盟成员（没错，又一个）的人脉。他成功地说服了比利亚加西亚–德阿罗萨当局在1984年签署了建设该地区首座宾戈（bingo）大厦的文件，尽管市政大臣对这一"暗箱操作"项目的性质牢骚满腹，尽管社会主义工人党（PSOE）也表达了反对意见，但所有这些反对都收效甚微，而且不久就被抛诸脑后。当时比利亚加西亚–德阿罗萨市长是何塞·路易斯·里维拉·马洛（José Luis Rivera Mallo），也是人民联盟的成员，后来就任参议员兼委员会主席，负责吸毒调查。1987年，"法尔科内蒂"试图在比利亚加西亚–德阿罗萨引进一批大麻，最终锒铛入狱，事情就发生在距宾戈大厦咫尺之遥的地方。

"法尔科内蒂"与哈辛托·桑托斯·维亚斯（Jacinto Santos Viñas）合作密切，后者后来也进入加利西亚贩毒"名人堂"。早期，他为"法尔科内蒂"效力，在拉科鲁尼亚和费罗尔（Ferrol）的港口运送烟草，在轮船和货轮之间拖着他的小拖船卸下成箱成箱的云斯顿香烟。几年后，由于两桩买卖，他的职业生涯走到了头：一个是他的拖船在南非出售，另一个是他本人被摩洛哥接头人出卖给了国民警卫队。稍后我们会看到，维亚斯后来走私大麻和可卡因，建立了自己的家族帮派，并利用一家土耳其牡蛎进口公司作为障眼法。

往北，在死亡海岸，卢卢家族（los Lulús）独领风骚，他们可能是加利西亚走私帮派中最为高效和最为持久的团伙。可以说他们到今天依然很活跃。据一位退休的国民警卫队员说："在死亡海岸，卢卢不下令，谁也别想动。"

此外，还有查林家族（los Charlínes）。他们的族长，最为年长的两兄弟，曼努埃尔和何塞·路易斯·查林·加马（José Luis Charlín Gama）起初是废金属走私者，但随着烟草时代的到来，一场犯罪传奇开始上演，而且至今没有谢幕。曼努埃尔，人称"老爷子"（El Viejo），他和兄弟们出身贫寒，据说他们孩提时代在冬天会参加拳赛来填饱肚子。这或许影响了他们晚年走私的心态：冲动、暴力、不拘小节，一副天不怕地不怕的样子。尤其令人难忘的是对待塞莱斯蒂诺·苏恩斯（Celestino Suances）的方式。此人是巴利亚多利德（Valladolid）的一个走私中间人，他欠了他们一笔钱，准确地说，是700万比塞塔（约合4.2万欧元）。何塞·路易斯·查林·加马派了他的一个同伙何塞·路易斯·奥尔比兹·皮科斯（José Luis Orbáiz Picos）去追债（皮科斯原是一名国民警卫队员，他"丢下了铁饭碗"，转行做了一名毒贩，其子也步了他的后尘）。在城中，他遇到了当地的一群国民警卫队员，遭到一顿暴揍并让他滚回去。数月之后，有人到查林家来报，说在阿罗萨看到了苏恩斯在法兰克福餐馆（Frankfur，返回加利西亚的移民给酒吧和餐馆起的名字本身就值得大书一笔），该餐馆的老板是维森特先生，苏恩斯经常在那里买海鲜。查林家族的兄弟俩奥雷里奥（Aurelio）和何塞来到了餐馆，把苏恩斯揪了出来扔到车上，然后开车去了他们家开的查尔波（Charpo）罐头厂。在罐头厂，他们见到了"老爷子"和皮科斯，几人合伙毒打了苏恩斯一顿，直到他命悬一线，然后把他放进冷藏室，递给他一部电话，暗示他给妻子打电话，让她把钱电汇过来。令人难以置信的是，苏恩斯拆除了通风装置，爬了出来成功逃脱。回到巴利亚多利德后，他去了警察局，而"老爷子"不得不出去避避风头，在比利时待了几个月。

当时的坎巴多斯地方法官何塞·路易斯·塞奥恩·斯皮格尔伯格（José Luis Seoane Spiegelberg）负责调查此案。"我们把苏恩斯带回工厂，令他给我们重现当时的遭遇。他突然一下子把什么都忘了。"这件事让斯皮格尔伯格分外恼火，他不但没有按章程办事，反而做出了闻所未闻的决定，一查到底，试图努力彻底摧毁加利西亚的贩毒网络。他酝酿了一项计划，导致了1983年12月的扫毒突袭行动以及随后在1984年11月的"宏起诉"，成为加利西亚走私犯有史以来所面临的第一次协同行动。

可卡因海岸

异国他乡的政商会面

1983年，地方法官斯皮格尔伯格解散了位于格罗韦（O Grove）的警察总部，并进一步下令逮捕了桑亨霍（Sanxenxo）的四名警察。缘由大致如下：塞哥维亚（Segovia）的一名年轻警官被派往格罗韦工作，他不是最聪明的新兵，而是得到了塞哥维亚探长的举荐。第一个月底，他去领取工资支票时，还额外得到了1.5万比塞塔和几箱200系列云斯顿香烟。当他询问这是为何时，他的上司耸耸肩说："这是这里的规矩。每捆货顺利通过，我们都会得到1000比塞塔和一些自用的香烟。"这名年轻警官接受了这笔奖金。几个月后，举荐他的那名探长前来探望，问他过得怎么样。于是这位年轻人告诉他："如鱼得水。我们拿着正常的工资，外加奖金和免费香烟。"这一单纯的招认成为斯皮格尔伯格一系列调查的起点。

14名警官被控贪污、妨碍司法公正、模拟犯罪、收受贿赂、走私和伪造文件。在审判的前一天晚上，拉科鲁尼亚的总司令试图介人，理由是这些警官是军事研究所（Instituto Armado）的探员，所以应交由军事法庭审判。斯皮格尔伯格拒不让步，把这件案子提交给了最高法院，最高法院裁定这确实是警方事件。五年后，这些人接受了民事法庭的审判。

一位国家警察（Policía Nacional）的老前辈，脸上带着苦笑，回忆起同一年在比利亚加西亚–德阿罗萨收到的密报，说有辆皮卡车满载高高的香烟箱。告密者要求警察先不要着急拦截车辆，这样罪犯就不会知道是他走漏了消息。警察义不容辞，只好开着一辆没有警徽标记的车进行跟踪，一直到蓬特韦德拉的拉林（Lalín）才采取行动。走私者下了车，看上去非常从容平静，甚至还面带微笑，但当警察出示警章时，他们大惊失色，说道："靠！你们不是国民警卫队。"

这位老前辈说："说真的，国民警卫队简直是腐败透顶。"在佩费克托·康德的书中有一整章是关于国民警卫队收受走私贿赂的描述，根据家族账簿显示，此类款项被列为"奖励措施"名下的另一项开支。这些，以及无数其他腐败案件，证明了劳雷亚诺·乌比尼亚所说："没有他们的帮助，我们一事无成……"

斯皮格尔伯格称，直到他给家族帮派的电话安装上窃听器之后，他们才逐渐搞清楚这些人的生意规模有多大。苏恩斯–查林案事发后，调查人员撸起袖子，大干了一场：对电话进行窃听，对个体进行监视。斯皮格尔伯格记得，在海关监督局扣押一艘希腊补给船并将船员关进监狱后，他曾监听到两名黑老大的谈话。当一个黑老大问起这些希腊水手是否知道该说什么不该说什么时，另一个黑老大告诉他说不必担

可卡因海岸

心，翻译已经被收买了。

当局拿家族帮派一点办法也没有，原因很简单：关于禁运的法律——《组织法》（Ley Orgánica）直到1982年才通过。直到那时，法院才有适当的武器来对付走私者：走私从轻微犯罪上升到重大犯罪，惩罚不再与扣押的商品数量挂钩；无论什么情况，现在都可以征收巨额罚款。情况已经大有改观——至少在字面上，但立法者要想与家族帮派的力量相匹敌，还有一段路要走。

经过几个月的努力后，斯皮格尔伯格整合了他的调查发现，并决定需要进行大规模的突袭，这就是1984年11月的"宏起诉"。他得到了比希尼奥·富恩特斯（Virginio Fuentes）的支持，此人是蓬特韦德拉的社工党省长，也是加利西亚政界为数不多敢于大声疾呼反对走私者的人士之一。事实上，富恩特斯是在1982年至1996年社工党领袖兼首相费利佩·冈萨雷斯（Felipe González）的首肯下才这样做的，他感觉到采取打击走私的立场可能会赢得选票，但这是一次严重的失算。身处马德里的他们似乎对走私者所享有的经久不衰的支持一无所知。加利西亚的态度则完全不受这些社会主义运动的影响。

家族帮派的势力无孔不入，任何突袭他们都会得到预先警告。他们还查明了当局锁定的目标是谁，有嫌疑的人于1983年11月，也就是计划突袭行动的前一个月，逃到了葡萄牙。马西亚尔·多拉多，"屠夫西托"和他们的人越过了边境，"拉奥西公司"的拉米罗·马丁内斯·塞奥兰斯和奥列加里奥·法尔孔·皮耶罗也及时出逃。西托·米南科，一如既往地过于自信，无视警告，留了下来；他从坎巴多斯的一家咖啡馆走出时被捕。恩里克·莱昂警长就是那个将他绳之以法的人，他回忆道："我们四散开来出去找他，突然我看见他正从一家咖啡馆走出。我走上前，来到他身旁。我用平静的语气问他：'你是西托·米南科吗？'他转头对我说：'正是，有事吗？'我说：'哦，没事。'然后我用手抓住了他的胳膊。'找的就是你。'"

出逃的黑老大和黑帮成员住在葡萄牙同行经营的酒店里，那些都是早已风光不再的老商业伙伴。马西亚尔·多拉多和他的手下在波伊加（A Boega）的一座中世纪乡村别墅的豪华套房里安顿下来，此地靠近塞尔韦拉新镇（Vilanova da Cerveira），与米纽河遥遥相望。"屠夫西托"选择了法鲁山（Monte Faro），居住在一座由修道院改造而成的旅店，就是在那里发生了他与作家曼努埃尔·里瓦斯冲突的一幕。里瓦斯在《国家报》上发表的一篇文章中说，"屠夫"称其媒体为"搅屎棍"，而且对其颇为不满。拉米罗·马丁内斯·皮耶罗和奥列加里奥·法尔孔·塞奥兰斯躲在一个叫兰赫莱亚斯（Lanhleas）的地方，在那里与家人一起共度圣诞节。

其余人都没有挪窝。起诉书不包括维森特先生、"小鬼"巴拉尔、劳雷亚诺·乌比尼亚、"法尔科内蒂"、曼努埃尔·卡巴罗和查林兄弟俩。这让阿罗萨的人们认为这些人一手遮天、不可碰触，这一观点通过一首歌广为流传："维森特先生和'小鬼'被你们遗忘，卡巴罗和法尔孔没有麻烦，因为他们付了你们双倍的钱。"这次突袭行动后来变得像肉包子打狗，一切走私活动照常进行。同年，希腊货轮克里斯蒂娜号（Christina）被扣押，随船截获了欧洲水域有史以来最大的一批烟草。但这一纪录没出几个月就被刷新，天塞号（Tessar）和雪松号（Cedar），同样是希腊船，（在法庭口译员得到报酬后）被拦截。在行动中，护卫舰安达卢西亚号（Andalucía）向船头开了一枪。但是，像《加利西亚邮报》（El Correo Gallego）的伊莉莎·洛伊斯和曼努埃尔·里瓦斯这样专门报道贩运网络的记者回忆说，即使调查还在进行中，交易也还照常进行，几乎每天都有落货。

与此同时，葡萄牙流亡者在异国他乡继续打理他们的生意。他们偶尔会涉足加利西亚，但1984年的大部分时间都在葡萄牙的居所度过。7月6日，一个前所未有的奇怪事件发生在波伊加的乡村别墅。当时加利西亚大区主席杰拉尔多·费尔南德斯·阿尔博尔（Xerardo Fernández Albor）来看望马西亚尔·多拉多，显然还有其他移居海外的黑老大。关于这次会面的说法各种各样：有人说，是那些走私者，在没有预约的情况下接近了主席，并占用了他五分钟的时间；其他人则认为这是一次完全策划好的会面。不过大家对一件事没有异议：阿尔博尔劝这些黑老大最好回国自首。黑老大们则说当局在"不公正地"迫害他们。这一消息后来传出，接着遭到社工党的质问，阿尔博尔不得不在加利西亚议会面前做出解释。他致歉并坚称他事先不知流亡者那天会在那里。

巧合也罢，刻意也罢，斯皮格尔伯格不再负责调查，被派往了坎塔布里亚。同样的情况也发生在社工党省长比希尼奥·富恩特斯身上，他被派往了阿尔瓦塞特（Albacete）；几个月后，有人转引他的话，说他再也不想和加利西亚的走私有任何关系。最后，佩费克托·康德描写了警方截获的一段电话对话，这段对话发生在一名来自卡拉米尼亚尔镇（A Pobra do Caramiñal）的走私犯塞莱斯蒂诺·阿亚拉（Celestino Ayala）和马西亚尔·多拉多的心腹曼努埃尔·普拉多·洛佩斯之间。

他们讨论了当局的行动、企图进行的大搜捕和马西亚尔·多拉多的流放。据说，阿亚拉曾发表过以下评论："他们还要再跟我们纠缠一年，但别担心，因为到时候弗拉加会介入。"

2013年，伊莉莎·洛伊斯在《国家报》上写道："如果在1983年企图扫黑之前，烟草走私者喜欢曼努埃尔·弗拉加及其政治主张，那么在此之后，他们的支持会更加强烈。请注意，走私者对选举活动的捐款仍然跟走私落货的时间和地点一样秘不可宣。"在此，还需要提醒一下，正是在这个时候人民联盟任命了"小鬼"巴拉尔担任里瓦杜米亚市长，他在这个职位任职长达18年。

而阿尔博尔的话看来也并没有被当作耳旁风：1984年11月，马西亚尔·多拉多率先自首。在与律师阿方索·巴尔卡拉（Alfonso Barcala）商议之后，他独自前往马德里，并向当局交代了自己，其他人相继跟上。他、拉米罗、奥列加里奥和"屠夫西托"被关进了卡拉班切尔监狱，在支付了2000万比塞塔（约合12万欧元）的保证金后，短短几周后就获释。这些黑老大有着令人敬畏的法律团队，如何塞·玛丽亚·罗德里格斯·赫米达（José María Rodríguez Hermida）和点炮就响的巴勃罗·维奥克（Pablo Vioque）之辈。维奥克后来因可卡因走私罪入狱，但那是他被人民联盟选为比利亚加西亚-德阿罗萨商会主席后的事情了。回头我们还会细说这个人物。

这一时期有些照片，在西班牙非常有名，包括比利亚加西亚-德阿罗萨和坎巴多斯的律师在港口分发现金，而在被扣押船只上的水手则排起整齐的队伍等着领取。那些是保释金，家族帮派不会放过任何细节。

总共93名走私犯被捕，等候审判。但是，开庭日被再三推迟，真是西班牙之谜（misterios de España）。1993年，当诉讼终于准备好开始时，总检察长办公室意识到，自1986年西班牙加入欧共体以来，法律已经发生了变化，这意味着这些案件无法诉讼。大约600年的拟议监禁时间，以及14.7亿比塞塔的罚款，不了了之。

在那次有罪不罚的教训之后，面对完全被动的政府和司法，烟草贩运业"蒸蒸日上"。走私品的流入量达到了前所未有的水平。更多的家族帮派如过江之鲫般涌现，他们购买更快的快艇，到处寻找新的接头人。加利西亚人掌控了大局。那些黑老大在卡拉班切尔监狱的短暂停留也被证明是很关键的：同时期，一些哥伦比亚毒枭碰巧也被囚禁在那里。

当你能从摩洛哥直接用渔船运大麻时，何必还要驱车去安达卢西亚呢？

第 三 章

大飞跃

3

我们一无所知

　　恩里克·莱昂当时是比利亚加西亚－德阿罗萨的一名警官。多年来，他和他的团队一直在打击烟草走私者，在这场斗争中，他们总是只差一步。他用深沉、清晰的声音说："有一个星期五，我们得到了安装窃听器的许可。"他记不清确切的年份了，他说，大约是1985年或1986年吧。"我们的目标是一些烟草商头目。星期一我们坐下来窃听，天哪，我们首先听到的是哥伦比亚人的对话。'哥伦比亚人?'我记得当时自己一愣。首先是个哥伦比亚人和加利西亚的一个大佬对话。然后他把电话交给了另一个哥伦比亚人，他们聊了几句，接着又是第三个哥伦比亚人。要想跟最后一个人说话，之前需要经过两道筛查——尽管那时我们对此人到底是谁一无所知。"

　　莱昂之后才加入这场派对。莱昂、其他警察、国民警卫队、加利西亚大区、政府——派对进入了高潮，就等那些人出现了。莱昂没有听出声音是谁的那个哥伦比亚人是何塞·内尔松·马塔·巴列斯特罗斯（José Nelson Matta Ballesteros），麦德林（Medellín）卡特尔集团的头目之一。周一早上，当莱昂在下海湾拿起电话时，他无意中撞上了世界上第三大被通缉的毒枭。

在西班牙作为一个民主国家仍在婴儿学步的时候，其政治家和执法机构对开始在年轻人中流通的毒品所知甚少，更不用说那些将东西引进来的国际团伙了。阿罗萨记者费利佩·苏亚雷斯（Felipe Suárez）在其著作《海蟹行动+》（*La Operación Nécora+*）中谈到，那些留着长发的年轻人会聚集在比利亚加西亚–德阿罗萨的佩翁酒吧（Bar Peñón）打牌、抽大麻烟。他采访了一个叫切玛（Chema）的海湾河口嬉皮士。切玛说："比赛结束后，我会抽一支大麻烟，不必担心任何人。我记得探长加贝罗（Gabeiro）劝我应该只抽烟叶，不要跟这类毒品乱来。我对他说：'放心，这是荷兰烟，慢慢习惯就好了。'"

这对即将到来的"大飞跃"至关重要。尽管很多人认为，并非是那些黑老大给乳臭未干的年轻人提供了大麻和可卡因，并在这个过程中毁掉了年轻人。但他们错了。已经具备商机嗅觉本能的当地毒贩，准确地认定了他们的孩子及孩子的朋友所吸的刺激性物质中大有商机——就像他们以前认定汽油、废金属和烟草一样。直到那时，他们才开始做功课，然后接管了对一代年轻人来说就像流行病一样的毒品生意。

21世纪初的毒贩克星何塞·安东尼奥·巴斯克斯·塔因（José Antonio Vázquez Taín）法官说道："年纪大的人故步自封，他们的烟草生意井井有条，已经赚得盆满钵满。他们不想涉险——这是一个未知的领域。倒是年轻人瞄准了这个商机和潜力——少花力气，多挣钱。"确切地说，是"老爷子"曼努埃尔·查林·加马（Manuel Charlín Gama）的儿子首先揭开了潘多拉盒子。

比利亚加西亚–德阿罗萨的第一批嬉皮士包括塔蒂（Tati）、达马索（Dámaso）、里韦罗·德·阿吉拉尔（Rivero de Aguilar），他们留着长发，迷恋伍德斯托克（Woodstock）的纵欲及享乐主义。1975年他们去英国旅行时，发现了大麻的"妙用"。他们一次又一次前往英国，每次都带一点大麻回来消夏。不久之后，嬉皮士组成了新的军团，他们一起创造了一场运动，为加利西亚以比戈市为中心的新潮派（movida）铺平了道路。切纳诺（Chenano）、奇鲁卡（Chiruca）、马里贝尔（Maribel）、塔拉诺（Tarano）、"瘸子"（Cojo）奇斯（Chis）、切玛等当地人因从英国引进大麻，他们对摄影、艺术、和平运动的讨论，以及他们的放浪而成为传奇。他们堪称完美的嬉皮士。

安赫尔·法卡尔（Ángel Facal）是第一个系统运输大麻的人。他和塔蒂开车去摩洛哥，返回时在后车厢里装上三四千克。很快，他们就无须再穿越直布罗陀海峡了，因为其他大麻贩子已经开始把货物运到了马德里或塞维利亚（Sevilla）。年复一年，大麻变得越来越容易采购，他们自己的市场也随之不断扩张：不仅是他们在比利亚加西亚–德阿罗萨的朋友，还有比戈和圣地亚哥–德孔波斯特拉（Santiago de Compostela）的年轻人，很快都同意了在阿罗萨把大麻价格压低。这里同西班牙其他地方一样，大麻非常流行。生意非常红火，于是"瘸子"奇斯和切玛在桑亨霍买了一块地，并开了一家酒吧，当时那里是马德里人的高端旅游景点。他们给酒吧起名为"七座山丘"（Siete

Colinas），并招了"瘸子"安赫尔（Ángel）和"聋子"（Sordo）苏索（Suso）和他们一起工作。酒吧关门后，他们会去波尔图诺沃（Portonovo）喝上几杯，然后在日出时去海滩游玩 —— 不必有何牵挂，但要确保他们在当晚酒吧营业之前吃点东西。

20世纪80年代来了，而正是在那些夏天，他们在宿醉中抽着大麻，这一群人中的一个姑娘阿德莱达（Adelaida）爱上了奇斯。她父亲和他那一代的许多人一样，是个走私者。在当时，这没有什么可大书特书的，但从我们现在的角度来看，那却是一粒重要的种子：她的父亲不是别人，正是曼努埃尔·查林·加马，正是通过这种儿女私情的关系 —— 曼努埃尔对此心有芥蒂，甚至一度恐吓奇斯，因为奇斯在阿德莱达未满18岁时就开始和她约会了 —— 曼努埃尔·查林·加马的儿子，阿德莱达的兄弟，加入了这个团伙。他们当时在全力为父亲效力。在参加奇斯等人的聚会短短两个星期后，他们就意识到栈板云斯顿香烟是多么浪费时间，他们去跟父亲谈，提出了这个想法……接下来发生的事情，世人皆知。

开拓先锋

曼努埃尔·查林·加马号称是第一个把毒品运到海湾河口的加利西亚人。这一说法虽然站不住脚（缺少有说服力的陈述，也没有证据），但在下海湾的传说中，这是不争的事实。任何一个国民警卫队员或警官都会这样说："'老爷子'是先行者。"对奇斯、切玛和其他人来说，这是一种爱好，最多只是偶尔去趟塞维利亚，把几千克的大麻装进汽车后备厢。但走私者却将其变成了大买卖。当你能从摩洛哥直接用渔船运大麻时，何必还要驱车去安达卢西亚呢？黑老大登场了。

到底他们是如何建立联系，从而由烟草转向毒品走私的，尚不为人所知。但我们知道，这对他们来说并不是什么难事。法官塔因说："从烟草开始，基础设施已经就位，这让一切变得如顺水推舟，也给了他们的新供应商一定的信心。从社会角度看，也没有什么真正的障碍——有一种免罚、放任、被社会接纳的感觉。人们花了几年的时间才弄清楚毒品是什么、它们意味着什么，而与此同时，黑老大则可以继续为所欲为。"第三极是法律的落后，加上缺乏对补救的兴趣。加利西亚大区不具备对付类似黑手党帮派的能力，别忘了，他们是政党的慷慨捐助者。此外，比起西班牙的这个遥远角落的问题，政府自己还有更重要的事情要考虑，例如，1980年埃塔犯下的99起谋杀案，或者全国每天有1000人排着长队等着领取救济金，等等。当然，法律也有利于家族帮派：麻醉物质尚未受到管制，处罚的级别等同于烟草。费力少，赚钱多，风险不增不减。他们怎么能罢手呢？

加利西亚的黑老大最初很可能是通过洗钱渠道与国际贩毒团伙取得了联系。查林家族的第一步是与之前为他们向瑞士送钱的摩洛哥人接洽。正如加利西亚反毒品及有组织罪案组（Unidad de Drogas y Crimen Organizado）现任组长费利克斯·加西亚（Félix García）所说："他们先是进行了几次小规模的试运行，结果进展顺利，如此轻而易举令他们不大相信。加利西亚人建立的网络在欧洲可谓独树一帜。"这些试运行之后，如火如荼的全面托运开始了，从那天起，加利西亚的年轻嬉皮士再也不必出城去购买大麻了。

劳雷亚诺·乌比尼亚是第二个下水的。当时他的会计师是摩洛哥人，名叫德里斯·塔伊亚（Dris Taija）。1990年，此人在丰希罗拉（Fuengirola）被谋杀。塔伊亚尝试走私了一些大麻，信奉同样的真言：费力少，赚钱多，风险不增不减。显然，乌比尼亚还是做了一番思想斗争的。在废金属、汽油和烟草走私上曾小试牛刀，听说这种新物质有危险，他有点拿不定主意。乌比尼亚向妻子请教，妻子也疑虑重重。在经过深思熟虑后，乌比尼亚，从未因贩运可卡因获罪的黑老大，决定铤而走险，帮助一家摩洛哥组织将他们的产品引进到海湾港口。事情进展很顺利，事实上是非常成功，于是他直接加入了一个巴基斯坦组织，该组织在大规模贩卖大麻界颇有建树。这些加利西亚绅士的效率让全世界毒枭的脸上都乐开了花。

乌比尼亚后来说：“如果我曾经参与走私大麻，那是因为我一直认为大麻在某一时刻会合法化，无论是在西班牙还是在世界其他地方。大麻和其他毒品的区别在于它是一种软性毒品，据我所知，还没有人因吸食大麻而死。”

对于这种思维方式，乌比尼亚家族极其严肃认真，他们甚至找到了西班牙著名作家、《毒品通史》(*Historia general de las drogas*) 的作者安东尼奥·埃斯科霍塔多（Antonio Escohotado）。埃斯科霍塔多说：“当（乌比尼亚）被起诉时，他的家人让我为他们写一些关于大麻的历史、影响和当今使用情况的文章，我当然乐得效劳。我甚至同意审讯时出庭接受讯问，但在那时，乌比尼亚碰巧解雇了他的律师，我记得是鲁伊斯·吉梅内斯（Ruiz Giménez），我从未被叫去出庭。”

乌比尼亚家族金融体系的最后一枚棋子落定在了大西洋彼岸的巴拿马。这个中美洲小国是避税天堂中的天堂，也是哥伦比亚卡特尔远离家乡的家园。正是在这里，加利西亚人开始投资公司，作为洗白瑞士金条的方式。根据后来的披露，几乎所有的黑老大资产都由注册文件晦涩且难以追查的巴拿马公司持有。在这些主顾当中，就有“拉奥西公司”的头目——西托·米南科。他总是衣冠楚楚，他的胡须也总是整整齐齐，这位“海湾河口的埃斯科巴”对加勒比地区情有独钟，尤其是那里的美女。当时他仍与第一任妻子罗莎·波索（Rosa

Pouso）维持婚姻关系，并和她育有两个女儿。但是，一次次的巴拿马之行，让他投入了另一个女人的怀抱，那就是他的第二任妻子，奥达利斯·里维拉（Odalys Rivera，加利西亚姓）。她是1984年掌权的诺列加将军（general Noriega）政府司法部部长的侄女。奥达利斯后来给西托·米南科生了个女儿。据一位老国民警卫队员称："是她把他引向了可卡因，她认识哥伦比亚卡特尔安插在巴拿马的人，为他牵线搭桥，事情就是这样开始的。"不离西托·米南科左右的是何塞·曼努埃尔·帕丹·盖斯托索（José Manuel Padín Gestoso），也就是人们熟知的"加泰罗尼亚人马诺洛"（Manolo el Catalán），后来人们发现他也在巴拿马度过了大段时光。他与洪都拉斯人拉蒙·马塔·巴列斯特罗斯（Ramon Matta Ballesteros）一起出席了麦德林卡特尔的早期会晤，后者是巴勃罗·埃斯科巴的下属兼哥伦比亚和墨西哥卡特尔的中间人，正是此人在1984年下令杀害了美国缉毒局（DEA）探员"奇奇"（Kiki）恩里克·卡马雷纳（Enrique Camarena）。两人在巴拿马会面，并一起前往哥斯达黎加，在那里他们同意用一些低调的船运来试水。在加利西亚，哥伦比亚人找到了通往欧洲的完美门户：现成的基础设施，熟悉该地区的人，几乎总是缺席的警力和立法系统，外加讲西班牙语。哥伦比亚卡特尔当时已被美国缉毒局跟踪，生意因此受到了影响。所以他们很高兴能在这个新市场找到可靠的联系，结果发现，阿罗萨就是他们一直在寻找的生命线。

顺利的运输试水在1984年4月经历了短暂的停顿，当时哥伦比亚司法部部长罗德里格·莱拉·博尼利亚（Rodrigo Lara Bonilla）因对卡特尔采取的攻击性立场而被谋杀。当时他在波哥大（Bogotá）北部自己的奔驰车上，被职业杀手从摩托车上击中。他的保镖一路追赶。埃斯科巴的这两名杀手在逃跑中摩托车失控，一人死于车祸，另一人被捕，被判11个月监禁。哥伦比亚总统贝利萨里奥·贝坦库尔（Belisario Betancur）对这起谋杀案恨之入骨，此后不久就向毒枭宣战。巴勃罗·埃斯科巴逃到了尼加拉瓜，二把手豪尔赫·路易斯·奥乔亚·巴斯克斯（Jorge Luis Ochoa Vásquez）和三把手何塞·内尔松·马塔·巴列斯特罗斯逃到了马德里。与他们同去的还有卡利卡特尔的头目吉尔伯托·罗德里格斯·奥雷胡埃拉（Gilberto Rodríguez Orejuela）。

他们选择西班牙并非偶然。最近与加利西亚人的会晤无疑使他们找到了集中注意力的最佳地点。马塔·巴列斯特罗斯后来选定了拉科鲁尼亚，在一个俯瞰奥尔赞海滩（palaya del Orzán）的巨大公寓里落脚。这里后来成为麦德林卡特尔在当地的总部，负责洗钱及与加利西亚人的所有交易。这位老兄虽然相隔遥遥，但实际上仍然通过电话处理一切事情。恩里克·莱昂探长窃听到的一定是其中的一次谈话。在当局还在追查烟草交易之时，该卡特尔已经悄然在加利西亚安家落户。

奥乔亚·巴斯克斯和罗德里格斯·奥雷胡埃拉留在了马德里，着手巩固西班牙和哥伦比亚之间联系的桥梁，并开始洗白他们随身带来的巨额现金。奥乔亚·巴斯克斯一到此地就更名换姓，脸上也做了大面积的整形手术。美国缉毒局已经全力出击到处搜捕他。罗德里格斯·奥雷胡埃拉虽然没有改头换面，但的确伪造了证件。两人一起开始寻找可以投资的买卖。他们在西班牙首都偏僻郊外波苏埃洛–德阿拉尔孔（Pozuelo de Alarcón）的一座高档别墅里立足，雇用了一些享有声望的西班牙律师，但最终还是吸引了太多的注意力：人们不可能不注意到在如此短的时间内，该地区出现了如此巨额的资金。1984年11月15日，警察冲进别墅，将两人带走。罗德里格斯·奥雷胡埃拉有一本账簿，上面记录了价值超乎想象的可卡因交易。西班牙首相费利佩·冈萨雷斯接到美国方面的电话，要求紧急引渡。

这些哥伦比亚黑老大在西班牙监狱里待了两年；在与罗纳德·里根（Ronald Reagan）的交谈中恐怕没有提及这一点。就在引渡他们的谈判进行时，奥乔亚·巴斯克斯和罗德里格斯·奥雷胡埃拉熟悉了加的斯市（Cádiz）圣玛丽亚港（Puerto de Santa María）监狱和马德里卡拉班切尔监狱。而且，惊人的巧合在于，在1984年的"宏起诉"之后，一些加利西亚走私犯也被同时关在里面。他们有大量的时间分享秘密，同时加深在巴拿马所开始的关系。其他加利西亚黑老大也如法炮制，在过道和牢房里，加利西亚与哥伦比亚之间缔结了新的纽带。在阿罗萨有传言说（相当恰当），加利西亚贩毒现象源于卡拉班切尔监狱。

加利西亚的黑老大，得益于他们法律团队的上乘服务，很快就被释放。哥伦比亚黑老大一直待到了1986年，最终成功地避免了被引渡到美国，在那里等待他们的是10年或15年的判决。令美国人感到诧异的是，他们被送回了哥伦比亚，回国仅仅几个月后，他们就获得了自由。罗德里格斯·奥雷胡埃拉的长子费尔南多·罗德里格斯·蒙德拉贡（Fernando Rodríguez Mondragón）后来写了一本名为《博弈者之子》（El ajedrecista）的书。书中写道："离开西班牙需要2000万美元，其中500万美元给了费利佩·冈萨雷斯……他的谈判代表说，大选在即，他们需要这笔资金。这就是我们能够促成这笔交易的原因。"书中还描述了巴勃罗·埃斯科巴的私人飞机携巨款而来，另外还带来了1000万美元用于国家法院（Audiencia Nacional）——西班牙负责管辖国际犯罪的高级法院。这些说法和蒙德拉贡书中的其他说法一样，如罗德里格斯·奥雷胡埃拉还与埃塔的爆炸专家在卡拉班切尔一拍即合，并将之带到哥伦比亚的事实，如此种种，至今依然没有得到证实。真也好，假也罢，正是在1986年，麦德林卡特尔进入了毒品恐怖主义阶段，从那时起，爆炸事件几乎成了哥伦比亚的家常便饭。

与此同时，何塞·内尔松·马塔·巴列斯特罗斯设法躲过了拉科鲁尼亚当局的注意，得以继续从事运输和洗钱的工作。佩费克托·康德说，哥伦比亚人向这座城市投入了数百万美元，拉科鲁尼亚市民不胜感激。汽车经销商洛萨汽车行（Automóviles Louzao）率先从这些流动资金的注入中获益；虽然是该市最大的企业之一，但它已经快倒闭了。洛萨汽车行所代理的有些汽车公司，如宝马等，对这些新的哥伦比亚伙伴颇为不满，最终切断了与该经销商的联系。

得到大量"毒品美元"雨露的还有蓬特韦德拉的建筑公司奥尔赞停车场（Aparcamientos Orzán），该公司为城市广场和现在的大学医院建造了停车场。这一丑闻于1988年在《国家报》曝光。有一张马塔·巴列斯特罗斯在蓬特韦德拉的城市广场遛狗的照片，标题是"可卡因大亨家族在西班牙大举投资"。这篇文章披露了从卡特尔拿钱的公司和政客的名字，其中包括前市长弗朗西斯科·巴斯克斯（Francisco Vázquez），他是拉科鲁尼亚政治舞台上的通天人物，有一次没参加竞选就当选了市议会议员。曾经为奥尔赞停车场办理工作许可证提速的弗朗西斯科·巴斯克斯对此感到非常愤怒，并投诉了《国家报》："这纯粹是对拉科鲁尼亚美名的攻击，就在城市刚刚走向欣欣向荣的时候，就在事情开始起步的时候，我们有了投资和城市开发，就在我们开始大力推动，意味着我们可能会有新的停车场、议会大厦、购物中心的时候……"

这一声明也恰巧成了他最后一次在公开场合的发言。区长拉蒙·贝拉（Ramón Berra）也大声疾呼，声称马塔·巴列斯特罗斯是"清白的"并为此引用了警方的报告。社工党秘书长安托伦·普雷斯多（Antolín Presedo）说，他认为《国家报》的文章是"站不住脚的争辩"。

换言之，《国家报》揭露了一张完整的麦德林钱网，而大家都被蒙在鼓里。同样，9个月后，美国缉毒局主管约翰·劳恩（John Lawn）在罗马的一次禁毒峰会上挺身而出，发表了以下声明：

> 我们认为，可卡因进入欧洲的主要入口是伊比利亚半岛。我们还知道，极为强大的麦德林卡特尔和奥乔亚家族与西班牙实体有直接接触，并享有共同的文化和同一种语言。我们知道奥乔亚在西班牙侨居了一段时间，这使我们相信可卡因最初是经由西班牙来到欧洲的。奥乔亚家族也负有责任，利用马塔·巴列斯特罗斯为他们做事。

约翰·劳恩直截了当地解释说，由于卡特尔与加利西亚家族帮派之间的关系，可卡因起初不计其数地出口到欧洲。与此同时，西班牙当局、商界和政界人士一直优哉游哉地吹着口哨，望着天空。伊比利亚人的消极态度令美国缉毒局非常失望，显然是他们把有关马塔·巴列斯特罗斯的信息传递给了《国家报》来煽动舆情。就在当局打开手提箱装入成堆的贿款时，加利西亚黑老大的海岸畅通无阻，他们的黄金盛世开始了，大西洋的白粉时代降临了。

人们都搞不懂："老爷子"查林怎么会几乎分文不赚地出售皇帝蟹呢？

第 四 章

加利西亚黑手党

哥伦比亚朋友

20世纪90年代初，哥伦比亚人雨果·帕蒂尼奥·罗哈斯（Hugo Patiño Rojas）参与了加利西亚的卡利卡特尔的运营。一名国民警卫队员说："我觉得他现在回到了哥伦比亚，但我也说不准。"当年，他在拉科鲁尼亚郊区有一套公寓，可以俯瞰圣克里斯蒂娜（Santa Cristina）海滩。像其他哥伦比亚卡特尔一样，卡利卡特尔在西班牙建立了一个前哨，帕蒂尼奥·罗哈斯是他们在伊比利亚的负责人。1992年，帕蒂尼奥·罗哈斯与"老狗"（Can / Perro）何塞·桑托鲁姆·维亚斯（José Santorum Viñas）达成了一笔交易，后者是来自加利西亚博伊罗市（Boiro）的黑老大，目前因走私600千克的可卡因在监狱服刑。开始交易时，"老狗"何塞的两个手下要从船上下来作为人质留在哥伦比亚直到交易完成。他们一个是负责这项行动的伊格纳西奥·毕尔巴鄂（Ignacio Bilbao），另一个是胡安·曼努埃尔·加西亚·坎帕尼亚（Juan

Manuel García Campaña）。交易过程一路畅通没有任何阻碍：拖网渔船停靠在了哥伦比亚码头，货物搬到了船上，跨越大西洋的返航完成，快艇将商品运到了海湾河口。毕尔巴鄂和加西亚·坎帕尼亚可以自由返回家乡。到达家乡后，出于成功的兴奋，后者喝干了博伊罗的酒，这还不够，还到萨伦斯（Salnés）买醉，把那里的酒喝了个精光。他驱车回家，进城后，车冲出了公路。在撞击中，他撞破挡风玻璃飞了出来，最后落在一户人家一楼的阳台上，一命呜呼。这正是福兮祸之所伏。

加利西亚从大麻到可卡因的转型彻底而平稳。货物开始大量涌入；哥伦比亚人和摩洛哥人对家族帮派的信心被证明完全正确。加利西亚人成为词典定义的犯罪组织：经营善、人脉广、财力厚。当他们在海湾河口崛起成为无可争议的霸主时，他们也想确保全世界都对此有所知晓。

首要的环节都有哥伦比亚人的参与，各主要卡特尔，如麦德林、卡利和波哥大都派了一批顶尖干将，如雨果·帕蒂尼奥·罗哈斯，前往马德里和加利西亚。马德里负责洗钱，取出后送回哥伦比亚。加利西亚操控所有货物和解决运输问题。如有麻烦，卡特尔都会派他们的职业杀手进城。如果你在阿罗萨听到有人操哥伦比亚口音，你还是小心为妙。

一批最受信任的家族成员被派往哥伦比亚和巴拿马（那是卡特尔洗钱之地）监督他们在那里的运营。"加泰罗尼亚人马诺洛"就是其中一位，他和当地人一见如故，打得火热。

记者胡里奥·法里亚斯说："20世纪90年代初，我们可以开始谈论真正的具有黑社会性质的组织，这是我们能用这样的措辞来谈论加利西亚贩毒的唯一时期。这些不同的组织几乎总是通过血缘凝聚在一起，就像家族一样。加利西亚人的小农心态也体现在这一点上——家族至上。不管发生什么，都有家族做后盾。"

加利西亚变成了欧洲可卡因的通道，而这绝非仅仅是个流行语。西班牙缉毒局局长乔治·法兹（George Faz）公开表示，近80%的可卡因——幻剂、鼻嗅糖、玻利维亚行军粉，不拘什么名称——在古老欧洲大陆的迅速风靡都是通过加利西亚的海湾河口实现的。

尽管最先接触的是巴勃罗·埃斯科巴的麦德林卡特尔贩毒集团，但随着时间的推移，卡利卡特尔成了加利西亚的首选合作伙伴。该团伙的另一个头目是"帕乔"（Pacho）赫尔默·埃雷拉·布伊特拉戈（Helmer Herrera Buitrago），他的儿子负责加利西亚的运营，一度在西托·米南科的家乡坎巴多斯居住。哥伦比亚当局和美国缉毒局当时都在严密监视巴勃罗·埃斯科巴，这使得他的卡利同行能够成功上位。

加利西亚有四大家族帮派：西托·米南科团伙、劳雷亚诺·乌比尼亚团伙、查林家族，以及马西亚尔·多拉多的"岛民"。还有一些较小的团伙作为分包商围绕他们运转，包括"老狗"何塞、卢卢家族、巴鲁洛家族（los Baúlos）、普尔戈家族（los Pulgos）、曼努埃尔·卡巴罗团伙、阿尔弗雷多·科尔德罗（Alfredo Cordero）团伙、"佛朗基"（Franky）桑米兰（Sanmillán）的儿子、"帕纳罗"家族（los Panarros）和"法尔科内蒂"家族。后面会对他们一一进行更详细的介绍。

尽管这些家族起源于不同的地理区域，但它们并没有地盘概念。

他们想把货物运到哪里就运到哪里，而且生意多得做不过来，没必要发动任何"战争"。事实上，如果一批货足够大，他们还会不时地合作。但即使在这个富足时期，偶尔的背叛、欺骗或仅仅是一个误会，也意味着必须摆平，尸体数量也开始慢慢上升。

家族帮派的等级分明，各个等级的权限也有不同。他们紧紧抱团，当局很难渗透其中。如果说加利西亚人有什么不同之处，那就是他们没有透明度，他们的秘密性以及对任何反常事物的极端怀疑倾向，所有这些都与黑手党集团相同，而黑手党集团也以家庭关系为基础，并按照严格的社会规范运作。加利西亚家族帮派的不可渗透性也是其他犯罪集团如此看重他们的部分原因。

加利西亚组织的工作包括从哥伦比亚收集可卡因，穿越大西洋，在加利西亚卸货（最棘手的部分），然后交给哥伦比亚人进行分配。也可以说他们是转包商，提供货运服务。但事实上，这座连接加利西亚和哥伦比亚的毒品大桥要承担巨大的风险，每运输一批货物都要求该组织的一名成员接受前往哥伦比亚的单程机票。如果货物顺利通过，此人可以返乡；如果出现了问题……加利西亚的主要团伙从未试图玩弄哥伦比亚人，但其他较小的团伙却胆敢冒这个风险。例如，1995年9月，伊格纳西奥·毕尔巴鄂为"老狗"何塞充当人质，但那批货没能送到西班牙的卡利总部。其子不得不去哥伦比亚为他收尸，并将尸骨埋在拉科鲁尼亚的奥萨（Oza）公墓。

加利西亚最强大的家族帮派都有自己的渔船舰队，当然，都是注册在他人名下。这些几乎都是老旧船只，不再具备商业用途。一些团伙也会使用现役船只。在20世纪80年代末，西班牙加入欧共体，这

可卡因海岸

对当地的渔业来说是个沉重的打击，在允许捕捞和销售的数量上都设置了上限。许多水手丢了饭碗，开始尝试用其他货物来碰碰运气。风险虽高，但潜在的回报也非常诱人。"一些渔民又捕鱼又运毒，两不耽误。"路易斯·鲁维·布兰克（Luis Rubí Blanc）解释道。此人是一名律师和法院行政官，多年后负责查封和管理劳雷亚诺·乌比尼亚的拜恩乡村庄园。"这些家族帮派在加利西亚船队中有着骄人的网络，可我们相信有人一定会在某一时刻泄露秘密。所有的渔夫都知道实情，但竟没有一人向我们告密。真的难以置信。"

船东从加利西亚黑老大那里接到电话，收到两套坐标位置——接货点和落货点。该拖网渔船会在离岸321千米外的国际水域抛锚，由快艇接应，快艇是将货物运上岸的最快手段。一旦毒品被装上快艇，拖网渔船就空舱而归，回到它本该出海捕鱼的那个港口。

与烟草走私工作相比，这些工作耗时更短，也不太费事——只有几个包裹需要搬运。快艇靠岸，只用开动一台马达，年轻的装卸工开始卸货。一名国民警卫队员说："在包裹搬上岸时，他们会像百兽抢食般蜂拥而上。快艇会驶上海滩，顷刻之间，一切化为乌有。半小时，2吨多可卡因。"这些货物将由汽车或皮卡运走。

"乌比尼亚拥有四辆四轮驱动汽车，每辆可装30个包裹，那就是5吨多。他们会把灯熄灭，装上车，急速行驶。任何国民警卫队员都没这个胆来拦阻他们，因为他们会在汽车追踪赛中将你整死，唯一的办法就是用钉子扎破轮胎。"

他记得曾去干预过两个落货点。"你来了，他们走了，神不知鬼不觉。他们躲进山里，他们对地形了如指掌，你根本没有机会。"或者，他们可能会把包裹放在众多"祖洛"（zulo，藏货点）中的一个，通常用加利西亚海岸满地都是的金雀花和石楠遮住。1990年，在里安霍（Rianxo）附近的山丘上，国民警卫队在一个月内就找到了七个藏货点。我采访了一位名叫罗萨乌拉（Rosaura）的阿罗萨新镇姑娘，她描述了一次学校在阿罗萨岛的露营之旅。她说，有一天晚上，当所有的学生都钻进了帐篷里：

> ……我们开始听到嘈杂声，看到明亮的灯光。老师过来，告诉我们要待在帐篷里。我们很听话——反正我们都知道这是一次落货。第二天，我的一个同学发现了一个藏货点，我们玩了一个游戏，看谁敢往里面看。我猜里面一定有包裹。

虽然现在藏货点比以前少了很多，但仍有可能碰到。如果当地人碰到了，他们宁愿不仔细去看。有时，人们的住所本身就发挥着藏货点的作用。国民警卫队员补充道："他们提出要在我的地盘为某人建造房屋，作为交换，他们把商品藏在那里。而那人一般不会说半个不字。"

他们会精心挑选每一个落货点。每一次行动通常会设三到四个落货点，所有的出入口都由当地青少年严密看守。当快艇驶入海湾河口时，船长会留意内陆灯光的闪烁。如果看不到，那就意味着出了问题，他们要去第二个地方，在那里，同样，如果没有灯闪，就意味着他们应该去第三个或第四个落货点。如今，手电筒已被"一次性手机"取代——手机只用一次就扔掉，打电话，确认，将之丢弃。另一种选择是直接把货物运到加利西亚北部的港口，那里有数个港口，包括拉科鲁尼亚港，或多或少由家族帮派控制。有时船只只是停靠，把毒品卸下装进鱼箱，当局不会找任何麻烦。

"我第一次卸货是在巴约纳（Baiona）的悬崖峭壁，时间是凌晨3点。"说话的人是曼努埃尔·费尔南德斯·帕丹（Manuel Fernández Padín），56岁，阿罗萨新镇人，30岁生日刚过不久就开始为查林家族工作。几年后，他拿起电话拨通了法官加尔松（Garzón）的号码，成为西班牙后佛朗哥时期第一批受国家保护的线人之一。

"我在吸毒，非常颓靡。在波尔图诺沃参加各种聚会，喝酒。可卡因、迷幻药（LSD）……海湾河口充斥着各种毒品。当我陷入谷底时，我出去找活干。我到处找了几个月，但没有什么可干的。然后我想起了曼诺利托（Manolito，曼努埃尔·查林·加马的儿子），问他有什么可干的。他说他有批烟草要落货，可以用到我。"

两周后，曼诺利托的弟弟梅尔乔（Melchor）来到一家咖啡馆，找到了帕丹并说道："回去换上深色衣服，今晚我会来这儿接你。"后来，梅尔乔开着保时捷911来接帕丹，然后带着他到尼格兰（Nigrán）的一家洛斯阿伯托斯（Los Abertos）餐馆吃饭，并从头到尾讲述了如何卸货。之后他们来到了巴约纳的一个小峡谷，在一座施工到一半的别墅里等候。几艘快艇凌晨3点出现了。"其中一个老板因为我们抽烟而凶了我们几句，说可能会被海关监督局的探员发现。当我们从快艇上取下板条箱时，我意识到那不是烟草，而是大麻。"当晚，帕丹帮忙把2吨大麻带上了岸。

"我们要把大麻带上一个几乎垂直的斜坡，我真的不是那块料：我很胖，很久没睡好觉，而且心情沮丧。拎起第一个包裹后，我就在灌木丛中跌了个跟头。我胳膊扭了，疼得很厉害。我对自己说：你真是个废物，连这个也做不了。"

没有人注意到帕丹摔了一跤，落货顺利完成了。

两周后他又领了一份差事。他再次被告知要穿深色衣服，而这一次的落货点在穆希亚的图里南角（Cabo Touriñán），也就是死亡海岸的中心。"那是1989年的夏天。我们去了查林家族的一家孵化场，在那里等候船只。这一次卢卢家族也参与了行动：他们派了一大群人在附近的公路上做瞭望员。"当快艇驶来时，帕丹看到这次他们要卸的不是箱子，而是大鼓。"大鼓里面是可卡因。700千克左右。那个巴鲁洛在其中的一艘快艇上，是他一路从哥伦比亚把这些船带过来的，跟他在一起的还有两个哥伦比亚人。我上前接过了哥伦比亚人手中的手提箱，然后把他们带到车上。他们俩一言不发，一脸的严肃，但并不粗鲁或怎么样。加尔松让我说出他们的名字，那可不行。我现在也不会告诉你。我到现在还害怕。他们是大人物，是查林家族与该集团的接头人。"

那些大鼓被带上岸并打开，成捆的可卡因被装入雪铁龙BX。"后备厢满满当当，后座也满满当当。司机被挤在中间，快被压扁了。如果国民警卫队员拦截他，一定会大吃一惊。"但没有人拦截，他安全脱身。帕丹拿到了50万比塞塔的辛苦费。

在成为线人之前，帕丹成了梅尔乔·查林的得力助手。"我们总是会留一点可卡因自己出售。但梅尔乔有个规矩，他从不转手给其他毒品贩子。"

帕丹会把10千克的货物装进他的车里，然后开车在这个地区兜售。

"其余的我们放在雷耶斯温泉（Caldas de Reis）的一个仓库里。那时候人人都在吸毒。有时我接到一个电话，跑到销售现场时，会看到之前认识的人说——'是你？我晕！'大家都很上瘾。我们在马德里和安达卢西亚也卖了很多，要么就是有人来加利西亚上门购买。我们是毒品中心，我们的毒品遍布整个西班牙。任何想要可卡因的人都得来阿罗萨。查林家族可不是游手好闲的无能之辈。梅尔乔的主要工作是大麻的落货，但他不可能出现在每一个落货点，有时其他人也会帮着打理。可卡因的落货由哥伦比亚人负责，由'老爷子'的儿子们从中协助。他们会招一帮年轻人去做那些苦差事。"

"与其他组织有过口角吗？"

"没有，大家相处得很融洽，但是会有很多竞争。查林家族总是在谈论谁谁谁有多少钱，而他们自己对赚钱也鬼迷心窍。他们想成为最富有的阔佬。很多人都羡慕他们。我想这就是他们落得牢狱之灾的原因。一批货赚够了就应该收手，但他们不是，他们总想赚得更多。"

落货之后，这些加利西亚人要么把可卡因交给当地卡特尔的接头人，要么把它运到马德里。这些大帮派也有自己的卡车车队——归属幌子公司，通常是鱼类和海鲜企业——直接从阿罗萨开到首都大型批发市场梅尔卡马德里（Mercamadrid）的大厅。其中一家公司是巴塞尔海鲜饭店（La Baselle），这家餐馆是查林家族旗下众多餐馆之一。巴塞尔海鲜饭店把价格压低到了一个非同寻常的程度，击垮了他们的合法竞争对手。人们都搞不懂："老爷子"查林怎么会几乎分文不赚地出售皇帝蟹呢？他们其实知道原因。曾经有一段时间，人们在梅尔卡马德里买到的海鲜都来自查林家族。有时，这些货物中还含有交给驻马德里卡特尔负责人的可卡因。

一旦可卡因到了这些卡特尔手中，加利西亚人就会拿到他们的酬金，但是货到手之前绝对不会先行支付。有时双方会各自取走一半的商品，但更常见的情况是，卡特尔拿走七成，当地家族拿走三成，或者，在一个特别危险的行动中，会六四分成。加利西亚人倾向于把他们那部分货卖给哥伦比亚人，让他们出售，这意味着加利西亚人可以收到全部现款。但总有少部分货会留在海湾河口的范围内，流向充斥沿海地区的可卡因贩子。在那些年里，可卡因是最容易获得的毒品，而且价格低廉。在马德里，如果1克可卡因的价格是10000比塞塔（约合60欧元），那么在比利亚加西亚-德阿罗萨，你可以花6000比塞塔（约合35欧元）买到，比半价稍多一点。这一点点鼻嗅糖不难找到，简直是小菜一碟。

家族帮派一旦拿到了钱，接下来就要分发给所有参与行动的人：船主、水手、快艇船长、卸货的年轻人、卡车司机、汽车司机、跑腿的男孩，等等。1千克可卡因的价格约为1000万比塞塔（约合6万欧元）。如果其中一个家族在一次行动中运来1000千克，按三成算，那意味着每次都会拿到接近2000万欧元。当地人会说："他们带来了财富。"而且那是一笔巨额财富。

哥伦比亚人负责销货，从西班牙到英国、法国、意大利、荷兰、瑞典、波兰、拉脱维亚、爱沙尼亚和俄罗斯，从小小的阿罗萨到欧洲大陆最遥远的地方。加利西亚的出口业从未这么好过，比起毒品，就连海鲜出口也甘拜下风。

毒枭的作案手法多种多样，如果在某个特定时间，海岸受到严密监视，或者当局显得特别谨慎，他们会改变手法。正是在这个时候，毒品骡子的现象传到了西班牙海岸：人们会吞下缠得厚厚的或用充气袋装着的可卡因，一旦携带者进入目的地国家就可将可卡因排出体外。目前还没有可靠的统计数字表明被毒品骡子带进西班牙的毒品数量；安检部门还不知道这种方法，机场也没有任何措施阻止这种方法。马德里巴拉哈斯（Barajas）国际机场和圣地亚哥拉瓦科拉（Lavacolla）机场是毒品骡子飞行的主要机场。记者费利佩·苏亚雷斯给我们讲述了一架飞离维拉胡安（Vilaxoán，靠近比利亚加西亚-德阿罗萨）的航班，飞机上有四个当地文盲，他们要飞往巴西，一个加利西亚黑老大和他们在一起。这四人在里约热内卢游山玩水度过了一段美好的时光，后来每一个都不得不接受在直肠中植入总重30千克的可卡因小弹丸。他们先飞到意大利，然后从那里乘船返回比利亚加西亚-德阿罗萨，一到岸上他们就赶忙冲进了厕所。给他们每个人的承诺金是200万比塞塔，但他们只拿到了一半。一名男子威胁说要报警，后来发现被殴打至昏迷。不用说，他没去报警。

藏毒绝非易事，离奇的故事也并不罕见。比如在当地的水库里发现了装满钱的箱子，在起火的干草棚中发现了一堆现金被烧。一天晚上，在一个叫卡里尔（Carril）的地方，一个名叫罗穆阿尔多（Romualdo）的小毒贩，查林家族的一个手下，把2千克的大麻藏在了自己的谷仓里。第二天早上，他过来一看，发现他家的猪把大麻吃了个精光，而后死在母鸡中间。罗穆阿尔多和他的妻子进了监狱，一头猪服用过量毒品的故事登上了当地报纸，足足两页。罗穆阿尔多成了当地家喻户晓的人物。一天，他的儿子遇到了一起交通事故，他撞了"加泰罗尼亚人马诺洛"的奥迪车。那个年轻人吓傻了，走上前想去赔罪。但他说什么似乎都不管用，"加泰罗尼亚人马诺洛"对车上的凹痕很不悦。于是他试着说："还是算了吧！听着，罗穆阿尔多，就是那个他家猪吃大麻吃死的人，我是他儿子。"

可卡因海岸

阿罗萨：毒枭之乡

著名的蛤蜊产地卡里尔，就在离比利亚加西亚－德阿罗萨不远的海湾河口沿岸，那里人人都知道奥特罗·加里德（Otero Garride）在顺利落货后会怎么样：他会走路进城，一只脚踩着马路，另一只脚踩在人行道上。一位老警官笑着回忆道："他心情好的时候总是这样。"

加里德从未在毒品走私界搞出什么大名堂。这种古怪的庆祝性散步是20世纪八九十年代在加利西亚海岸兴起的黑手党式惹人眼球的小打小闹。生意进行得很顺利，接踵而来的就是穷奢极欲。据第一个黄金时代在任的国民警卫队员说："他们开始买大房子和豪宅，开着耀眼的车到处跑。他们成功了，现在他们想扬名天下。"加利西亚禁毒基金会（Fundación Galega contra o Narcotráfico）现任主席费尔南多·阿隆索（Fernando Alonso）也记得当时的情景："他们穷奢极欲。那些大毒枭、中等的毒贩和小小不言的毒品贩子，这些人到处显摆，好像他们是西西里大佬。当时阿罗萨都快变成西西里了。我对西西里没有任何成见，但我们正在朝那个方向发展，毫无疑问。"

反毒品及有组织罪案组的费利克斯·加西亚说："所有黑老大的第一选择都是豪宅，那是铁定的。年轻人的首选则是跑车。"查林家族买下了"皇家景观"（Vista Real），一座位于阿罗萨新镇的17世纪乡村庄园。劳雷亚诺·乌比尼亚不甘落后，买下了位于拜恩的乡村庄园，后在销售中抬价敲诈"老爷子"查林。这个中世纪的庄园在世纪之交进行了翻修，其中包括占地面积2.87平方千米的阿尔巴利诺（Albariño）葡萄园。

就像任何一个暴发户一样，他们必须拥有最大最好的一切。乌比尼亚把落地窗拆下，换上了新的俗不可耐的多彩玻璃。接着，他叫人给他和他的妻子做了大理石半身像。然后他又想安装一个石制冰箱，好让它与庄园里的其他东西相匹配，但技术人员说这行不通。乌比尼亚花了数年工夫想方设法安上他的石制冰箱。

马西亚尔·多拉多，人所共知，在那些日子里仍然在走私烟草。他在阿罗萨岛建造了一座巨大的豪宅，在里面立了一座巨大的佛像，又在客厅的玻璃屋顶上，建造了一个游泳池。而西托·米南科对汽车更感兴趣：他买了三辆雪佛兰科尔维特（Corvettes）超级跑车，动不动就把它们开出去兜上一圈。

毒枭的炫富催生了各种各样的传奇。例如，据传乌比尼亚在他的庄园下面挖掘了隧道系统，或传在房子横梁上构建了用来藏钱的隔间。阿罗萨新镇的人们仍然在谈论这样一个故事：一天早上他们醒来发现水库里漂着钱，那是因为当缉毒探员到门口时，一个黑老大将大把大把的钱扔进了厕所。

"他们奢侈无度，贪得无厌。他们以绝对不受惩罚的方式聚敛了大量财富，各种各样的财产——房子、汽车、小船、大船、游艇、公司、公寓、土地……"费尔南多·阿隆索解释道。而为他们工作的年轻人也同样热衷于摆谱：货物成功装运后，他们会直接去宝马或奔驰的特许经销商处。正是在那些年里，阿罗萨新镇被称为"奔驰之乡"（Vilamercedes）。

他们对上流生活驾轻就熟。家族首领以喜爱美食而闻名。他们会吃美味的海鲜大餐，部分原因是所有的海鲜公司都属于他们：捕捞上来的最好的海鲜会直接送上他们的餐桌，伴着最上等的阿尔巴利诺葡萄佳酿咽下。在托克萨的赌场设有他们的私人包房。当地记者费利佩·苏亚雷斯做了个统计，在20个月的时间里，西托·米南科出入赌场达107次。而各种派对，通常都有国民警卫队的高级官员参加，更是没完没了。没人愿意错过黑老大的社交聚会：警官不愿意，政客也不愿意。他们甚至还在比利亚加西亚-德阿罗萨商会开派对。一切都跟电影上一样，但也是当时的现实。

当地记者也逍遥自在乐趣多多，尤其是那些体育记者和没有参与调查家族活动的其他记者。西托·米南科是个铁杆足球迷，更是一位讲究排场的东道主，经常邀请他们一起共进晚餐。曼努埃尔·哈博伊斯（Manuel Jabois）的一篇文章《压碎的螃蟹腿》（*Las patas machacadas de la nécora*）[1]，描述了加利西亚许多精英记者参加的一次

1　关于"海蟹行动"的文字游戏，nécora是一种螃蟹。

晚宴。海湾河口能提供的美酒、香槟、最好的海鲜都在那里，还有一些高级妓女，作为餐后娱乐。正如哈博伊斯所说："黑老大不介意走遍各个大洲的天涯海角，只要他们能准时和一个19岁的坎巴多斯女孩约会。"

黑老大喜欢应召女郎，但更喜欢与富豪和名流摩肩擦背。歌手伊莎贝尔·潘托哈（Isabel Pantoja）是20世纪80年代科普拉（copla，一种西班牙民间流行音乐）音乐界的巨星，曾在西托·米南科的一次坎巴多斯晚餐上献唱。甚至，胡里奥·伊格莱西亚斯（Julio Iglesias）也间接地与家族帮派有过接触：他的前任经纪人罗德里格斯·加尔维斯（Rodríguez Galvís）因涉嫌在某些可卡因运输中充当中间人而被调查。加尔维斯和伊格莱西亚斯经常现身托克萨赌场。商人卡洛斯·戈亚内斯（Carlos Goyanes），那个时代顶级派对的常客，作为"海蟹行动"的一部分被指控。他被指控在伊维萨（Ibiza）和马尔韦利亚（Marbella）的派对上分发从加利西亚买来的可卡因，而这些都是加利西亚黑老大亲自参加的聚会。他面临八年的刑期，但最终被判无罪。

一个加利西亚黑老大观察者说道："想象一个乡下人，任意一个乡巴佬，再想象他们腰缠万贯。简直俗不可耐，衬衫不系扣子，故意炫耀粗粗的金项链，手上和腕上戴着滴里搭拉的珠宝首饰。"再多的财富也无法掩盖他们的低级趣味，一切都矫揉造作，令人作呕。他们每个人都有数家海鲜店、一个垃圾场、一两个酒吧，或者农场，这是他们的必需品，好给当局作秀，也便于洗钱。这意味着，以农民的形象在大门前停一辆保时捷卡宴（Porsche Cayenne），或者在海滩小屋里，女人手腕上戴着劳力士（Rolex）手表端上炸鱿鱼三明治都是稀松平常的事。大家都心知肚明。那些选择贩毒为职业的人与过着普通生活的老百姓和平共处，而政府对于这种现象却坐视不管。某个打工仔从杂货店换班之后，直接跳上自己的跑车扬长而去。这样的事情也只能发生在下海湾了！

他们最不缺的就是十字架和海上保护神圣女卡门的雕像。大多数黑老大在特定时刻都会在海上冒险，危及生命。圣女卡门会被铭刻在快艇和当局检查过的建筑物上。在圣女卡门节那天，当所有缀满鲜花的当地船只在码头上游行时，打头阵游行的不是地方议会的财产，而是这些毒枭的私有船只。

家族帮派有套自己的规范和黑手党式的做法，但大多比你在电影中看到的要卑劣得多。有些事情当地记者也不得不忍气吞声："一天，我从学校接儿子回家，我们发现一只死猫倒挂在我家正门上。这是一个警告，不用多想就知道是谁干的。"还有一名记者回家后看到一个丧礼用花圈，他说："上面用花拼出了我的名字。"这对任何负责调查这些家族的记者来说都是饱受考验的岁月。

这可能看起来像是一个笑话，或者是当时的电影制作人漠视加利西亚海湾河口的社会现实的证明。但喜剧片《安全气囊》（*Airbag*）是最能捕捉到该地区毒品走私黄金岁月的电影之一。影片的基调滑稽荒谬，但帕科·拉巴尔（Paco Rabal）饰演的加利西亚人黑老大在与葡萄牙毒贩打交道时也相当逼真：他有自己的司机、大量珠宝，有暴力倾向，年轻的靓妹总是吊着他的膀子而且总是受到赌场的欢迎和礼遇，他是政客的朋友兼经济靠山。虽然这是一种滑稽模仿，但这部电影还是有那么一丝丝真实性，不过大多数人当时都不大信服。其中有一幕，拉巴尔恐吓一些在场的其他人物，他的下属持枪包围着那些人。那些人试图让拉巴尔饰演的黑老大冷静下来并说道："你不能开枪！这里有这么多证人。"黑老大环顾四周，回答道："但他们住在这个城市，而这个城市是我的。顺便说一下，法官也是我的。"

现实就是如此。不折不扣的免于惩罚。海湾河口的人们接受、容忍甚至仰慕他们。还是那句从万宝路塞尔塔时代起人们就听说过的亘古的真言——"他们带来了财富"。屈尊和默许融为一体。人们会说："与其出去偷东西，还不如为家族工作。年轻人总得干点什么来消磨时间。"犯罪行为和社会可接受度之间的界限不清不楚，而黑老大的慈善事业更加混淆了这一界限。正如烟草走私者自20世纪50年代以来所做的那样，这些毒枭为各种社会激励措施和社会福利提供了资助。教堂的金库总是被填满，街头聚会和游行等盛大活动，甚至足球队和运动场的出现都得益于毒枭的恩典，他们一手遮天。

胡里奥·法里亚斯解释道："社会接受度源自烟草时代，宽容已经根深蒂固。人们学会了忍受明显的非法活动，这为有增无减的毒品贩运提供了肥沃土壤。人们不想知道，他们更愿意避而不见——这是加利西亚的传统。"

"尽是沉默"是加利西亚小说家曼努埃尔·里瓦斯为他一本书所取的名字，暗示人们在其真正的心态中有某种东西有利于毒品贩运。一种加利西亚的缄默法则（omertá）、习俗、狂热或文化基石意味着人们总是事不关己高高挂起。"主与你同在"（Alá cada quen）这话适用于他们中的每一个人——甚至是那些毒枭。

恩里克·莱昂说："再者说，他们又能做什么呢？说真的，谁又会

　　　　　　　　　可卡因海岸

去告那些黑老大的密？人们嫌麻烦，也没有这个胆量，这是明摆着的事。"恩里克·莱昂在这部社会学交响曲中敲响了最强音：人们无所作为，因为这本该是国家、当局、所有机构分内的工作，可他们也都不作为。面对这种被动局面，人们基本上会说，国家都不出面，你怎么能要求个人挺身而出？国民警卫队看上去比毒枭更不可信，警方资源不足，法官耸耸肩不了了之，地区议会还有其他事情要做，再说马德里——人人都知道马德里只会袖手旁观。根本没有任何人能来阻止雪佛兰车里的西托·米南科。也正如帕科·拉巴尔在电影中所说："城市是我的。"

加利西亚，而不是阿斯图里亚斯或坎塔布里亚，成为这样一个可卡因通道绝非巧合。正如我们所看到的，有许多非常真实的促成因素，还有一些非常真实的有罪的党派，因为金钱、权力，或者说，实际上的资源匮乏而对日常现实麻木不仁。费尔南多·阿隆索指出："加利西亚政府多年以来一直拒绝承认有组织的毒品贩运的存在。意思是说他们不是不打击，而是声称它根本不存在。"再看看与西西里的相似之处，那里的黑手党为所欲为，因为根据罗马官场的说法，他们是人们想象的虚构人物。阿隆索接着说道："年复一年，他们否认事实的真相，家族帮派在组织和力量方面又赢得了五年的优势。正是这种被动性，这种否认的状态，使他们得以大展宏图，正是这种疏忽使他们得以发展壮大。"

"这简直是一种耻辱。"费利佩·苏亚雷斯在其著作《海蟹行动+》中写道："在长达六年的时间里，这个国家没有一个人动动手指来对付这种社会邪恶。"只要看看那些最后试图想做点什么的人的下场就知道了：法官塞奥恩·斯皮格尔伯格和省长比希尼奥·富恩特斯分别被派往了桑坦德（Santander）和阿尔瓦塞特。社工党认为，与家族帮派对抗不会赢得选票——而人民党数年前就已经通晓此道。不仅如此，一位不愿透露姓名的加利西亚高级法官说得更清楚："在加利西亚，从来没有一个政党没有得到过毒枭的资助，一个也没有。"

西托·米南科开着他的敞篷雪佛兰在比利亚加西亚－德阿罗萨转悠，后座上坐着两个加勒比姑娘，他还将可卡因卸在附近的海滩上，如果他能这样做，那是因为大家对此都心照不宣，或者，至少，人们并不介意。

可卡因海岸

第 五 章

黑帮大佬

阿罗萨湾

照片由比托·梅胡托（Vitor Mejuto）拍摄，
由《加利西亚之声报》（*La Voz de Galicia*）提供

劳雷亚诺·乌比尼亚
加利西亚的大麻贩运黑老大。拜恩庄园是其家族权力的象征。在多次入狱服刑后，于2017年3月获释。

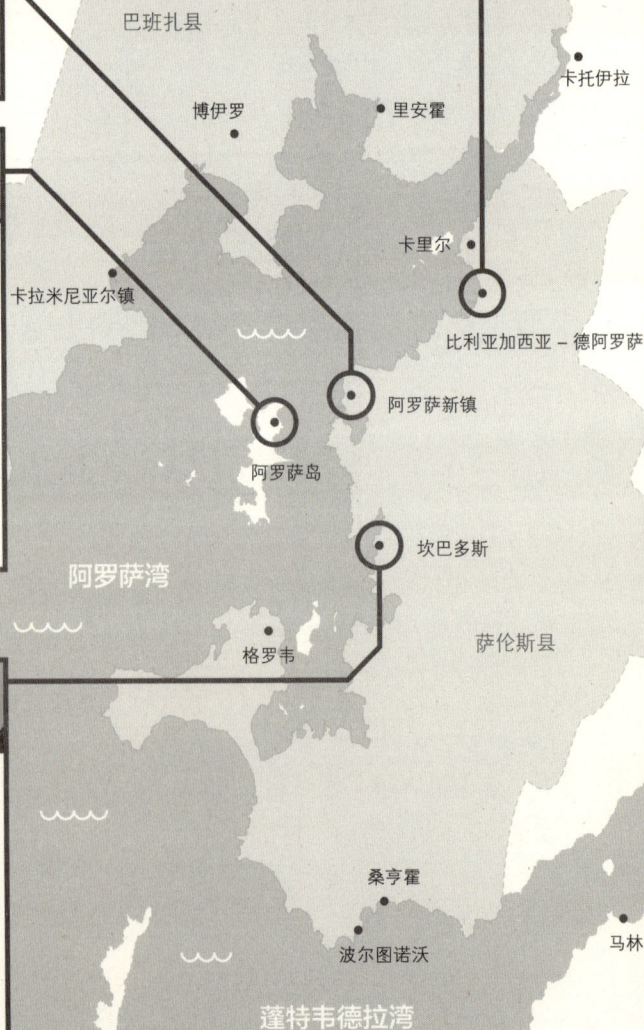

查林家族
一个由族长"老爷子"掌舵的西西里风格家族，在撰写本书时，他仍逍遥法外。他的许多子女、侄子、侄女和孙辈都是有名的可卡因和大麻走私犯。

马西亚尔·多拉多
原欧洲烟草走私团伙头目。他与加利西亚自治区（大区）主席阿尔贝托·努涅斯·费霍在游艇上的照片在媒体上引发了丑闻，不过没造成政治影响，目前在监狱服刑。

西托·米南科
海湾河口的埃斯科巴，加利西亚最有权势的黑老大，直接与卡利卡特尔合作。2001年被捕，在撰写本书时，他的判决已降级，被准许暂时获释，但永不得踏入加利西亚。

巴班扎县

博伊罗

里安霍

卡托伊拉

卡里尔

卡拉米尼亚尔镇

比利亚加西亚－德阿罗萨

阿罗萨新镇

阿罗萨岛

坎巴多斯

阿罗萨湾

萨伦斯县

格罗韦

桑亨霍

波尔图诺沃

马林

蓬特韦德拉湾

"西托·米南科，政治牢囚"

> 应该庆幸的是我不相信暴力。如果我相信，你们这些人早就
> 完蛋了。（西托·米南科对"海蟹行动"的法官说）

2000年，拉科鲁尼亚乐队"奥斯·帕帕奎索斯"（Os Papaqueixos）发行了《毒枭之歌》（*Teknotrafikante*），后来成为他们最火的一首歌。这首歌融合了斯卡曲风和加利西亚民谣，粗犷而明快，歌词却提出了加利西亚先锋派的想象。其中有一句："西托·米南科，政治牢囚！"另一句唱道："很多很多辛塔索[1]，很多很多辛塔索。到底有多少行辛塔索？"这倒不是为米南科歌功颂德，而是嘲讽。可事实是，米南科确实受到了人们的尊敬，甚至是崇敬。毋庸置疑，他是海湾河口最有权

1　辛塔索（Sintasol）是一种地板清洁剂。

势的黑老大。

何塞·拉蒙·普拉多·布加洛，1955年出生于坎巴多斯一个靠海为生的家庭，人称米南科家。和所有人一样，他家也经历了同样的艰苦岁月。他小时候上学，逃课比上课还要多，他会和父亲一道去打鱼拾贝，不过他们没有执照。他们偷偷摸摸，不按规矩办事：运用所谓的"喷罐"技术，一种破坏生态系统的非法拖网捕鱼方式。正是在那些日子里，他开始与海洋当局长期打交道。不久，他厌倦了渔网和罚款，找了一份在快艇上传信和打杂的工作。起初，他只是做一些零工，但后来，当他高超的驾船技术崭露头角时，烟草走私家族开始雇用他做一些落货的工作。他被维森特先生的帮派任命为船长，同他的快艇月光号（Rayo de Luna）一起在海湾河口成为传奇 —— 在栈板间飞速地迂回穿梭，上岸的时候马达都还没熄火。当他独门立户，开办声名狼藉的"拉奥西公司"时，他建造了一艘新的快艇，更轻更快，取名为西普拉二世号（Sipra II），后来他为他的很多幌子公司都起了相同的名字。"拉奥西公司"一炮打响，到20世纪80年代初已成为欧洲最强大的贩毒组织之一。

其他的毒枭尊敬西托·米南科，因为他发迹于海湾河口。他也绝对忠诚。他懂得大海，知道驾驶快艇和冒着生命危险追逐是怎么一回事。有位警官回忆道："有一天，那混蛋在港口出现，身上被严重晒伤。我们问：'西托，怎么，又去外边提货了？'他只说：'是合法生意，伙计。'"他蒙着眼睛都能在海湾河口航行；与人相处从不造作；温文尔雅，彬彬有礼，一点也不暴力。他号称只与严肃的专业人士共事，且身边都是崇拜他的人。只要跟他做事，那些人的家庭从无后顾

· 可卡因海岸 ·

之忧 —— 如果他们上了法庭，西托·米南科会负责打官司的费用，并亲自任命一名律师。如果他的一个手下失踪或进了监狱，这个家庭每月能领取抚恤金，子女的学费也将得到支付。换句话说，他体恤自己的手下，所以他能成功。

他的第一任妻子名叫罗莎·波索，他们在一起育有两个女儿。然而，这段婚姻并没有维持多久。这个世上，如果真有什么事情能让他分心，那就是女人了。亚历安德丽娜（Alejandrina）是他女友中最著名的一位。他还和一个来自阿罗萨的姑娘交往，在她19岁时就开始跟她约会，而且还定期到巴塞罗那跟她幽会。甚至有传闻说，他和阿罗萨的一名社工党政客的女儿有染，该政客在谴责贩毒方面表现突出，并领导了反对黑老大的抗议活动，后来收到了西托·米南科手下的死亡威胁。

在巴拿马，通过与卡利卡特尔的合作，他实现了在贩毒方面的成功飞跃。那里的人们称他为"加利西亚大富豪"。他在巴拿马机场的外交礼遇通道提取行李，并以在万豪酒店赌场（casino del Marriott）豪赌而闻名。他甚至让人把自己的奔驰车从坎巴多斯运过来，好在巴拿马城的街道上兜风。他在巴拿马的普恩塔派提拉（Punta Paitilla）买了一套豪华公寓，奥达利斯·里维拉，诺列加将军政府的一位部长的侄女，机场外交礼遇通道的空姐搬了进去和他同居。两人结了婚，生了一个女儿，在他入狱后，奥达利斯·里维拉负责打理他的毒品生意。

20世纪80年代末，西托·米南科可以说是无处不在却又无处可寻。作为安特卫普和巴拿马的正式居民，他会不时出现在坎巴多斯自己的豪宅中。仅仅为了以防万一，他在蓬特韦德拉的下海湾酒店长期租有两间套房，那里的人到现在还在谈论他所举办的派对。他在马德里有多套公寓，在波苏埃洛–德阿拉尔孔的远郊还有一座别墅，他视之为他的安全屋；只有他最信任的心腹才知道这个地方。警方记录显示，1989年至1990年间，他分别去过美国、委内瑞拉、哥斯达黎加、秘鲁、多米尼加和智利至少两次，还多次前往巴拿马、哥伦比亚、比利时和荷兰。在20世纪90年代，加尔松法官签发逮捕令后，他变得更加行踪不定；当他被列入缉毒局和国际刑警组织（Interpol）的通缉名单后，突然一半的西班牙警察开始争先去逮捕他。他时不时地会在坎巴多斯露面，与他的某个女人共度良宵，然后消失，回到哥伦比亚、巴拿马或碰巧什么地方。对阿罗萨的人来说，他是一个彻头彻尾的通天人物。

他的另一个软肋是汽车：除了三辆雪佛兰，他还有一辆法拉利特斯塔罗萨（Ferrari Testarossa）、一辆丰田速霸（Toyota Supra）、两辆奔驰和一辆宝马。他的手下之一，圣地亚哥·加西亚·帕森（Santiago García Pasín）专门负责在他的车里建造隐藏隔间，用来藏匿现金或少量毒品。

西托·米南科之所以可以叱咤风云是因为他有一个帝国 —— 阿罗萨贩毒组织，这可能是加利西亚已知的最强大的组织。之所以这样划分，不仅是因为他们拥有最多的飞行员和水手，收买了一大群律师、公务员、记者、制假者、政客，以及国民警卫队、国家警察和海关监督局的官员，而且遗憾的是，后面还有令人沮丧的一系列"等等，等等"。这是一大笔要付的"工资"。如果发现有奸细滥用他的信任或试图欺骗他，西托·米南科会毫不犹豫地让他们在媒体上曝光。1989

　　　　　　　　　可卡因海岸

年12月31日，当西托·米南科乘坐自己的一艘快艇进入阿罗萨时，马可斯·科拉尔（Marcos Corral）探长手下的海军巡逻队命令他停船受检。科拉尔和手下的人到船上搜查：那里面装满了成箱的香烟。根据西托·米南科的说法，科拉尔征用了其中的一些，然后扬长而去。西托·米南科厌倦了这种"胡作非为"，于是给阿罗萨电台写了一封信，他们在广播中宣读了这封信，引起了轩然大波：

> 应该知道，科拉尔探长有自己的主顾，当然，这不是他第一次要这样的伎俩……归根结底，他们比我们任何人都要阴暗得多。在向我们伸张正义时，我们希望也向这些阴沟里的老鼠伸张正义。

工资单上还有何塞·曼努埃尔·罗德里格斯·努涅斯（José Manuel Rodríguez Núñez），一名在蓬特韦德拉电话交换所的工作人员，每当安装窃听器时，他都会通知西托·米南科团伙。如果西托·米南科知道有人在监听其谈话，便会胡编乱造一些任务。

该组织有五艘快艇、五辆卡车、五艘拖船，甚至还有两艘货船和几艘游艇，以组织为中心，有一个错综复杂的商业网络，其中五家公司总部设在巴拿马，其中一个叫蓬特韦德拉–巴拿马投资公司（毫无可疑之处），总裁是西托·米南科的堂弟曼努埃尔·洛佩斯·布加洛（Manuel López Bugallo）。另一个公司是该团伙用来修理所有船只的造船厂，卡特尔后来也用该造船厂来修理所有开往佛罗里达的船只。西托·米南科在西班牙有无数的商业企业，统统由中间商经营。

西托·米南科下面还有众多的小家族帮派，帮着执行任务与接洽。其中一个家族帮派叫佩克塞罗斯（los Peixeiros），或称"渔民"，由何塞·曼努埃尔·查韦斯·科尔巴乔（José Manuel Chaves Corbacho）打理。1991年在雷耶斯温泉与曼努埃尔·奥佐雷斯·帕拉乔（Manuel Ozores Parracho）闹翻之后，查韦斯·科尔巴乔命丧黄泉。2006年，在阿罗萨新镇，查韦斯·科尔巴乔的儿子压死了刚出狱不久的奥佐雷斯·帕拉乔。警方绝不相信这真的是一起意外车祸，但也从未提出指控。

海岛集团（Grupo da Illa）是西托·米南科的另一个长期同伙，由胡安·曼努埃尔·费尔南德斯·科斯塔斯（Juan Manuel Fernández Costas）坐镇，此人在2012年作证说，自己的财富来自尼格兰海滩的一家脚踏船公司。其他同伙还包括"帕纳罗"家族，老板是华金·阿格拉（Joaquín Agra），最后在蓬特韦德拉的一家咖啡馆被认出并被捕，尽管当时他戴着墨镜、棒球帽，留着浓密的胡子。他因2003年的一次行动而被定罪，在那次行动中，他用两艘小船将4吨可卡因运上了岸。然后是普尔戈家族，掌权的是来自博伊罗的三兄弟。让他们官司缠身的是一些走私烟草的指控，但他们从未被判贩毒罪，尽管当局很清楚他们的勾当。2000年，西托·米南科亲自参加了其中一个兄弟在帕德隆（Padrón）举行的婚礼。我们后面还要谈起这些"次要"的家族，其中很多起初都受到那些大玩家的扶持和庇护，但后来脱颖而出控制了该地区的贩运。

西托·米南科的核心团伙包括"加泰罗尼亚人马诺洛"和"达尼利托"卡巴罗，后者在1993年头部中枪身亡。何塞·阿尔贝托·阿金·马格达莱纳（José Alberto Aguín Magdalena），人称"金发美男"（Rubio），被警方视为真正的二把手。"金发美男"与坎巴多斯的一位人民联盟成员关系密切，西托·米南科为后者的商业公司注入了大笔资金。类似这样的巧合数不胜数。何塞·加里多·冈萨雷斯（José Garrido González）和胡安·费尔南德斯·西内罗（Juan Fernández Sineiro）构成了该组织的顶级梯队，该梯队甚至配有一名形象顾问——记者佩德罗·加林多·盖拉（Pedro Galindo Guerra），他在国有西班牙电视台（TVE）小有名气，后来因加入该组织而被捕，彼时他正在导演《西班牙赌场》（*Casinos de España*）这一节目。

西托·米南科集团是一个运转良好的机器，靠社会接受度这一至关重要的燃料运行。显然他们了解这个体制。即使在参与毒品贩运数年后，他们仍继续引进烟草。这是一个聪明的诡计，这样他们就可依然假装成旧时的"烟王"，与毒品无染，于是皆大欢喜。

人们也没有理由不欢喜。据悉，西托·米南科曾为众多无法自行筹集资金的当地人支付住院费用。他甚至还为某些轻率的想法申请了专利，比如有望治愈癌症的点子。这绝不是瞎掰。警方录下了西托·米南科与匈牙利某学者的多次电话交流，双方就专利进行谈判——他还说，退休后就主攻这个。

但一个黑老大如果不在足球方面注资就不算是正牌黑老大。尤文图德坎巴多斯俱乐部（Club Juventud de Cambados）目前是加利西亚最知名的球队之一，这多亏了西托·米南科。1986年，他临危救难出任俱乐部主席，当时该俱乐部正在西班牙丁级联赛区域辅助赛区苦苦挣扎。三年后，他们进入了西乙二级，第三赛区，在升级附加赛取得第四名后，晋级为西乙一级。西托·米南科在每个赛季开始时都会为尤文图德金库注入3000万比塞塔（约合18万欧元），这意味着球员们的薪水要比附近历史悠久的顶级俱乐部拉科鲁尼亚体育足球俱乐部（Deportivo de La Coruña）和比戈塞尔塔足球俱乐部球员的薪水还要高。足球看台上总是人满为患，西托·米南科本人有时也会抛头露面，与民共赏。如果他在城里，球队将乘他的游艇驶向体育场。这艘名为"梦之魇"（Night Mare）的船，桅杆挂着一面英国国旗，有足够的空间：船长13米，有3台2200马力的内置马达。当西托·米南科开动马达时，据说远在海湾河口另一边的人都能听到。

他承担所有的费用，他会带领尤文图德坎巴多斯队到巴拿马进行季前赛之旅（顺道为诺列加将军的竞选活动投入1.2万美元）或者去哥斯达黎加。坎巴多斯的城镇派对会邀请保加利亚最好的交响乐团前来助阵，而议会不必掏一个子儿，他们感激不尽，以致在1989年5月7日，市长圣地亚哥·蒂拉多（Santiago Tirado，人民党成员）将西托·米南科命名为坎巴多斯的宠儿，并为他挂匾以示表彰。那天，蒂拉多拼命找了个位置跟西托·米南科合影。一年后，即1990年6月，缉毒局刚刚宣布西托·米南科为通缉犯，蒂拉多就参加了在格罗韦由"迷茫的一代"的母亲们组织的禁毒游行，而这次的努力是为了避开嫌疑，因为辱骂声已经铺天盖地。

在尤文图德坎巴多斯队晋升到西乙二级联赛时，西托·米南科同意接受阿罗萨电台的采访，但只回答与体育有关的问题。负责那次采访的记者是费利佩·苏亚雷斯，他对这个黑老大的其他勾当了如指掌。节目结束后，苏亚雷斯把这位毒枭带到一边，提出了一些不太舒服的问题。"我以我女儿发誓,她们对我来说比这个世界上的任何事情都重要,我与毒品从未有任何关系。如果我撒谎,那就让我失去我的右手。"每当这个黑老大被问及这一问题时,类似的情景都会上演,有时他还会加上几滴鳄鱼的眼泪作为点缀。即使当加尔松法官在1990年6月发出逮捕令时,西托·米南科还在试图摆姿态、装门面。这一命令传给了缉毒局和国际刑警组织,不到24小时,西托·米南科就成了全世界头号通缉的贩毒分子之一。但是传奇故事接连发生:6月24日,西托·米南科在里斯本的宾得酒店(hotel Pentax)与西班牙国民警卫队的阿塞尼奥·阿尤索(Arsenio Ayuso)上校举行了会晤。他在保镖的簇拥下抵达现场,重复了他此前的表演。阿尤索后来透露:"'多年来我一直在引进烟草,'他说,'我举双手打包票,而且这是人所共知的事。但我一生中从来没有碰过1克大麻或可卡因。'"他们互相道别,西托·米南科再次销声匿迹。阿尤索后来得知,就在那一个月,西托·米南科把一批2.5吨的可卡因运到了阿罗萨。

在那之后又过了一年,这个黑老大才被擒拿归案。"安德烈行动"(Operación Andrés,当局对西托·米南科的代号)于1991年1月19日启动,同样由加尔松法官指挥。警方突袭了该团伙在波苏埃洛-德阿拉尔孔的藏身之所,彼时那幢别墅里正在协调一批落货。西托·米南科在俯身查看满桌的航海图,耳边拿着卫星电话。有人报告说,他抬起头说道:"该死,这次被你们逮了个正着。"

西托·米南科大大地不爽。他知道是哪里出了差错:那帮哥伦比亚人出卖了他。卡利卡特尔的两名成员克里斯蒂娜·奥索里奥(Cristina Osorio)和豪尔赫·伊萨克·贝莱斯(Jorge Isaac Vélez)几周前在马德里被捕，从他们的汽车后备厢里搜出了200千克的可卡因。作为辩诉交易的一部分，他们供出了西托·米南科的名字。1月18日，在被捕前两天，西托·米南科给卡利卡特尔的头子之一法比奥·奥乔亚（Fabio Ochoa）打电话，谈话被警方截获。

西托·米南科说："你的朋友太可气了，他们在耍弄我。"

"怎么回事？"

"他们在忽悠我玩。我不能为他们保留三个月的交易，而让他们到处嘲笑我。"

出卖这次落货情报的是一名黎巴嫩毒贩，缉毒局的线人。参与行动的一名警官说，西托·米南科酷爱亲自指挥行动。"他不懂得下放权力，就好像他总想回到快艇船长的英雄岁月一样。"

被捕的还有其他13名黑帮成员，其中包括高等法院法官的儿子何塞·玛丽亚·迪亚斯·拉维利亚（José María Díaz Lavilla）和维森特先生的儿子欧亨尼奥·迪亚斯（Eugenio Díaz）。同一天在波苏埃洛－德阿拉尔孔别墅的还有负责在西托·米南科汽车里装隐藏隔间的加西亚·帕森、一个名叫"马楚科"（Machuco）的心腹和三个加勒比妓女。

当然，西托·米南科的故事并没结束。三年后，加尔松再次给他判刑，但当这个黑老大后来获释时，他又继续花样繁出。实际上，在许多警官看来，他今天依然没有止步。

脚踏木屐的劳雷亚诺·乌比尼亚

　　您看，法官大人，我不是毒贩，就算我是，我也不会挨家挨户地去卖毒品。（劳雷亚诺·乌比尼亚）

　　"海蟹行动""宏起诉"开庭时，劳雷亚诺·乌比尼亚脚踏木屐出庭受审。他总是试图把自己伪装成一个目不识丁的村夫，这只是其中的一个例子，虽然有点过激，以此来表明他根本不具备经营贩毒组织的能力。其实他完全不必故弄玄虚。只问了他三个问题之后，他就向法官爆了粗口："我从来没有在毒品、房屋、乡村庄园或你他妈的想说的任何东西上投资过。"

　　一位记者说："他是个炮捻子，一点就着。一个地地道道的畜生，完全不顾体面。"另一个记者说："他有扒光别人的能力，而且运用起来得心应手。"据一名国民警卫队员透露："他喜欢对别人吼三喝四,一头狂暴而愚昧的倔驴。"也许他根本无须脚踏木屐。他总想把自己装扮成一个干一行赔一行的乡巴佬。甚至在2011年接受《名利场》(*Vanity Fair*)杂志采访时,他居然不带眨眼地满口胡诌:"我希望国家能帮我进行康复,就像对待瘾君子一样。贩毒本身就是毒品,应该以同样的方式对待。"

乌比尼亚1946年出生于坎巴多斯,几乎一学会迈步就谙习了贩运的技巧。15岁时,他开着父母的杂货车开始送货。17岁时,虽然他几乎没学过什么读写,就组建了自己的黑市集团:从货车改成卡车,从咖啡到栈板云斯顿香烟。之后他娶了罗莎·玛丽亚·卡罗(Rosa María Carro),卡罗给他生了不下八个孩子。但在1983年,乌比尼亚迷上了自己的秘书埃丝特·拉戈(Esther Lago)。两人结婚后,拉戈成了乌比尼亚组织幕后的真正诸葛。

他与当局的关系值得大力渲染,或者说大书特书。几乎没有一年他不跟当地警察或国民警卫队产生摩擦。认识他的人都能做出明确的诊断:他的脾气毁了他。1967年,他因在坎加斯(Cangas)殴打一名当地男子而首次出庭受审。一年后,他因未交罚款而再次现身蓬特韦德拉法院。1977年,国民警卫队对他提出制裁,据说他在大街上奚落了他们的警官,至于具体为什么,这一点从未明朗化。同年,他因鲁莽地企图贿赂格罗韦的指挥官而被逮捕。就在一年后,他涉嫌烟草走私,所有财产都被抄。次年,他因据称的涉嫌贿赂指挥官而受审,但因缺乏证据而被无罪释放。此案于1981年重审,他被打回大牢直到1982年。就在他获释四天后,法官指控他属于塞万多斯(Servandos)烟草家族。1987年被放出一段时间后,他又开始从事大规模的行动;

他因试图带进700箱烟草而在赫罗纳（Girona）被拘留。一年后，他朝一名警官开枪乱射，房子被搜查。在被关进监狱后，他在那里殴打了一名为"海蟹行动"提供消息的线人里卡多·波塔巴莱斯（Ricardo Portabales）。1990年获释后仅仅几周，加尔松又将他绳之以法。我们可以一直列下去。而事实上，正是在20世纪90年代，他才真正大显身手。

他和埃丝特·拉戈育有两个女儿，劳拉（Lara）和埃丝特（Esther）。1984年，一家四口搬进了位于拉赫的一栋别墅。四年后，这位大麻大佬实现了他的远大抱负——在拜恩购买了乡村庄园，而这最终也导致了他的没落。此处拥有2.87平方千米的阿尔巴利诺葡萄园，是通过当地一笔1.38亿比塞塔（83万欧元）的集体贷款而收购的。这里显然不大对劲：贷款人是一个名叫路易莎·卡斯特拉·费尔南德斯（Luisa Castela Fernández）的人，她是一名列车售票员的遗孀，以每月200比塞塔的价格在卡塞雷斯（Cáceres）租了一间房子。丝丝点点联系起来一看，她原来是巴勃罗·维奥克的姑妈。巴勃罗·维奥克是乌比尼亚的前律师，比利亚加西亚-德阿罗萨人民联盟的创始成员，阿罗萨商会主席，还是一名毒贩。

该庄园本身成了乌比尼亚的主要幌子企业。阿尔巴利诺葡萄园是加利西亚南部最大的葡萄园。乌比尼亚自诩为一个大型葡萄酒生产商，他的葡萄酒开始为所有高档餐馆的餐桌增光添彩。这种炫耀财富的行为最终会使他付出代价。该庄园象征着加利西亚贩毒的黄金时代。这个地方成为已故瘾君子的母亲们聚集示威的地方，也是加尔松的直升机在"海蟹行动"中降落的地方。1995年，乌比尼亚的这座珠围翠绕的庄园被当局查封，再也没有收回。

据我们所知，他是海湾河口唯一没有沾上可卡因的黑老大。不错，他参与了大麻和烟草贩运，而且数量巨大，但并无其他。尽管某些警察拒绝相信这一点，但并没有任何反对的证据。

1989年，他开始了第一单大麻生意：在拜奥（Baio）走私装在23个大鼓里的大麻。那时他开出的工资单上有16人，专门为他效力。他还拥有一支拖网渔船船队，负责从摩洛哥运货 —— 维多利亚A号（Victoria A）、埃斯蒂玛达号（Estimada）、泰伊斯号（Thais）、蜜月号（Honey Moon）、维罗尼卡号（Verónica）、图里亚号（Turia）、亚美利坚号（American）和凯蒂号（Katie）是这些船只的名字。他还有一艘名为海鸥号（Seagull）的快艇，上面悬挂着利比里亚国旗。

该团伙利用乌比尼亚的佩内杜（Penedo）和加利西亚运输（Transgalicia）等货运公司，通过公路将商品运往德国、荷兰和英国。北欧的运营由比塔尔·努涅斯·卡瓦略（Vital Nuñez Carvalho）负责，而曼努埃尔·洛佩斯·莫佐（Manuel López Mozo）则负责协调所有货运活动。在2011年的一次采访中，乌比尼亚说："我想特别澄清一点，我从未买卖过1克大麻。在我被判有罪的三次未成功的行动中，我只是提供了陆路和海上的运输服务。"

如同西托·米南科的团伙一样，乌比尼亚的帮派周围也有一群虾兵蟹将。其中最固定的同伙之一就是曼努埃尔·冈萨雷斯·克鲁杰拉斯（Manuel González Crujeiras），人称"莽汉"（Carallán）。他是里韦拉的传奇黑老大，或许是在阿罗萨海湾河口遥远彼岸的巴班扎县（Barbanza）开展活动的最重要毒贩之一。他负责监督落货，有时还亲自驾驶拖网渔船和快艇。数年下来，他成了一名毒枭物流专家。乌比尼亚组织倒闭后，他开始自立门户。2001年，他因拖网渔船上载有1.8吨可卡因而被抓获。2011年，他出狱第一天就逃到了哥伦比亚。

乌比尼亚组织的周围有一个层层设防的金融迷宫，也许是总检察长办公室在加利西亚遇到的最为扑朔迷离的迷宫。这项金融工程杰作是由巴拿马的一个全明星律师团队打造的，收取的服务费可谓是天价。一名国民警卫队员说："他们尽其所能地从他身上搜刮，索价高得离谱。由于他胸无点墨这一事实，所以他们得以侥幸成功。"最大的三家金融公司分别是游侠公司（Ranger Corporation）、时尚耳饰公司（Fashion Earrings）和诺里奇－克雷斯蒂－巴拿马公司（Norwich Cresti Panamá）。在加利西亚，主要企业之一是家名为乌拉有限公司（Oula S. A.）的建筑公司和房地产代理商，其账面上有16处乡村庄园和各种公寓，但没有一处在乌比尼亚的名下。滑稽得很，在政府看来，乌比尼亚是个地地道道的穷光蛋，没有财产，也没有收入。这种装穷的方式达到登峰造极的地步，1989年，他到坎巴多斯的失业办公室报名领取抚恤金，声称自己丢了饭碗，不再是乌拉有限公司的房地产经纪人。被回绝之后，他还举报了他们。听证会定于次年，也就是1990年6月11日举行，恰好是"海蟹行动"开始的前一天，结果乌比尼亚没有出庭。

乌比尼亚在其众多的法律纠纷中，代表人都是巴勃罗·维奥克和其副手弗朗西斯科·贝拉斯科·涅托（Francisco Velasco Nieto），另一位与加利西亚贩毒关系密切的律师。乌比尼亚最信任的另一个人是安托林·里奥斯·热内卢（Antolín Ríos Janeiro），也被称为托林

（Tolín），负责到那些大麻托运目的地的国家收钱。

但他的第二任妻子埃丝特·拉戈才是真正的核心人物。一位退休警官这样描述她："一个智多星，要多聪明有多聪明。"2001年，埃丝特·拉戈死于坎巴多斯郊区科尔比隆（Corbillón）的一场车祸。当时是凌晨两点半，她外出去迪斯科舞厅接女儿回家。调查发现她开着车睡着了，救护车赶到时她还一息尚存，但到医院后死于心力衰竭。乌比尼亚当时正在监狱服刑，但获准去参加葬礼。一位警官回忆道："真可谓是一场大车祸，径直撞到了一所房子的房角。"说是一所房子，未必确切，当时那可是缉毒队的窃听中心，而一家最大的贩毒组织的老板就恰好开车撞了进去。

1990年，乌比尼亚作为"海蟹行动"的一部分被捕。他们先去乡村庄园找他，但他没有住在那里，所以他们就去了他在拉赫的别墅。警察按了门铃，他出来开门，身上穿着睡衣。

对他的指控没有一项被定罪，在整个20世纪90年代，他继续经营自己的买卖。终于在2000年，他再次入狱，在结束以洗钱罪为主的各种监狱服刑后，他于2017年3月获释。他的继子大卫·佩雷斯·拉戈（David Pérez Lago）继承了他的衣钵。乌比尼亚家族仍在强劲发展。

查林家族，"西西里范"的黑帮

> 我算有乡村庄园吗？先生们，请注意，在加利西亚，20平方米就可称为乡村庄园了。（曼努埃尔·查林·加马）

警官透过窗户往里看，看见"老爷子"查林穿着一套战后的睡衣坐在厨房里。他示意了一下，警官的同事们绕到前面去敲门。房子的女主人何塞法·查林·波马雷斯（Josefa Charlín Pomares）出来开的门，显然她说查林并不在家。

那是1995年11月3日，就在前一天，加尔松法官下令逮捕这位在"海蟹行动"后未经保释就获释的查林黑老大。于是加尔松转向另一批货物的证据，派一拨警察来再次捉拿他。

明知何塞法在撒谎，他们于是进屋搜查，可是哪儿也找不到查林。他们对别墅进行了彻底搜查，被里面所有的豪华功能惊呆了，其中包括一楼的巨大室内健身房。过了一会儿，一名警察注意到墙上有一个记号：一扇通往一个10平方米保险库的暗门。他们试图把它撬开，但怎么也弄不开。无奈之下，他们大声对里面喊道，他们已经发现他了，他逃不掉了。最后那个黑老大打开了那扇门，投降了，也是穿着睡衣。

曼努埃尔·查林·加马1932年出生于阿罗萨新镇。此人以少言寡语著称，但一旦开口，话语中常带着一丝尖酸刻薄——天生狼性多疑的性格特征。小时候，他和父母一起在一家扁桃农场工作，全家的生计都依赖这个农场。青年时代，他再也无法忍受这种上顿不接下顿的日子，独自创业，成了贝类、虾蟹的批发商。他的经商之道不久就开始显山露水：26岁时因爆破捕鱼被捕。除了这个小插曲，生意还算兴隆，他于是建造了一家海鲜工厂，开始往里面投钱，所投的资金为其贩运葡萄牙商品所得，如青霉素、铜、酒精等，在维森特·奥特罗先生的带引下（除了他还能有谁），他开始转向烟草贩运。正是在这段时间里，他成了当局的熟客。1960年，他因驾驶一辆载有云斯顿货物的皮卡被捕，这算是他第一次真正触犯法律。

他是阿罗萨新镇的"教父"，也是贩毒的先祖。他的子女向他透露了毒品的潜力后，他立即转向了大麻，而彼时国民警卫队还在为烟草走私忙得焦头烂额。

正如西托·米南科在卡拉班切尔监狱的遭遇一样，正是监狱促使"老爷子"查林转向了可卡因。塞莱斯蒂诺·苏恩斯引发的扫黑行动将他送入了巴塞罗那的莫德罗（Modelo）监狱，正是在这里，查林结识了一些重要的新朋友，开启了一段重要的贩毒生涯，在这一漫长而曲折的旅程中，他的整个家族最终都加入了他的行列。查林家才是真正意义上的家族帮派，几乎所有成员都血脉相连，或者，换一种说法，大多数查林人都成了毒贩。我采访过的一位记者曾言："而且，更重要的是，都得到了族长的庇护。'老爷子'似乎一点也不在乎其儿子或侄子的福祉。他将他们尽数网罗到冲锋陷阵的第一线：他的两个兄弟、六个儿子、两个孙子、姻亲、表亲。其中一个是瘾君子，有一次，'老爷子'想到让他负责一个风险极大的行动。就算出了问题，也是他意料之中的事，那正好去掉这个薄弱环节。生意至上，一向如此。"

当然，该组织也是加利西亚最暴力的家族帮派。他们会毫不犹豫地为最小的过节报仇雪恨，身后留下几十具尸体。

何塞·贝尼托（José Benito）是"老爷子"兄弟中最为谨慎的一个。他尽量不去触犯法律，从没有被定过罪，甚至一次也没有上过法庭。但2000年情况发生了变化，阿尔赫西拉斯（Algeciras）的海关监督局官员截获了从摩洛哥丹吉尔（Tangiers）运来的3吨大麻。这批货是用一辆运鱼油的卡车运输的，嗅探犬帮助他们打开了缺口。何塞·贝尼托的妻子玛丽亚·皮拉尔·帕斯·桑特鲁姆（María Pilar Paz Santórum）同他一起被捕。他们的儿子几年后也触犯了法律。后来，何塞·贝尼托一直等待审判，但最终未能等到：2007年，他在阿罗萨新镇附近一个名叫阿斯西纳斯（As Sinas）的地方开车时死于心脏病。

"老爷子"的另一个兄弟何塞·路易斯·查林·加马，疑似有幸获得了西班牙有史以来对一名贩毒者最长的刑期：1991年，他因试图在一艘名为兰德号（Rand）商船上走私1吨可卡因而被判36年监禁。2002年，他提出想转移到开放式监狱的请求，声称他得到了到马德里拉斯罗萨斯（Las Rozas）一家购物中心当鞋匠的工作机会。监狱委员会听信了这一说法："他是一名模范囚徒，56岁，入狱10年后，对法治的威力做了长时间的反思。"但是何塞·路易斯可真没有痛定思痛，丝毫没有。几周后，当局才知道这份工作纯属捏造。

何塞·路易斯的女儿尤兰达·查林（Yolanda Charlín），也因为兰德号那批货进了监狱。获释后，她再次被关押，这一次是在2013年，与巴利亚多利德一家土耳其经营的海洛因实验室被突袭有关。

"老爷子"的长女何塞法·查林·波马雷斯被视为他的女掌门。2001年至2012年，她因贩毒和洗钱被判刑。"老爷子"坐牢时，她领导这个家族，大多数时候遥控指挥。从1994年起，她一直在加尔松起草的通缉单上，当时她逃离了西班牙。她潜逃了七年，后来当局在距离阿罗萨170千米的波尔图将她擒获。

接下来掌舵的是曼诺利托·查林和梅尔乔·查林。1989年，梅尔乔负责了一次行动，从巴约纳运来了4吨重的大麻；当加尔松前来缉拿两兄弟时，他们也不见了踪迹。梅尔乔跑到了智利，在那里躲了五年，后来在摩洛哥首都拉巴特被捕。拉丁美洲也是曼诺利托选择的目的地。1993年，他的名字出现在三张逮捕令上，而正当国际刑警组织上上下下到处搜捕他时，一天他却在阿罗萨岛冒了头，打听一所正在出售的房子。商议完价格之后，他再次了无踪迹，回到了拉丁美洲。顺便提一下，当曼诺利托打听房子时，卖主说该房子不出售。

在查林家所有的兄弟姐妹中，阿德莱达是最文静的，也是最不张扬的。但我们知道，仅在1991年的一次行动中，她就将800千克可卡因走私到了西班牙，并协调运输了另外1000千克的可卡因。她因这两起案件受到了审判，她的至亲至爱也被拖下水了；她的前夫安东尼奥·阿库尼亚·里亚尔（Antonio Acuña Rial）和她当时的男朋友帕斯夸尔·阿佩托（Pasquale Imperator）也因同样的诉讼被判有罪。

当家族长辈都被关进监狱后，兄弟姐妹中再也无人来执掌大局时，奥斯卡·查林（Oscar Charlín）和特雷莎·查林（Teresa Charlín）接管了家族的财务；后来作为"重审行动"（Operación Repesca）的一部分，两人因洗钱和逃税而锒铛入狱。在同样的诉讼中，"老爷子"查林的一个孙女纳奥米·奥坦（Noemí Outón）也被定罪；在她交纳了3万欧元的保证金后，刑期减至七年。她是在国家拍卖其家族资产时被捕的，当时她灵光乍现，想出价80万欧元买下所有资产。

查林家族与卡内奥家族（los Caneos）"互通款曲"。卡内奥家族的老大是曼努埃尔·巴鲁洛·特里戈（Manuel Baúlo Trigo），此人若不是狗胆包天就是自私轻率，他被发现染指数十起运货，而且总拖带着他的家人，包括他的三个儿子丹尼尔（Daniel）、安塞尔莫（Anselmo）和拉蒙（Ramón），以及他那负责家族账目的妻子卡门·卡巴罗（黑老大曼努埃尔·卡巴罗的妹妹）。

在这段时间里，这两个家族拧成了一股绳，共进退——甚至还结成了姻亲。曼努埃尔·巴鲁洛·特里戈的儿子丹尼尔·巴鲁洛（Daniel Baúlo）和"老爷子"查林的侄女，何塞·路易斯的女儿尤兰达·查林一度打得火热，不分彼此。这种充满了爱恨情仇的关系，最终会在两个家族身上留下印记，就像任何名副其实的爱情故事一样，最后以悲剧告终。

1989年10月，卡内奥家族和查林家族正为顺利贩运600千克的货物而欢天喜地，此时另一份工作落在了他们的肩上。当时，"老爷子"查林尚在狱中，他们不得不等到圣诞节那天再听候他的指令。圣诞节当天，阿尔孔二世号（Halcón II）渔船从圣克鲁斯–德特内里费（Santa Cruz de Tenerife）启航，在哥伦比亚的瓜希拉（Guajira）附近与他们在拉丁美洲的老牌合作伙伴波哥大卡特尔会合。加利西亚人接收了535千克的可卡因，并留下了丹尼尔·巴鲁洛做人质保障。他们将包裹系在锚上起航了，锚是离海最近的可能位置，以应对突发的投弃。结果，还真是有备无患。阿尔孔二世号刚刚踏上返航通道，就被一艘美国巡逻艇发现，这些可卡因于是被投进了大西洋。遗憾的是，哥伦比亚人不相信这个故事，并发出了最后通牒：要么赔付6000万比塞塔（约合36万欧元），要么等着丹尼尔·巴鲁洛的人头装在盒子里回到阿罗萨。"老爷子"查林拒绝掏出全部数额，人质的母亲于是向她的侄子，当时为西托·米南科效力的"达尼利托"卡巴罗求助。这笔钱终于还是凑齐了，丹尼尔·巴鲁洛毫发无损地返回故乡。然后怨言四起：关于是否真有美国巡逻队的真相，关于丢失的包裹，关于是否有人确实私藏了一些货物……本来两个家族之间就已经互相猜疑，而这件事更加剧了这种不信任。这些问题并非一朝一夕：抛开别的不说，查林还欠着卡内奥家族的钱。丹尼尔·巴鲁洛和尤兰达·查林之间的关系成了压垮骆驼的最后那根稻草：1992年的一天，尤兰达带着她的新任情郎一起去狱中探望丹尼尔·巴鲁洛，丹尼尔·巴鲁洛随后威胁说要告发查林家族，从此两个家族间的合作彻底破裂。

尽管阿尔孔二世号的合作无果而终，但这两个家族还是因为那次贩运和兰德号的贩运而被起诉。卡内奥家族受够了查林家族的拖欠和生意上、心灵上的肮脏诡计，觉得终于有机会可以一箭双雕了：一则减少自己的刑期，二则报复查林家族。曼努埃尔·巴鲁洛·特里戈父子告诉加尔松他们想配合，另外两名狱友，里卡多·波塔巴莱斯和曼努埃尔·费尔南德斯·帕丹，也同样表示愿意配合。帕丹谈到有一天在国家法院的走廊里碰到曼努埃尔·巴鲁洛·特里戈："他对我说：'帕丹，对不对？'我说：'没错，你哪位？'他们告诉我他们来自坎巴多斯。我问道：'你们不怕吗？'曼努埃尔说：'怕什么？怕个球！他们有人，我们也有人（Si eles teñen mans, nós temos mans）！'"非常大胆，或者非常轻率。四天后，曼努埃尔·巴鲁洛·特里戈被发现在家中遭到暗杀。

事情发生在1994年9月12日上午10点15分。曼努埃尔·巴鲁洛·特里戈正在餐厅看报纸，三个哥伦比亚小伙子路易斯·阿尔德米尔（Luis Aldemir），20岁，约翰·萨尔塞多（John Salcedo），24岁，阿贝尔·德·赫苏斯·巴斯克斯（Abel de Jesús Vázquez），25岁，一起进了花园。其中一个来敲门，声称他们是警察，是来搜查房屋的。妻子卡门打开门，看见那个年轻人手里拿着枪。她试图阻止他们，但为时已晚。曼努埃尔扑向电话，结果那成了他的谢幕之举。他们近距离射杀了他，然后把枪头对准了卡门，阻止她叫喊。他们搜遍了房子的各个角落，希望找到丹尼尔，但他不在家。丹尼尔的两个兄弟正好在那里，一个成功地打伤了一个入侵者。伤势拖累了哥伦比亚人的行动速度，进而帮助警察在他们离开西班牙之前找到并逮捕了他们。

曼努埃尔·巴鲁洛·特里戈当场死亡。而卡门，一颗子弹卡在了她的脊椎上，她在轮椅上度过了余生。入侵者中最年轻的一个承认了这次袭击，而另外两个则一直坚称自己是无辜的。

据警方所知，枪手是波哥大卡特尔应查林家族的要求派来的。他们不会轻易放过背信弃义的曼努埃尔·巴鲁洛·特里戈一家。几个月后，有关阿尔孔二世号和兰德号货运的诉讼开始了。由于没有关键证人挡路，查林家族领军人物被判无罪。不仅如此，该家族实际上还设法暗指了曼努埃尔·巴鲁洛·特里戈。"老爷子"查林作证说，他们之间从来没有过任何问题。最后，死者承担了罪过。

几个月后，卡门·卡巴罗坐在轮椅上，透露她的丈夫和儿子丹尼尔在坎巴多斯港口曾受到一个哥伦比亚人的威胁；哥伦比亚人要他们收回供述。就连她的侄子、西托·米南科的合伙人"达尼利托"也曾试图说服他们不要做线人，否则会吃不了兜着走。这个插曲的奇怪之处在于，那天早上因外出躲过枪子的丹尼尔，几年后，作为"闪光行动"（Operación Destello）的一部分与"老爷子"查林的一个侄子何塞·贝尼托·查林·帕斯（José Benito Charlín Paz）一道被捕，查林家族和卡内奥家族重修旧好，爱终于战胜了恨。

查林家族洗钱业务网络覆盖面相当广。主要公司是位于阿罗萨新镇的查尔波罐头厂和之前提到的巴塞尔海鲜饭店，不过后面还有一个长长的名单：一个废物处理厂、无数栈板、一个孵化场、一个大菱鲆苗圃、一个建筑公司、一个酿酒厂和一个农业综合企业。然而，王冠上的宝石是"皇家景观"乡村庄园。他们错失了拜恩庄园之后，就一直极力打造这个庄园，使之羽翼丰满。他们还拥有29个乡村庄园、一片森林和数十套公寓，以及一支包括4艘拖网渔船和6艘快艇的船队。这样一个神奇的罗列并没有给他们带来霉运，恰恰相反，这家人总共中了18次彩票。调查他们资产的律师路易斯·鲁维·布兰克说:"他们逢买必中,然后用大笔钱投资。事实上,彩票是帮助我们区分他们所有重叠利益的一种方式。其中两三张中奖彩票是在科尔多瓦郊区的一家超市买的,显然不合常理。"

在本书撰写时,查林家族的第三代正占据着各大报纸栏目并在法庭上露面。这个家族帮派侥幸存活,并在继续他们的交易。"老爷子"查林已隐退江湖,在阿罗萨新镇的家里继续静观其变,每天看着外面的山川景色,读着送来的报纸,再喝上一杯可口的咖啡。沉默寡言,疑神疑鬼,两面三刀。

马西亚尔·多拉多与大区主席游艇畅玩

> 我连可卡因或大麻是什么颜色都不知道。我一生中从未看过它们任何一眼，也从不想看。(马西亚尔·多拉多接受费利佩·苏亚雷斯采访时说)

"事情发生在2006年。我们得到了密报，那是一个要来这里的毒枭告诉我们的。但我们一直没有机会抓住他们，也从未在法庭上得到证明。"一位不愿透露姓名的探员说道，"事情发生在卢戈（Lugo）的福斯（Foz）海滩，两艘快艇驶来，一艘载着可卡因包裹，另一艘载着燃料。货物被卸下，装入两辆四轮驱动的汽车里，最少有2吨。汽车开到了附近的一个仓库，一台红色的挖掘机被用来卸下包裹。然后他们就离开了，一切进行得天衣无缝。我们到的时候，他们刚刚清场。我们还能看到快艇在沙滩上留下的痕迹。"该探员所描述的是在加利西亚开展的闻所未闻的大概数百次落货中的一次。只有在行动出了纰漏的时候才会成为新闻。所谈到的这次行动是由何塞·安东尼奥·克雷奥·费尔南德斯（José Antonio Creo Fernández）一手导演的。该毒贩一向行事低调，如此低调以至于事后再无人说起他。"也许是货物出了问题，也许是他欠了别人的钱。我们只知道一定出了状况，因为他逃到了葡萄牙。"他妻子以前常去那里看望他，但在这本书完稿数月前，有报道说他已经不在人世。这个故事仍然是个未解的谜团，特别是该探员的结论部分：何塞·安东尼奥·克雷奥·费尔南德斯在这次行动中并非单枪匹马；马西亚尔·多拉多和他在一起。"他当时在场，我的线人看见他了，而碰巧我认识的这个线人绝对可靠。"

下面的揭露值得一提：在加利西亚，人们对马西亚尔·多拉多是贩运毒品，还是一直从事烟草贩运长期以来争论不休。当局只是成功地将他牵连到2003年的一起案件，当时他因出售一艘曾用于托运可卡因的名为"南海"（South Sea）的船只而被定罪。在本书撰写时，他正因该项定罪而服刑。一位资深的国民警卫队员称："那是个误会，但他们让他来买单。他从未贩运过毒品却被当作毒贩对待。"此人确信多拉多一直不曾从"烟王"升级。他说："我相信他从来没有贩运过毒品，他根本不必这么做。"一位对多拉多的职业生涯了如指掌的记者表示同意："我觉得他从未涉毒，从未。2003年他跌了跟头，作为从犯被捕。但他所有的财富都来自烟草。"然而，其他人则认为，多拉多是卡特尔的同伙，只是在这方面比其他黑老大更加高明。2015年2月，在对其巨额资产进行了长达数月的调查后，国家法院以洗钱罪判处他六年有期徒刑。在法院看来："马西亚尔·多拉多一直从事烟草走私，但这并不一定意味着他不曾贩毒。"法官们认为，事实证明，在整个20世纪90年代期间，该黑老大将1.06亿瑞士法郎（约合6900万欧元）存入了不同的账户。其中超过5000万瑞士法郎作为硬通货存入了瑞士账户。法院称："这些存款不可能仅仅是烟草销售的利润。"提交的证据还包括2000年从多哥（Togo）运来的木材，其中一个集装箱被发现装有可卡因。多拉多的两家公司都与这批货物有关。

一位警官说："多拉多天生聪明，他从未受过教育，但他非常精明。"这一判断得到了记者胡里奥·法里亚斯的首肯："他就是个做生意的料，无论什么样的生意都得心应手。"在加利西亚，人们对此还在争论不止。而最近的这些披露只是起个推波助澜的作用。

多拉多1950年出生于坎巴多斯，幼年随家人搬到了阿罗萨岛，所以是个地道的岛上小子。他的母亲在烟草公司黑老大维森特先生家当保洁，各大家族的首领都曾与维森特先生相交甚厚。迫于生计，母亲把马西亚尔·多拉多和他的两个兄弟送到了纳西索·苏亚雷斯（Narciso Suárez）那里和他一起住。此人是名西班牙长枪党党员（falangista），一个大富豪，拥有连接岛屿和大陆的快艇舰队。在1989年建桥之前，海路是唯一的途径。因此，马西亚尔·多拉多从年轻时就开始驾驶快艇，作为最快的快艇手之一，他在海湾河口一带名声大噪。维森特先生很快将他拉入伙，没过几年，他就将美洲烟草运到了阿罗萨。到20世纪80年代末，此时已有了"海岛马西亚尔"昵称的他成了下海湾头号烟草走私者，并拥有一个强大的帝国可以经得起"比塞塔钱网"的调查。他与玛丽亚·戴尔·卡门·法里尼亚（María del Carmen Fariña）结婚并育有两个女儿，均被送往英国读书。他希望她们接受最好的教育，远离他的世界。第二步他没能如算：女儿玛丽亚·多拉多（María Dorado）后来成了律师，在2015年的洗钱审判中被判有罪，她进入了家族的管理团队，所以自然是因为家族的事情。当时玛丽亚·多拉多的搭档奥蒂莉亚·拉莫斯（Otilia Ramos）同她一起被定了罪。

烟草使马西亚尔·多拉多成为千万富翁，但与同时代其他人不同，他对炫富并不感兴趣。他在阿罗萨岛建造的豪宅就是他性格的最佳写照：外表朴素无华，没有那种可令人驻足欣赏的外观。但是内部装潢完全是另外一番景象，包括一个玻璃底的游泳池、一个酒窖、一个游戏室和一个配有泛光灯的网球场。谨慎并不意味着资金的匮乏。多拉多经常出入最上等的餐馆，吃最好的海鲜，喝最昂贵的佳酿。

尽管多拉多在加利西亚名震一方，但国人首次对他侧目则是在2013年。当时，《国家报》发表了阿尔贝托·努涅斯·费霍在他游艇上的照片，将加利西亚一名与毒枭有关的政客的幽灵引出水面，从而掀起轩然大波。此人是加利西亚大区主席，他正在海湾河口一名头号黑帮大佬的游艇上玩得不亦乐乎。这些照片摄于1995年。文章提到，费霍和多拉多于1995年相识，彼时费霍在加利西亚卫生委员会任职。两人一见如故，成了好友。这位前程似锦的年轻政治家开始定期访问阿罗萨岛的豪宅，享受奢华的晚餐。胡里奥·法里亚斯解释道："多拉多喜欢呼朋唤友，广结人脉成了一种嗜好。他的朋友遍天下，政界当然也不例外。"

两人一起去卡斯凯斯（Cascais）、伊维萨，以及安道尔度假游玩，所到之处都有多拉多的游艇相伴。此外，他还在巴约纳有一栋房子和一艘游艇。

在照片公之于众后，整个加利西亚为之愕然，费霍被迫站出来澄清自己。他发表声明称，他们的友情与他在公共生活中的地位无关，虽然他作为多拉多的客人曾出现在某些场合，但总有双方的朋友在场。他直言他们之间绝对没有经济往来，并说他对这个黑老大的商业运作一无所知。后面的话让人很难买账，鉴于1995年多拉多在加利西亚内部的身份已相当明确，他曾两次上过法庭 —— 一次是作为1984年"宏起诉"的一部分；还有一次是在1990年，作为"海蟹行动"的一部分，他受到指控，但被判无罪。费霍声称，他对两人的友谊坚信不疑，相信多拉多并没有参与走私。他还称，1997年，在国际法院对多拉多的交易展开调查后，他就切断了与多拉多的所有联系。在窃听录音曝光后，他后来被迫承认，两人一直保持联系直到2003年，虽然只是零零星星的联系。不过，在那之后，这件事或多或少地就被遗忘了。在撰写此文的时候，费霍仍是主席。政界的八卦圈甚至提到他可能成为马里亚诺·拉霍伊的继任者，担任人民党主席。

事实上，费霍从2004年就知道这些照片，这是当时警方在突袭多拉多的一处房产时偶然发现的。貌似这些照片转交给了加利西亚社工党的一名成员，该成员威胁说，除非人民党同意将某些措辞说得再委婉些，否则他们会将这些照片公之于众。你来我往，一切都很公平。

多拉多决定在狱中发表声明声援费霍，维护其在公众眼中的地位，但收效甚微。他在声明中称："他人不错，很勤奋。我一向以为他前途远大。工作中，他正直，充满热情。我可以证实他对我是毒贩一事一无所知，无论是过去、现在或将来。"

这一向是多拉多的老生常谈。只要他有机会在公共场合发言，他就利用这个机会将自己与毒品拉远。多年以前，一名阿罗萨警员接到了多拉多妻子的电话，问他是否愿意在国家法院作证，说她的丈夫只从事烟草贩运。警察告诉她，他很遗憾，但他要考虑自己的尊严。

多拉多集团到底是干什么营生暂且不提，但是非常强大，其基础设施和工资水平与任何贩毒家族帮派不相上下。他最信任的一个密友是"缆绳"（Calabrote）何塞·路易斯·赫米达·帕斯（José Luis Hermida Paz），此人间或也接点查林家族的活儿。"缆绳"是兰德号行动被定罪的人之一：14年之久的牢狱之灾。

多拉多的另一个亲信是曼努埃尔·普拉多·洛佩斯，2003年当多拉多帮派被捣毁时，开始贩毒。就像"缆绳"一样，他被查林家族的热炕头所吸引，后来成为他们和波哥大卡特尔之间的中间人。2006年，在丹尼尔·巴鲁洛可卡因包裹"失踪"一案之后，他作为"闪光行动"的一部分被捕。

当然，多拉多也在自己周围建造了一座商业堡垒。作为加利西亚最阔绰的走私犯之一，他在瑞士、葡萄牙和巴哈马都有银行账户。他拥有几家房产代理公司和加油站，在葡萄牙有个大型葡萄园，并在摩洛哥从事橄榄油生产。一度，他还经营一个由28家西班牙和外国公司组成的财团。在总检察长的锤子敲落之前，多拉多在葡萄牙有四处乡村庄园，在加利西亚有六套公寓，在圣地亚哥－德孔波斯特拉有十处商业经营场所，在阿罗萨新镇有一家工厂。在加利西亚以外，他还有各种各样的财产分布在阿维拉（Ávila）、马德里、利昂（León）、塞维利亚和马拉加（Malaga）——超过208处经营场地的投资组合。而且，似乎这还不够，1998年他还中了彩票 —— 当然，纯属运气。

关于多拉多作为烟草或毒品大亨地位的争论表明，直到近期，这些烟草走私依然在加利西亚运营，虽然不引人注意。在那些更耀眼的毒枭的阴影下，这些"烟王"中的许多人一直养尊处优，而这一切都要归功于那些栈板云斯顿香烟。

可卡因海岸

这一切不会是真的吧？

第 六 章

白粉浪潮

让我们活着

说服他们组成一个球队并不容易。所有"脑残"（阿罗萨新镇对这些人的称呼）都无暇踢足球。事实上，他们唯一想做的事情就是在公园里闲逛、抽大麻，往喉咙里灌安非他明。他们唯一喜欢做的另一件事就是去坎巴多斯或比利亚加西亚－德阿罗萨，聚众占据一家酒吧，喝得酩酊大醉。其他任何事情都有点像繁重的工作。所以，在1982年夏天，要想鼓励他们组建一支足球队，可谓是大费周章。

"让我们活着"（Dejadnos Vivir）足球队的故事描述了下海湾贩毒活动给青年留下的创伤。它对欧洲最繁忙的可卡因贩运组织藏身的小地方会有什么影响呢？我们可以从2011年的纪录片《白潮》（*Marea Blanca*）中找到答案。作为索菲亚王后奖（Premio Reina Sofía）的得主，该纪录片是一项严谨而有力的禁毒举措。片中展示了20世纪60年代出生的整整一代人是如何被击垮的。但是我们之前所说的奇斯、切玛、塔蒂和达马索之流与这些青年有所不同，在20世纪70年代初，就是这些"先行者"让查林家族打开了眼界看到了毒品的潜力，但这些"先行者"并没有止步于大麻，夹在家族帮派和卡特尔之间，他们为在错误的时间出现在错误的地点而付出了代价。这些青年在当地被称为"迷茫的一代"：成百上千的年轻人因某种程度上的毒品托运、快艇、落货点、豪宅和敞篷车的连续冲击波而死亡或留下生命的创痕。

首先提出组建一支足球队想法的人是加尔松的线人之一曼努埃尔·费尔南德斯·帕丹。1982年，20岁的他参加了一个名为奥努巴（Onuba）的文化协会，该协会负责组织阿罗萨新镇公众游行日和街头派对。该协会还举办了一场有数十支球队参加的足球比赛，就是那些"脑残"无暇顾及的活动。要说能从公园和酒吧里把他们拽出来，让他们上足球场，这份工作还真非帕丹莫属。他最先去拉拢了该圈子最老的成员，"多情郎"（Sopitas）尼托（Nito）和盖卢科（Gelucho）。前者同意参加，但在赛前几天加入了另一支球队。后者也点了头，但前提是得让他当教练，尽管他对足球比赛一窍不通。这两人是该圈子与当地大麻、安非他明、海洛因毒贩的中间人，但两人都没能活下来将故事进行到底。

"我对毒品的第一次印象还是在小时候。"来自比利亚加西亚-德阿罗萨的维罗妮卡（Veronica）说，"一天，我放学回家，看见两个小孩在街上大声嚷嚷，一个小孩递给了另一个小孩一个小包包。我还以为里面装的是糖。这可是在比利亚加西亚-德阿罗萨的一条大街上，而不是什么后街小巷。第二周，他们又来了。有时包包大小不一，或大或小，但里面的东西一样。一天我问我爸妈，那些男孩交换的是什么东西？是白糖吗？显然，根本不是白糖。"维罗妮卡住在石板街（Calle Baldosa）附近，那是比利亚加西亚－德阿罗萨通往港口的主要街道之一。"简直不堪入目，到处都是瘾君子。你一出门，就看到他们躺在那里，精神恍惚。"另一位比利亚加西亚－德阿罗萨妇女玛丽亚（María）附和道，"这是当时社会的代表性现象。所有孩子都变成了僵尸。"就在不足百米远的港口，到处都是为毒品死去活来的年轻男女。在那些日子里，阿罗萨的街道饱受戒断综合征的痛苦。

西班牙其他地区也有类似的问题：在一个突然间海洛因泛滥的国度，成百上千的贫民区和城镇失去了成打的青少年。阿罗萨的情况也差不多，但是，与普遍的看法相反，海洛因并不是通过加利西亚入境的。在比利亚加西亚－德阿罗萨，对可卡因这种毒品的上瘾度可能更高，因为它到处可买，也因为吸毒在社会上被广泛接受。这使得人们更容易对其他毒品上瘾。千万不要忘记，许多参加落货工作的年轻人，或那些为家族帮派跑腿的孩子，所得的酬金就是可卡因。

1984年至1986年，西班牙全国每10万人中就有105例艾滋病患者，而大多数病例都是由于当时人们共用针头所致。在加利西亚，这一比例为每10万人中有72例，但在萨勒内斯（Salnés）等县，每10万人中则高达147例。在1995年的一份调查问卷中，三分之一的加利西亚学校承认在其周边地区有毒品销售，同年，仅一年的时间内，就有53人因吸毒过量死亡。另一份调查问卷发现，萨勒内斯县的可卡因消费量高于西班牙的其他任何地区。

在说服盖卢科入伙后，帕丹又设法诱导了另外一两个。他的弟弟拉斐尔（Rafael）是最容易上钩的人之一，他曾效力于阿罗萨新镇足球俱乐部（Vilanova），该球队一度进入三级联赛。从一开始，他就是队里的明星。拉斐尔是彼时那个圈子中活下来的少数几个人之一，不过他后来做了肝脏移植。

其他队员都不算太出色。队长"面包师"（Panadora）马诺洛（Manolo）几乎每次一踏上球场就精神恍惚。几年后，他死于过量吸食海洛因。"小丑"（Macuta）马诺洛（Manolo）踢的是后卫，后来也没能敌过海洛因而丢了小命。守门员帕切科（Pacheco）在多年深居简出的酗酒之后，死于一场由他抽烟引起的火灾。前锋何塞·洛伦佐（José Lorenzo）也没能活到现在：他在海滩附近游泳时癫痫发作，在场的人描述他的狗试图把他从水里拖出来，那种景象令他们刻骨铭心。阿道夫·雷戈萨（Adolfo Reigosa）和保利诺·巴雷塔（Paulino Bareta）是最后同意加入球队的，两人后来都死于艾滋病。就在比赛开始前，帕丹还签下了最后一名球员赫苏斯·玛丽亚·卡尼塞罗（Jesús María Carnicero），一个圈外的朋友。卡尼塞罗和帕丹兄弟是"让我们活着"球队仅剩的幸存者。

该球队的名称与充满诗意的求救或是深度成瘾的央求丝毫不沾边。之所以选择"让我们活着"这个名称，仅仅是因为镇上人人都讨厌这帮"脑残"，而他们反过来也讨厌所有的人。"让我们活着"是指：别烦我们，让我们飘飘欲仙，让我们静静地躺着看生命流逝。只是到了后来的岁月，这一名字才被赋予了更多诗意的光彩。这个圈子里的

　　　　　　　　可卡因海岸

大多数人都是水手和劳工的子女，大多数人都早早辍学，他们的家庭成员都没有稳定的工作，就像西班牙20世纪80年代的其他人一样。如果他们愿意的话，他们本可以同父亲一起出海，但是——话说回来——他们才懒得费那个劲。对他们来说，最重要的就是醉生梦死、吸毒、听朋克摇滚。他们参加比赛穿的球衣上印有一个代表无政府主义者的"A"，在比赛开始前，他们还把三角形信号旗换成了同样印有这个字母的旗子。而且令所有人惊讶的是，当盖卢科在替补席上拎起一升装的啤酒准备喝时，球队赢得了其首场比赛。

大赛的裁判员是马诺洛·法里尼亚（Manolo Fariña），在比赛开始前，他会郑重地和球队队长一一握手，仿佛这是一场什么重要的欧洲杯或世界杯决赛。在比赛过程中，哪怕是最轻微的犯规行为他也会吹哨。有些比赛中，在开球前他就给了人家红牌……然后，更令人瞠目结舌的是，"让我们活着"赢得了他们的第二场比赛，接下来又赢了第三场。他们居然闯进了决赛。他们的对手是本届大赛的夺冠热门球队，包括许多来自当地各个俱乐部的半职业球员，其中还有一些是海湾河口一带的顶级球员，而这支球队就是"多情郎"尼托当初投靠的球队，也是他在一开始就换了信号旗；无政府主义者的"A"派乐开了花。开球前拍的一张照片成了镇上的传奇，因为铁面裁判马诺洛·法里尼亚的脸上居然露出了笑容。

决赛吸引了比往常更多的观众：人人都觉得这些"脑残"什么也做不成，更别提进入决赛了。然后，赛事出现了大反转，人群转而力挺他们。在那一场比赛中，观众支持了弱者。

瘦骨嶙峋、披头散发、一身无政府主义者的打扮，"让我们活着"

队在整整90分钟的比赛中保持了零比零的战局，彼时他们已经满身是土、大汗淋漓。就在比赛结束前五分钟，何塞·洛伦佐（那个最终死在浅滩上的年轻人）踢进了制胜的一球。球员们扑倒在地，一个压着一个，以一种他们从未想到过的方式庆祝胜利。在比赛闭幕时举行的露天舞会上，对足球一窍不通的教练盖卢科，在全镇民众的欢呼声和掌声中举起了奖杯。

在未来的几年里，这些年轻人将加入长长的死亡名单：加利西亚"迷茫的一代"。他们不停地服用安非他明、迷幻药，还有海洛因。在这个令人印象深刻的团体中，多数人未能幸存下来。他们是下海湾乃至整个加利西亚第一批以吸毒作为生活方式而背负污名的年轻人，而这个污名一直伴随着他们。

顺便说一句，"让我们活着"球队在整个比赛中一球未丢，大获全胜。

抗议者联盟

1994年的一天早晨，两名国民警卫队员来到劳雷亚诺·乌比尼亚的拜恩庄园门口。他们被派去监督"母亲反毒抗议"的人群，但没有收到命令让人群解散。他们到达了现场，看到女人和男人（父亲们也来参加了）正在怒火冲天地敲打着大门，然后又把愤怒转向了警官。这两人稍稍试图平息这伙人的情绪后，回到车上开溜了。"抗议者联盟"（Asociación Érguete）发言人卡门·阿文达尼奥（Carmen Avendaño）当时在场："你简直难以相信，他们夹着尾巴跑得有多快。我试图让人们冷静下来，但根本不可能。人们以为国民警卫队的人是来抓他们的，那天温度暴涨。"

"抗议者联盟"是由比戈的一群妇女创建的，其宗旨是表明反对家族帮派的立场。在她们看来，这些家族帮派显然完全无法无天，他们销售毒品杀害了自己的孩子，而且是以超低廉的价格。

"警卫队的人让我们自己小心，说庄园里的人身上都有武器，还真不假。埃丝特·拉戈手下有一帮带着机关枪的保镖。但那天真是乱套了，人们已经顾不了那么多了。"

律师路易斯·鲁维·布兰克在拜恩庄园等资产被征用后，负责监督乌比尼亚资产的管理，他也记得这一天："当时那些母亲都急眼了，恨不得冲上去捣毁这个地方，政府不得不进行干预。她们对这些漏网之鱼义愤填膺，这些家伙眼看着小伙子们一个个死去，而他们自己却因此过得优哉游哉。"

这场在拜恩庄园大门口的示威游行，以及随后的许多示威游行，后来发展成加利西亚打击毒枭的象征：结束这种如此根深蒂固、如此盘根错节、似乎不可根除的缄默规则的先兆。绝望的母亲们拼命地冲向那些黑老大和他们的武装暴徒。加利西亚具备毒枭庇护所的一切条件，但这些人是第一批立场坚定的人。同加利西亚禁毒基金会一道，"抗议者联盟"产生的社会压力，最终迫使当局采取行动。

起初的参与者人数少得可怜。加利西亚禁毒基金会现任主席费尔南多·阿隆索说："他们完全是自发自愿的，其中包括费利佩·苏亚雷斯、阿隆索部长，还有三个来自比利亚加西亚－德阿罗萨的人。其他人都不想与此沾边，都觉得多一事不如少一事。"只有五个勇敢的人——勇敢到了愚蠢的地步——竟敢挺身与20世纪80年代中期以来一直一手遮天牟取暴利的组织对抗。第一步是建立一个总部。他们把总部设在了比利亚加西亚－德阿罗萨城中心，从加利西亚广场（Plaza de Galicia）可以看到一楼阳台飘扬的挑衅旗帜，这里迄今仍是总部的所在地。在里面一个洒满阳光的小会议室里，费尔南多·阿隆

可卡因海岸

索阐述了他们的使命："在此，我们郑重而明确呼吁：加利西亚不要毒品，不要毒贩。我们要当面说给他们听。"

万事开头难，真正的挑战在于枪打出头鸟。"成立之初，头绪很多，也很棘手，但没有人出来支持。他们先举办了几次活动，没人来参加。"其中一场是白旗节（Bandera Blanca），效仿西西里的一个举措，邀请人们来参加并在一面巨大的白旗上签署名字表明反对黑手党组织的立场。"在最初的几年里，白旗一直处于空白状态。没人愿意把自己的名字写下来。"

人们不愿意买账，谁也不想让自己与这种反抗的姿态联系起来。正如我们所看到的那样，贩毒活动根深蒂固，影响面巨大，而许多人仍然认为事态并无大碍。在一个几乎被政府抛弃的地区，走私者仍然被视为创造就业和财富的人。那么，如果有人跳出来，抹黑唯一能为人们赚点钱的地方性行业会怎样呢？

"不要轻举妄动。"不久，他们就开始收到恐吓电话了。费尔南多·阿隆索说："让人为难的事是，这意味着要去揭露你的左邻右舍。而要迈出第一步，开创这样一个局面可谓艰难万分。这需要更大的勇气，因为我们就在那里，就在其中。"

卡门·阿文达尼奥说，至少有三次有人想要她的命。她讲到有一次和父亲开车出去兜风，当她从山上下来时发现，她的刹车制动系统被破坏了。"我意识到情况不妙，于是设法把车开到了一条沟里。当我把车送到修车厂时，他们说一定是有人拆下了左后轮，抽干了制动液。从那以后，我每次都检查刹车是否失灵。"还有两次她的车被做了手脚。"但他们一直没有伤害到我，这可能从来都不是他们的强项。"

"抗议者联盟"的故事始于拉瓦多雷斯（Lavadores）的工人阶级社区，在20世纪80年代毒品猖獗的岁月，该地区遭受了极其严重的打击。阿文达尼奥是一名居委会成员，在他们开会时，讨论最多的就是关于毒品的话题。"但我们聊得更多的是黑帮，就像谈论罪犯一样，而不是像谈论那种最终会影响人们生活的社会问题那样去聊毒品。"随着人们开始描述他们的孩子沉迷于嗑药不能自拔时，情况发生了变化。而对阿文达尼奥来说，则是她的次子杰米（Jaime）：他因毒瘾患了两次栓塞，后遗症至今仍影响着他。"就在那时，人们开始改变了看问题的方式。这些孩子不是罪犯，他们是病患……但问题是要让社会上的其他人意识到这一点。在那些年月里，即使是精神病医生和心理学家也把瘾君子拒之门外。一切都要从零起步。"一名国民警卫队员随声附和道。他根本不知道身旁的年轻人抽的烟卷里面是什么东西。人们不仅不知道，他们也"不想"知道。这种情况与西班牙其他地方没什么不同，人们也是慢慢才醒过味来的。

1986年，"抗议者联盟"的母亲们举行了一场新闻发布会，邀请政治家和当地媒体前来参加。但很快，人们就明白，这远远超出了发布会原本模糊的、普通的"打击毒品"的议程。阿文达尼奥和其他母亲接着宣读了比戈38家出售烈性毒品的酒吧名单。"我们知道我们可能会惹祸上身，但这些人正让毒品在这座城市泛滥。在我们看来，他们手上沾满了鲜血，而那是我们自己孩子的鲜血。"不久他们又开了一次新闻发布会，再次宣读了那些酒吧名单，不同的是，这次一些酒吧的老板也在场。"我们知道房间里有毒贩，也有警察，而且他们彼此串通，穿一条裤子，所以我们必须多加小心。因为，在第二次发布会上，我们宣读了一些毒贩的名字，从名到姓，一字不落。"

当天公布的名单中有一位退伍军人的名字，他在比戈的老城区铁铺街（Calle de la Herrería）开了一家酒吧。该经营场所倒卖海洛因和武器，而且妓女如云。"我们把所知道的都公开了，一五一十，这下子可算是捅了娄子。"次日，阿文达尼奥有事要去市场，她带着小儿子一起前往。进市场前，他们需要先把车停下，沿着铁铺街步行。而酒吧老板当时正站在酒吧门口抽烟。她回忆道："我有点心惊胆战，我的心思全在孩子身上，他们会杀死我的儿子。但我强打精神，一步步地往前走，跟他对视，眼睛一直盯着他，直到我们走到他身旁。你猜他怎么样？他低下了头。那时我就意识到，我们赢了。"

一年半后，这名退伍军人兼毒贩从葡萄牙一家脱衣舞酒吧走出时中枪身亡。

"抗议者联盟"的名气迅速高涨，其成员的勇气令人们刮目相看，也刺痛了他们的社会良知。一向对毒品贩子通融有加的当地政客，此时迫不及待地向这些母亲靠拢。当禁毒基金会正准备在全省创建一系列中心的关键时刻，阿文达尼奥的第四个儿子阿贝尔（Abel）因吸毒过量而死亡。"太凄惨了，一下子把我摧垮了。我感觉天昏地暗。我不敢相信这是真的，觉得自己挺不过去了，要彻底崩溃了。"她几乎想要放弃那个组织正义性活动的工作，但团体里的其他母亲向她伸出了援手。"我记得有位母亲朵拉（Dora）说道，我们还是放手吧，把这些交给法官和政客来处理，毕竟那是他们的工作。居然有这种念头！我说：'不行，绝无可能，我们决不能就此罢休！'"

"就在我们开始在海岸地区走街串巷、进行会谈、组织会议时，真正严重的恐吓也接连而至。其他女人都奋起与毒枭抗争；而我感觉我们还是谨慎为妙，我知道只要他们选择，他们可以严重地伤害我们。"在阿罗萨举办的前几次集会几乎没有人来参加。这是块处女地，一个超级封闭的社会，要想找到突破口就好像是要打开几十年之久的藏货点大门。有几个参加活动的人，虽然在活动期间一言不发，但在活动结束后，他们找到了阿文达尼奥和其他人，用低沉而绝望的声音问，他们能为自己的孩子做些什么。随后人数渐渐增加。消息传开，聚会的房间开始挤满了人。"就在那时，家族帮派开始留意我们的动向，他们也派人过来，最初是试图搞阴谋破坏，在会上他们让我们说出自己的想法。我们会说：'我们知道他们利用你们的孩子落货，可你们缄默不语。我们也知道在这个地方没有投资，没有商业计划，人们正在走向死亡。你们还要继续保持缄默吗？'你知道在一个像阿罗萨这样的地方说这些话意味着什么吗？然后这些家族派来的人会高声喊道：'你们这是在瞎胡闹些什么？你们不过是一撮疯疯癫癫的老太太，众所周知，落货只涉及烟草，你们的责任是让你们的子女远离麻烦，是你们没有好好养育他们……'有时我们也雇保安，但从没大打出手。我想大概因为我们是女人，如果我们是男人，他们肯定不会对我们手下留情。"

这些干预不久就被公开的恐吓所替代，黑老大开始亲自出现在会场。阿文达尼奥说："西托现身了一次会议，乌比尼亚出席了另一次会议，他们左右都跟着职业杀手。他们就是做给我们看的，他们上上下下地打量我们，而那就足够了，然后扬长而去。"

"抗议者联盟"没有退缩，而是开始组织集会。他们会穿过比利亚加西亚-德阿罗萨和坎巴多斯等地，高唱禁毒歌曲。一首歌中唱道："烟草还可以；毒品有问题。"另一首唱道："还死者以正义。""我们不疯不癫，不搞恐怖袭击；我们是母亲，我们要的是现实主义。"这是他们运动的一部分，用来袭扰黑老大并最终将他们打翻在地。该联盟的第一个目标是"法尔科内蒂"路易斯·法尔孔。当这个黑老大因大麻走私罪被带到蓬特韦德拉帕尔达（A Parda）的一家旧监狱时，"抗议者联盟"的成员就在监狱的各大门口高歌并制造骚动。最终，迫于社会压力，"法尔科内蒂"被转移到另一所监狱。联盟成员开始出现在涉及毒贩的听证会、开庭日或监狱转移的各种场合。也许是母性所遭受的痛苦，让她们具有了前所未闻的勇气来面对欧洲最可怕的毒贩，引起的反响巨大。她们唤醒了阿罗萨，让全城揭竿而起。

这不仅仅是由于这些控告者的性别，而是整个社会对这些活动的关注，才使得毒贩们有所收敛。这让"抗议者联盟"接触到了一些高层的政治家，并引发了媒体的兴趣。这些"母亲反毒抗议"很快就成了海岸上的一个公共机构，尽管毒贩们很是不悦，但还是选择了避免小题大做。有些人，诸如记者、某些权威人士，以怀疑的眼光看待阿文达尼奥和某些政客之间的接触，特别是因为阿文达尼奥是社工党党员。一位记者指出："社工党不愿错过时下发生的任何一场骚动，尤其是在他们不必亲自动手的情况下，把媒体的焦点放在毒品走私上意味着他们可以把大区政府的失职推到一边。她的战斗并非不真实；我只是在说，这里面一定有政治层面的东西。"阿文达尼奥也接受这种说法："我成了被批评的对象，我有所耳闻，但是我一直都在参与社会行动。只要这些行动是诚实的，具备社会良知的，无论是左派还是右派，我都会抽出时间参与。甚至是弗拉加与我的交往，其中有很多尊重在里面。事实上，他关心我。他会打电话问我下一步要怎么行动！"

她与弗拉加的初次见面是在1988年，当时弗拉加还是个反对派成员，尽管已经被吹捧为大区主席的未来人选。"我列出了一个单子，阐述了13件在海湾河口一带所发生的事情。我问他，是否要一件一件地说给他听，他对我说，全部都念出来吧。我开始读给他听，他坐在那里，手抚摸着额头，低着头，一动不动地听着。最后，他抬起头，我看到他已是热泪盈眶：'这一切真的是现状吗？'"

她指出，政客们消息闭塞，而且缺乏洞察力。鉴于政治阶级与各种走私者之间的明显关系，这一点颇有争议。更不要说弗拉加本人与烟草大亨维森特·奥特罗先生之间的关系了，后者可是黑老大之中的老大和热情的人民党党员。要说加利西亚的政府机构对此一无所知似乎很难令人信服，但若说他们可能低估了局势倒是事实，或者坦白地说，家族帮派已经发展得如此强大，并且"创造了充足的财富"，以至于人们感觉没有动机来阻挡他们的脚步。正如一位法官所说："在加利西亚，从来没有一个政党没有得到过毒枭的资助，一个也没有。"

也正如阿文达尼奥所说："这是事实，但也不能一刀切。身居高位的人不了解事情已经变得多么糟糕。我知道马里亚诺·拉霍伊还是大区政府一员时，曾试图对付那些毒枭。在巴拉尔、维奥克和维森特先生之流试图入党时，他表明了自己的立场，也因此丢掉了饭碗。后来，在他去马德里任内政部长后，在西托·米南科被捕时，我曾与他见过一面，他说那是他一生中最快乐的一天。"她还说，在弗拉加成为大区主席后，曾抛开任何所谓的政治派别，向"抗议者联盟"提供

可卡因海岸

了各种资源。

我采访的一名警官对此持保留意见："阿文达尼奥爱出风头，喜欢上电视。正是她的名声挽救了她的几个儿子，他们都有可以罗列很长的犯罪记录。我不是说她的事业不高尚，但她也从别人的努力中巧夺了名利。有时，她显得好像是她在单枪匹马地应对贩毒。"

阿文达尼奥不太乐意谈起儿子触犯法律的话题。她看着口述录音机，深深吸了一口气："话说，这一切都无关紧要了。"她谈到她儿子阿贝尔在戒断症状的极端痛苦中，犯了罪被判处两年的徒刑。阿贝尔逃到了葡萄牙，打电话给阿文达尼奥寻求帮助。她与一名律师取得了联系，帮儿子拿到了护照。她为此花了15万比塞塔（约合900欧元），把护照送过了边境，然后在她与古巴驻西班牙大使馆的人取得联系后，阿贝尔和其女友双双飞往哈瓦那，而且在那里有现成的工作等着他们两个。五个月后，阿文达尼奥接到儿子女友的电话：阿贝尔已被国际刑警组织逮捕。"这都是查林干的好事。我后来才知道，是他向葡萄牙警方提供了情报。我不得不飞到哈瓦那，想方设法把阿贝尔引渡回国。那天我就发誓，只要'老爷子'查林让我不好过，我就让他加倍奉还。"她再次深吸了一口气，"我知道有些人不喜欢我们。但我认为大多数人都能理解我们这样做的意义。"

在加利西亚之后，"抗议者联盟"来到了马德里走街串巷。1989年，这些母亲与1982年至1996年在任的社工党领袖兼首相费利佩·冈萨雷斯举行了会面；次年，又与当时的反对派领袖何塞·玛丽亚·阿兹纳尔（José María Aznar）会面。"冈萨雷斯说，我们需要更多的资金。我们出示了所掌握的资料，他看后颇感惊诧。"除了政界人士，他们还拜访了法官和检察官，其中包括巴尔塔萨·加尔松（Baltasar Garzón）和哈维尔·萨拉戈萨（Javier Zaragoza，后来成为国家法院检察总长）。"抗议者联盟"成功地使人们注意到此前一直是国家话语中的一个盲点。当加利西亚开始占据报纸头版和电视新闻节目时，政治议程也不得不为之腾出一席之地。"我坚信，如果没有一场社会运动，警察和法院也不会有所作为。我们现在正在变成西西里。我们必须做出反应，反对现行情况。而我们正是这样做的。"

许多人认为，"抗议者联盟"的举动是对多年来半被动、半共谋、死气沉沉、支持现状的政治阶层泼去的一盆冷水。在该组织成立两年后，加尔松的"海蟹行动"得以实施：这是国家对抗加利西亚家族帮派的首次协调一致的行动。"在那之前，毒贩们一直在嘲笑我们，说我们歇斯底里，骂我们是婊子，根本没把我们当回事。"

"宏起诉"在马德里举行，"抗议者联盟"的成员坐在法庭的前排。阿文达尼奥因劳雷亚诺·乌比尼亚之案被传唤出庭作证。当她落座时，她瞥见了"老爷子"查林。她说他特意做了一个割喉断颈的手势。

"虽然他们差不多都得以逃脱，但削弱了他们的嚣张气焰。在那之前，他们还认为自己是不可被碰触的。至于我们，我们非常兴奋。"而赦免给了"抗议者联盟"当头一棒，但成员们还是对新的形势感到欣慰：这些黑老大不再享有之前的隐形能力，这也意味着如果他们真的决定对"抗议者联盟"的任何一个成员下手，都将付出代价。游行和集会成了常规事件。

当时，阿文达尼奥还在帕尔达监狱做义工。有一天，她在那里遇到了在"海蟹行动"之后不久就被定罪的"老爷子"查林。"他摆出一副老爷的姿态到处悠来晃去。在法庭上他曾试图给人一种老朽之人的印象，但他其实并没有那么老。我对他说，他是个耻辱；我给他指路，而他就那样走开了，一个字也没说。"还有一次，在比戈机场，她遇到了劳雷亚诺·乌比尼亚的妻子埃丝特·拉戈。"她穿着豹纹长裙和豹纹皮鞋，看上去像个名模。她在到达厅等候，我上去就是一顿臭骂：'贱货，凶手。你穿得这么花枝招展，钱是从哪儿来的?'但她付出了她应付的代价。没错，那天我讨回了答案，我给了她一记耳光。他们意识到人们的态度已与往日不同，他们失去了人们的赞赏，他们的形象一落千丈。我们很强大，他们明白这一点。法官的出现，记者的前来，他们都不担心；真正让他们头疼的是我们——他们口中那些疯疯癫癫的'抗议者联盟'的女人。"

阿文达尼奥记得，那天"老爷子"查林不得不手脚并用爬上监狱的台阶。"我们一大群人聚集到了蓬特韦德拉的拉马（A Lama）。我们得到消息，查林要从卡拉班切尔监狱转到这里，在他快进城时，我们接到了一个电话。实不相瞒，我们大大地出了一口恶气。我们把汽车围住，奋力敲打车身两侧和车顶。场面完全失控。警察拉起了警戒线，查林拖着身体从车里钻出来，连滚带爬地上了监狱的台阶，像蛇一样歪歪扭扭往上爬，就像蛇一样，跟蛇一模一样。看着他那样进入监狱而产生的满足感，让我们觉得所有的痛苦和煎熬都是值得的。"

"抗议者联盟"今天仍在运营，总部仍在初建时的拉瓦多雷斯贫民区。在发起的妇女中，只有阿文达尼奥和她的朋友朵拉还健在，虽然后者已经不再属于该组织。现在成员们大多数的工作都是帮助瘾君子及处于社会边缘的其他人。

20世纪80年代末，一位记者在加利西亚电视台的新闻报道中采访了一位在比利亚加西亚－德阿罗萨的母亲，当时她在家中倚窗而望。在讲到她儿子是个瘾君子时，她泣不成声。这一画面触痛了加利西亚一代母亲的心灵，这些妈妈目睹自己的孩子在她们面前死去，而后挺身而出对抗毒枭。她用加利西亚语说道："我们这些母亲做了什么？站在那里看着他们就这样贩毒吸毒。只有像我这样的母亲才能体会家里有毒品意味着什么。一定要把他们关入大牢。一定要让他们为我们所经历的一切付出代价，为我们因为孩子们的痛苦而遭受的煎熬付出代价。"

可卡因海岸

在他们穿着睡衣的时候，抓他们一个措手
不及。

第 七 章

"海蟹行动"

暗度陈仓

那天我们一夜没合眼，当时我们在圣地亚哥–德孔波斯特拉酒店。凌晨4点，我冲了个澡，穿好衣服，我们去了警察局。我永远都不会忘记：数以百计的警察，有的穿警服，有的穿便服。这个地方水泄不通，房间里、走廊里到处都是人，大家都不言语，都在默默等待。整个一个沙丁鱼罐头。我们出现了，个个都盯着我们。气氛紧张极了，大家都等候我们发出指令。加尔松用胳膊肘揉了我一下："看看这阵仗。"

那是1990年6月12日，"海蟹行动"打响了。

1988年1月的一个早晨，蓬特韦德拉省民事省长豪尔赫·帕拉达·梅胡托（Jorge Parada Mejuto）前往马德里提交报告。在"抗议者联盟"和其他一些组织的推动下，他与西班牙国家安全部部长拉斐尔·维拉（Rafael Vera）举行了一次会晤，并向他阐述了几个月后卡门·阿文达尼奥将向主席解释的同一件事，而这正是缉毒局和国际刑警组织多年来一直在讨论的问题，也是加利西亚所有的政治家都已经非常清楚的问题：哥伦比亚可卡因正在通过加利西亚登陆，几十个现存的非常强大的家族帮派组织了落货，他们的基础设施和网络可以追溯到烟草走私的时代，而那些参与者从未被绳之以法，等等。

次日，维拉召开了国家禁毒委员会（Comisión Nacional de Lucha contra la Droga）会议。出席会议的还有来自国家警察、国民警卫队、政府机关、海关监督局和总检察长办公室的高级代表。当天商定了所谓的"蓬特韦德拉行动"（Operación Pontevedra）的基本纲要，这是一项大规模的调查计划，后来被分成了各种较小的行动。顺便说一句，其中一个被命名为"视情行动"（Operación Depende）。马德里一名退休的国民警卫队员解释说，每次他们询问加利西亚当地人时，当地人总是犹豫不决，总是以某种方式避免给出恰当的答案，在成百上千的"视情况而定"后，他们确定了该行动的名称。

这些早期的行动导致数人在1989年行动打响的月份里被捕，包括劳雷亚诺·乌比尼亚和曼诺利托·查林。但法院知道手中没有确凿的东西来监押他们。例如，乌比尼亚被控在一次突袭中用脚踢了一名警官，不出几周他就得到释放。同年，在短暂的刑期之后，曼诺利托·查林协助，将一批4吨重的大麻运入了巴约纳。

所有这些管理机构中，依然布满了家族帮派的间谍。源自马德里的任何措施都会事先传到加利西亚，根本不可能抓到家族帮派的现行。改变这种局面的唯一办法就是进行一次规模空前的大型协同扫黑计划。该计划之所以成为可能，要归功于两名线人的证词：里卡多·波塔巴莱斯和曼努埃尔·费尔南德斯·帕丹。

里卡多·波塔巴莱斯为何塞·帕斯·卡巴罗（José Paz Carballo）效力。后者是一名来自比利亚加西亚-德阿罗萨鲁比安（Rubiáns）的中号走私犯。他从做一名牛贩子起家，在贩运了一段时间的大麻后，转向贩运大量的可卡因。1988年，他负责将80吨大麻带到阿罗萨，并于次年在马林（Marín）参与了油水丰厚的涉及100千克可卡因的活儿。波塔巴莱斯说，他当时已经成为帕斯·卡巴罗的得力助手，一种入室弟子，日渐一日赢得了其"尊师"的信任。

波塔巴莱斯的儿子后来整理并出版了父亲的日记作为回忆录。在书中，波塔巴莱斯回忆起帕斯·卡巴罗第一次带着他参加运货后的清点会议。他们驱车来到海湾河口的一个斜坡上，外面有个女人站岗放哨。她把他们领进一个铺着稻草的地方；挪开一些稻草，用脚跺了两下，一扇通往下面地窖的活板门被打开。帕斯·卡巴罗的表弟阿尔维诺·帕斯·迪兹（Albino Paz Diz）和其他两名家族成员在下面，波塔巴莱斯形容他们像银行出纳员一样快速地数钱。波塔巴莱斯写道："我记得我被现金的数量和各种不同的币种震撼了，有美元、比塞塔、马克、法郎、英镑……成箱成箱的，一麻袋一麻袋的。他们在桌旁点钱——钞票堆积得让人看不到桌面。""加泰罗尼亚人马诺洛"和一位来自阿罗萨的银行经理也在场。一名保安手持对讲机和猎枪站在门外。帕斯·卡巴罗和波塔巴莱斯也开始帮着数钱，整整数了46个小时，在整个过程中，他们只是稍作休息吃了点东西，吸了点可卡因以保持清醒。如果数额对不上，就得重数三到四遍。最后，桌子上堆满了18亿比塞塔（约合1000万欧元）。

波塔巴莱斯描述了自己的迅速崛起：仅仅几个月，他就成了该团伙的核心成员。他谈到了一次哥伦比亚之行，此行的任务并不值得羡慕，就是向卡利卡特尔抱怨最近一些货物质量欠佳。出了波哥大后的丛林之旅包括，坐在一辆皮卡后面行驶200千米，又坐在驴背上走了一段距离，憋憋屈屈地睡了一宿，然后一架直升机将他们带到位于茂密丛林中的一座豪宅。在那里接待他的是卡特尔的头目之一何塞·冈萨洛·罗德里格斯·加查（José Gonzalo Rodríguez Gacha）。波塔巴莱斯解释了他们一直面临的问题，加查这样说道："你要清楚，我提供的商品质量绝对上乘，我准备为之而战斗……你对我说，如果你们的服务对我不重要，我就应该停止使用。但现在我要告诉你一些你不知道的事情：我不会停止使用你们的服务，你们也别想从中撤出。因为，阿方索（Alfonso），我知道你没有骗我，对不对？……我很清楚，我的竞争对手想抢走我的客户，我知道他们中的一些人曾去见过你们，向你们提供非本地产的货物，而是来自像秘鲁、玻利维亚这样的地方。他们提出的交易对你们更为有利：商品更便宜，运输服务的提成更高。但问题是那些混蛋别再妄想踩着别人的肩膀往上蹿……明天，我亲爱的朋友，我们已经摆好架势，准备唱一出戏。我们相信这出小戏一定会让你们满意。"

这出戏是在丛林另一个地方的可卡因实验室里上演的。

"现在，我的朋友，我要让你们看看，这是一个家族，而不是什么与敌人勾结的地方，不是什么想与骑在我们头上拉屎的人胡搞的温床，如果有人搞不明白这一点会是什么下场。"

波塔巴莱斯推测，所说的人是个内鬼，他被五花大绑地捆在河边的一棵树上，已经被打得不省人事，只剩最后一口气了。

"任何无视其同事生命安危的人都会落得这样的下场。这个人渣想要揭发我们，仅仅因为缉毒局某个外国佬答应给他个把美金，但谁也别想逃过我们的手心。我们不会放过任何自以为可以告密而侥幸逃脱的人，无论早晚，我们一定会找到他们。一旦我们找到他们，他们最终会开口告诉我们他们所有的小秘密。"

随后，这名男子被绑在一条有个小洞的竹筏上，他的阴茎被割破，鲜血淋漓，就插入了那个洞中。竹筏上的男子被推到河里喂了食人鱼。波塔巴莱斯描述道，那人尖叫着要他们把他杀死。然后，这帮人回到了豪宅，互相道别。这样的时刻让我们了解了与这些家族做生意的人的真实本性。

波塔巴莱斯在"蓬特韦德拉行动"的协调行动之初就被收监了。他是在马林附近的公路上被拦下的，警察在他的车上发现了38克可卡因、20克大麻、6.4万比塞塔和一把点三八金牛座（Taurus）手枪。在帕尔达监狱被关六个月后，他决定与警方合作。他一直坚持说决定性因素是他的良心发现，以及不堪忍受的监狱生活。不管是什么原因让他改变了心意，总之是变了。他还有700万比塞塔（约合4.2万欧元）的欠款没有收回，当他要求帕斯·卡巴罗在探监期间支付时，他被告知只能得到80万比塞塔（不到6000欧元）；其余的显然已经没戏了。没有什么比经济上的失望更能让人松口的了：1989年8月22日，他给蓬特韦德拉三号法官卢西亚诺·瓦雷拉（Luciano Varela）打通了电话，吐露了心扉。在那次谈话中的招供传到了国家法院，而这份报告交到了一位年轻法官的手中，一颗在埃塔调查后冉冉升起的新星，他就是巴尔塔萨·加尔松。

数年后，波塔巴莱斯声称，是当局强迫他配合调查，一方面威胁说如果他拒绝，将被判很长的刑期，另一方面又提出了后来未能履约的条件。这些抱怨随着时间的推移得到扩散，出现在他的采访中、他开的博客上，甚至在他儿子代表他管理的脸书页面上。没有人知道他签署的附属细则的真实性质。不过，很明显的是，波塔巴莱斯散布这些消息的时间是在2011年他的国家保护被撤销后，在西班牙政府判定他不再处于危险之中时。他对此似乎仍心有芥蒂，现居于葡萄牙，阻止他的照片在媒体上传播。随着时间的推移，他的可信度逐渐降低，部分原因是他频频的言语攻击。有人甚至声称他编造了整个故事，说他是说谎成性的骗子。但我们可以肯定的是，当时巴尔塔萨·加尔松和哈维尔·萨拉戈萨都仔细审查了这名悔过自新的毒贩所说的话，认为这番话无懈可击。

与波塔巴莱斯关在同一个监狱里的还有加利西亚许多顶级毒枭，包括乌比尼亚和曼诺利托·查林，他们听闻他要供出消息之后肺都气炸了。有一天，在一次体检中，波塔巴莱斯听到身后的门关上了，他扭头去看时，一条毛巾蒙住了他的头，接着是一阵拳打脚踢。那次痛打之后，他的鼻梁被打断了，后背长期疼痛。他们威胁要干掉他。波塔巴莱斯蜷缩在地板上，他听出了曼诺利托·查林的声音，认出了乌比尼亚白色的短靴和黑色的鞋带。

"他极度恐惧之下写信给我，"加尔松在皮拉尔·厄尔巴诺（Pilar Urbano）的著作《日出见证者》（*El hombre que veía amanecer*）中说道，"我本来就不十分确定：基于一个正在接受调查的人的证词而展开的调查总是那么脆弱，脆弱得令人恐惧。所以波塔巴莱斯前脚报了信，我们后脚就安排警方采取了行动：一个安全屋，一个地窖，一个藏货点，一个小木屋，所有可能隐藏文件或者武器、金钱、可卡因的地方，一张贻贝床，一艘玩出奇花招的快艇，一个酒吧……他供出了很多可信的东西。"

波塔巴莱斯接受了加尔松八个月的审问。那些证词，开始很虚无缥缈，后来逐渐变得实在。当第二个告密者站出来时，资料就更加翔实了。此人就是曼努埃尔·费尔南德斯·帕丹。

帕丹如今住在马德里郊区，那里不太好找，但真要找也不是不可能找到。

"没错，我生活在恐惧之中。我一直都生活在恐惧之中。"他坐在咖啡馆里露台上的桌旁，紧贴着我，抻着脖子，目不转睛地说道。国家取消对他的保护措施已经有好几年了。"我搞不清楚他们，查林家族的人，是否还在酝酿什么阴谋。一想到这个我就头晕目眩。如今，'老爷子'仍在控制着运营，但到了他的孙子等接手的时候，也许他们就会来找我算账，他们可不是轻易泯恩仇的人。"

有一段时间，帕丹一周7天、一天24小时都有保镖保护。

"每次我去加利西亚，他们都会加派人手保护我。晚上不准我外出。在最初的一天早上，我醒来发现我的汽车着火了。我父母的房子经常被涂鸦。我还会回去，但很不爽，我必须时刻保持警惕。"

帕丹曾为查林家族工作过，至少帮他们落货两次。他早年在蓬特韦德拉纵欲的夜生活以狂躁抑郁和精神错乱的形式困扰着他。他很快就厌倦了这份工作，决定将他的所知公之于众——不过，他没去报警，而是给加利西亚日间电视节目《心血来潮》（*Corazonadas*）打了电话。

"最后我们做了一期采访，但是我的脸被遮住了，我的声音也做了失真处理。节目播出当天，我去了阿罗萨新镇一家名叫彩虹之地（Arco de Vella）的酒吧观看。查林家族一位年轻人走进了酒吧，跟我坐在同一张桌旁。一开播，他就大笑不止。他说：'那人是你。'我说：'不，不，不是我。'他说：'看看那头卷发，还有那双腿，还有他说话的方式，就是你。'我想，我操，我败露了。"

查林家族采取了设局陷害的惩罚形式。电视节目播出几天后，他们让帕丹为他们运送4千克的可卡因到蓬特韦德拉。帕丹刚走到一半，就被警察拦住了。"那该死的电视节目一直萦绕在我的脑海里。天哪，我整日提心吊胆！"但是帕丹把可卡因藏得严严实实，警察根据"老爷子"查林的举报采取了行动，可是什么也没发现。帕丹设法来到了落货点，那是蓬特韦德拉的一个购物中心，但发现没人来接应他。他变得极为紧张不安，在场的一名保安不停地盯着他看，让他的处境更加无助。

"我灵机一动，决定把这些毒品放在一些货盘里，我顺手丢下，那名保安径直走过去把它抽了出来，他通知了国民警卫队。我居然还认识这个人，他曾和我的姐夫一起在巴兰特斯（Barrantes）的一家名为蓝色空间（Espacio Azul）的夜总会当门卫。他后来告诉我，他还以为那包裹是炸弹呢。"

他被抓了起来，关进了蓬特韦德拉法院的牢房。他们审问他。"一天十次，但我什么也没说，除了一大堆谎话。几天后，他们向我提议：短期监禁，家人被保护，给我在国外找份工作。"所有这些都非常诱人，但他还是挺住了。"我知道他们无法一直遵守承诺。"随后，他被送进了巴利亚多利德监狱，在那里被关了三个月之后，他又被送到了马德里的卡拉班切尔监狱。他知道查林家族的几名成员也被关在里面，就向他们寻求保护。正是这次在马德里的逗留促使他改变了初衷，尤其是当加尔松在波塔巴莱斯的陪同下来看他时。"我给出了证词，甚至是在律师不在场的情况下。我把我知道的和盘托出。我受够了，我再也受不了了。"

令加尔松满意的是，帕丹的供述证实了波塔巴莱斯早先的证词。

1990年5月，加尔松举办了一次晚宴，邀请了哈维尔·萨拉戈萨和政府高层的一些政治家，但没有一个是加利西亚人。在晚宴上，他提出了一项雄心勃勃的计划，即同时发动50多次突袭，要求组建西班牙民主过渡以后一支人数最多的警察分队和国民警卫队分队，以执行一项单一任务。数月的调查、事实认定、线人情报和窃听结果形成了最初的"巫师行动"（Operación Mago），而这就是"海蟹行动"的种子。

行动几乎未能逃脱陷阱。在行动前夕，帕丹意外地接待了西班牙内政部"反恐怖主义解放团"案[1]（加尔松当时另一项极其复杂的任务）律师豪尔赫·阿戈特（Jorge Argote）的来访。据帕丹说，阿戈特是来探监的："我简直摸不着头脑，我此前从未见过那个人。我们坐下之后，他在我面前放了一张空白支票。他说：'你愿意帮我们吗？你只要说实话就行。'"阿戈特想让他公开声明，说他迄今为止的所有供述都是虚假的，以期破坏调查，整垮加尔松，从而停止"反恐怖主义解放团"案。"他让我出个价。我拿着支票，写了200亿比塞塔（1989年约合1.2亿欧元）。他看了一眼，说我狮子大开口，一定是疯了。我说：'好吧，那就2亿比塞塔。'我们成交了。"就在帕丹濒临背叛加尔松之际，"反恐怖主义解放团"案的一些重要证据被曝光，导致两名埃塔犯罪嫌疑人——何塞·阿梅多（José Amedo）和米歇尔·多明格斯（Michel Domínguez）被逮捕。"突然之间，我对他们不再有用了，被判出局了。"

　　几周后，帕丹告诉了加尔松事情的原委。这位法官非但没有生气，反而觉得理所当然。他说："的确，他们一直试图进行这种交易，不用为此挂怀。"

1　"反恐怖主义解放团"（Grupos Antiterroristas de Liberación）是西班牙政府官员非法成立的敢死队，目的是打击巴斯克分裂主义武装组织埃塔。他们在1983年至1987年期间非常活跃，后来经审判证明，他们是由西班牙内政部的重要官员资助的。

　　　　　　　　　　　可卡因海岸

大围捕

我在国家法院哈维尔·萨拉戈萨的书房里采访了他。他跷着二郎腿，一只手扶着椅背，说即使当晚警察爬上警车的时候，他们也还不知道要去哪里。司机们以为他们要去安达卢西亚参加打击直布罗陀海峡大麻走私者的行动。他们进去之后，发现座位上放着信封，直到那时才知道加利西亚是他们的目的地。"海蟹行动"要求对此绝对保密，然而还是有人走漏了风声。

1988年，反洗钱法进行了改革，并增加了一项条款，可对贩毒所得利润进行调查。就像阿尔·卡彭（Al Capone）一样，加利西亚的黑老大现在在税务人员面前也不堪一击。第二年，加利西亚设立了一个禁毒检察官职位，不久颁布了一项法令，对快艇经营许可和建造进行管理。接下来，当局静观事态变化。而"海蟹行动"，作为加尔松和萨拉戈萨花费几个月计划的结果，在波塔巴莱斯和帕丹供述的指引下达到了高潮。这是西班牙国内第一次协同打击加利西亚的贩毒活动。

"那两个人的交代让我们发现了这些家族帮派的惊天秘密：组织健全强大，似乎以完全自由的方式运作。我们花了几个月的时间做笔录、调查、立案。加利西亚问题的严重程度开始水落石出。贩毒根深蒂固，而且被社会广泛接受。你经常会听到这个词：一个新的西西里。我不知道这种说法是否正确，但显然当局没有做到位。"

了解了足够清楚的案情以后，加尔松决定对主要家族发动大规模突袭。日期定在了1990年6月12日。他的第一道命令清楚明了：不准对加利西亚掌权者吐露半个字。只有马德里的人知道筹备的情况，在直接参与行动的人中也很少有人知道行动的真正规模。

这一思路是，同时痛击这些黑老大的要害，而且必须在凌晨时分完成。哈维尔·萨拉戈萨笑着说："在他们穿着睡衣的时候，抓他们一个措手不及。"

他说："在前一天晚上，我们乘坐正常的国内航班飞往了圣地亚哥－德孔波斯特拉。"除了萨拉戈萨和加尔松，同飞的还有缉毒小组组长阿尔贝托·加西亚·帕拉斯（Alberto García Parras）和司法警察局局长佩德罗·罗德里格斯·尼古拉斯（Pedro Rodríguez Nicolás）。四人一起在圣地亚哥－德孔波斯特拉的老城区佛朗哥区吃的晚餐。

"我们把行动中心定在了圣地亚哥－德孔波斯特拉。吃晚饭时，我们又对某些细节、确切的时间、针对谁、用什么方法等进行了微调……我们在餐馆一直待到天亮，整宿没合眼。我们都去冲了个澡，然后直奔警察局。"

萨拉戈萨在那里遇到了先前描述的场景：数百名紧张的警察挤在

　　　　　　　　可卡因海岸

一起，浓烟缭绕。总共有217名警察，几乎都身着深色服装。"这是一个大型的支援单位，我们没有通知任何人为何将他们召集在一起，很多人神色紧张。"加尔松做了个发言，解释了这次行动。警察局局长与各自的单位讨论了细节，凌晨5点，车队驶出，直奔比利亚加西亚－德阿罗萨方向。"整整一个纵队的车辆，关掉了警笛和头灯。"就在同一时间，维森特先生碰巧正驾车朝相反的方向驶去，遇到了一溜警车；他订了一张从圣地亚哥－德孔波斯特拉出发的早班机票。他后来说，在看到这次军事部署的时候，他以为他们要突袭一些无证捕捞贝类的渔民。这似乎不大可能是他的真实想法，无论如何，几天后他独自去约见了加尔松，振振有词地告诉他，波塔巴莱斯所说的"奥特里托"（Oterito）不是他，他是"特里托"（Terito）。维森特先生后来面对的所有指控都被判无罪。

第一个落网的是劳雷亚诺·乌比尼亚，一个小中队撞倒了他在比利亚加西亚－德阿罗萨拉赫的别墅大门。当他们给他戴上手铐时，他确实穿着睡衣（条纹睡衣），不过当时他设法跑到了他的四轮驱动车上，还发动了引擎。在邻近的城镇鲁比安，何塞·帕斯·卡巴罗被擒获。在阿罗萨新镇，曼诺利托·查林和梅尔乔·查林落网。"老爷子"本人在数月后被捕，警方发现他躲在私人健身房附近的一个藏货点。无独有偶，他也穿着睡衣。那些早起的阿罗萨市民了解情况后，开始聚集到公共场所，一群兴高采烈的"抗议者联盟"妇女聚集在比利亚加西亚－德阿罗萨的警察局，拍手称快。有一点必须说清楚，不是人人都走上了街头。许多当地人待在家里，选择了沉默。

马西亚尔·多拉多在其阿罗萨岛的家中被捕，不过没过几天他就返回了家中。加利西亚一名主要法官声称，多拉多事先知道这次突袭，并决定自首。法律上，他从被告变为证人，所以得以完美地逃过这次行动。法官说："多拉多猴精，他直接去了加尔松的办公室，免于任何处罚。"这件事没有继续追究。

他们遇到的另一个挫折，最严重的挫折，是在坎巴多斯的发现，或者更确切地说，是什么也没发现。这里是西托·米南科的基地，但这个黑老大并不在这里。他显然是在同一天凌晨，在最后的关键时刻得到风声而逃跑的。不过，他的搭档"达尼利托"卡巴罗没有逃脱，一同被捕的还有"加泰罗尼亚人马诺洛"和纳西索·费尔南德斯（Narciso Fernández）。

在同一天早晨，备受瞩目的企业家卡洛斯·戈亚内斯（Carlos Goyanes）和塞尔索·巴莱罗斯（Celso Barreiros）在马德里被捕：从媒体的角度来看，这是锦上添花。加尔松亲自带头行动，乘坐直升机直接降落在拜恩庄园的地面。国家采取的这一行动，让举国上下拍手称快，特别是令"抗议者联盟"的母亲们欢欣鼓舞。到上午10点，在列出的22个目标中，18人被捕，不过却没发现1克毒品。在随后的几个月里，被拘留者人数增至48人，这为马德里高等法院的一系列审判铺平了道路。最受人瞩目的是西托·米南科的落网，在其卡利卡特尔的搭档告发他后，西托·米南科最终在他位于波苏埃洛-德阿拉尔孔的安全屋被捕。法院对他进行了单独审判。

所有的头目都被拉下。尽管取得了显赫的成绩，但这次出色的行动只是飓风行动的一个开始：后来的统计数字显示，到1990年，已有18000人直接或间接卷入加利西亚的贩毒活动。前路漫漫——至今人们仍在举步前行。

这些黑老大一开始被安置在比利亚加西亚-德阿罗萨旧警局的牢房，这里之前是地牢，后来他们被转移到马德里的阿尔卡拉梅科（Alcalá Meco）监狱。萨拉戈萨说："那时候我们的睡眠也严重不足，大部分时间都在做笔录。我们希望案件不要四分五裂，祈祷各自的辩护团队不会泄密或协同反击。"但错误还是在所难免，而且铸成了大错。最根本的一点是，必须切断黑老大与外界的联系，禁止他们看电视新闻、听广播或读报纸，不让他们知道其他黑老大被监禁的事实。这些是给阿尔卡拉梅科工作人员的指令，却成了完全被忽视的指令。

在突袭行动一周后，《国家报》发表了一篇文章进行了披露，称在那些黑老大各自的牢房门上都标有他们的名字，他们中最初出去洗澡的任何人，都会看到那些名字。该报声称这些黑老大可以隔着牢房互相喊叫。据说纸条可以夹在书中或要洗的衣服堆里传递。如此一来，他们就可设法在笔录中保持要点相符，而且在每次审讯后互通有无，保持更新。

加尔松为此火冒三丈，他去找了国家监狱秘书长安东尼·亚松森（Antoni Asunción）。后者于是下令对阿尔卡拉梅科的行为进行调查。黑老大的触角伸得很长，似乎令调查人员措手不及。监狱驳斥了《国家报》的文章，说那些黑老大名字只在他们的门上挂了几个小时，而且这些人从来没有交流过。

阿尔卡拉梅科的混乱只是加尔松和萨拉戈萨初步调查中的众多障碍之一。辩方成功地牵制了波塔巴莱斯，他的口供中出现了很多自相矛盾之处。更糟糕的是，他开始上电视谈话节目，包括一期非常令人难忘的节目，叫作《测谎仪》（*La maquina de la verdad*）。萨拉戈萨说，这些口供"总体上非常可靠"，尽管帕丹的口供更为可信。他说，有太多的人要被"海蟹行动"的调查结果所连累，尤其是加利西亚的某些政客。"我们受到了很多批评，大多批评都集中在波塔巴莱斯身上。但这是我们开展这类行动的唯一途径，你可以说是意大利式的。这是必要的手段。"

预审程序于1992年2月结束，法庭程序于同年7月开始。萨拉戈萨说："我们本可以继续调查，一直一直地调查下去，消息源源不断，但我们必须适可而止。我们本可以持续几年，势态就像洪水猛兽一样。"

这场持续到1994年7月的审判，让我们得以看到这些黑老大的进一步供述，以及乌比尼亚脚踏木屐轻蔑敷衍回答法庭审问的不可磨灭的形象。萨拉戈萨回忆道："他不愿意低头，从不直接回答任何问题。"

曼努埃尔·阿瓦尔·费霍（Manuel Abal Feijóo）是为西托·米南科效力的年轻快艇船长，他给出的回答虽不那么无礼，但更加不着边际。他后来成为21世纪该地区贩毒集团毒品后继承运人中的头目，但在那时，他只是一个身穿田径服和运动鞋出庭受审的暴发户。在一次交互盘问中，有人给他出示了一张他本人在葡萄牙维亚纳堡（Viana do Castelo）站在一艘快艇上掌舵的照片。他面不改色心不跳地解释了照片背后的情况：他向法官保证，那是他和他的女朋友一起度假时拍摄的，女朋友想要一张他在船上的照片。他说："就像其他人喜欢在保时捷车里或在火车窗前拍照一样。"观众席上人们的微笑顿时变成了哄堂大笑。曼努埃尔·阿瓦尔·费霍后来被判无罪。

可卡因海岸

与此同时，这些黑老大给出的答案近乎超现实主义般离奇，尤其是在否认大量证据时所表现的冷静。比如，当何塞·帕斯·卡巴罗被问及为何要驱车前往900多千米外的阿尔赫西拉斯时，他表现出超乎寻常的镇静。他说他就是去那儿"喝上几杯"。不仅如此，有一次萨拉戈萨问他为什么车里有扫描仪，他这样回应：扫描仪是什么东西？我就知道车里有个小发明，你开车的时候，有时候会发出嘟嘟嘟嘟的声音，仅此而已。

萨拉戈萨：为什么这个扫描仪会在你车里？

帕斯·卡巴罗：我不知道呀。不是我买的，是我儿子买的。他喜欢那种款式。

萨拉戈萨：在你家里还发现了两个对讲机。请问它们是干什么用的？

帕斯·卡巴罗：过去我和我岳父去苏特洛（Soutelo）和埃斯特拉达（A Estrada）买牲口时曾用过它们。

1994年9月进行了判决。在那几个月前，"老爷子"查林被判无罪。这项庞大的通力协作任务的结果极度令人不满。在48起案件中，只有33人被判入狱。乌比尼亚、帕斯·卡巴罗、阿尔弗雷多·科尔德罗和"老爷子"查林等15人毫发无损。又有一种黑老大凌驾于法律之上的感觉，尽管这种感觉并没有持续太久。在接下来的几年里，"海蟹行动"的冲击波继续扩散，直到2004年，那时除了"老爷子"查林和西托·米南科（后者的囚犯身份在2015年被降级，所以现在他只需在周末出现在监狱设施里），几乎所有的主要玩家都被关进了监狱，而且一直被关押至今。

撇开判决不谈，"海蟹行动"确实表明黑老大并非坚不可摧。当他们逍遥法外的感觉渐衰时，整个加利西亚为之撼动。一股新鲜空气迎面吹来。反毒品及有组织罪案组的费利克斯·加西亚总结道："尽管还需要数百项行动来粉碎他们，但这是一个分水岭，对他们打击很大。"局面已经大为改观。

只要有人在那里接收，卡特尔就会继续运送货物，而且总有人在那里接收。

第 八 章

斗争在继续

"海蟹行动"后

有位警官说道："耀武扬威的时代就此打住，对劳雷亚诺·乌比尼亚来说，再也没有一夜一掷千金的饮酒作乐了。"1994年的判决，所有主要的黑帮大佬都被宣判无罪，非常令人失望，但诉讼程序仍构成了一个明确的警告。那些家族帮派到目前为止虽然被赦免，但并非不可撼动，警钟已经敲响。

谨慎成为时尚。他们不再开着敞篷车到处招摇了。他们成了电视上的新闻素材——西班牙电视台的主要新闻节目，以大围捕的新闻报道为主导，现在整个西班牙都知道他们的面目这一事实，远远超出了他们的预期。他们懂得穷奢极欲的严重性，开始有所收敛。他们变得更加内敛，更加圆滑。

所有这些对加利西亚都具有消毒作用，这里不再有毒枭避难所之感，不再被当局遗忘，也不再被毒枭掌控。现在，如果有人想继续从事贩毒工作，他们往往会步步留神；你不能再明目张胆地胡作非为。可能看起来这不算什么，但事实上已经很了不起了。突然之间，那些参与贩毒的人和那些在可接受的社会规范下工作的人之间有了一条清晰的界限，在此之前，这条模糊的界限曾损害了整个地区。

但除此之外，一切照旧。在某些方面情况甚至变得更糟：哥伦比亚和加利西亚海岸之间的大西洋公路上又新增了更多的车道。只要有人在那里接收，卡特尔就会继续运送货物，而且总有人在那里接收。该地区的可卡因财富和大麻财富不会骤然消失。缄默和共谋仍在继续。当时的阿罗萨新镇市长何塞·巴斯克斯说："这里像得了癌症，癌细胞还在继续转移扩散。我甚至觉得人们现在并不特别反对这些毒贩。道德层面上已经有缺失。此外，人们过后就忘。"那些了解详情的人感到悲观，而且往往真就是这样——事实证明，那些悲观主义者是对的。

1991年2月23日，就在举国瞩目的突击搜捕不到一年后，海关监督局扣押了一艘名为羚羊号（El Bongo）的渔船，此船没有标明国籍，船上发现了35包可卡因，重达1.2吨。当时，这是在公海截获的数量最大的可卡因。一定要习惯这一乐章，因为从那一刻起，它就变成了永恒的副歌：毒品托运是一场没有常胜冠军的比赛。海关监督局在加那利群岛以南300千米处登上了羚羊号，遇到了一个非常悲惨的场景：这批船员包括九名来自卡利卡特尔的哥伦比亚人和一名秘鲁人，由于船只引擎发生故障，已经在此停泊了一个月，船员们严重营养不良。为了保证不被饿死，他们已经开始自己服用商品，而且直接向伪装成加利西亚接头人的海关监督局探员出示可卡因。船员们被立即逮捕并被送往了拉斯帕尔马斯（Las Palmas）的医院。

对羚羊号的强征属于"桑蒂诺行动"（Operación Santino）的一部分，并导致了另外数十人的落网。由于加尔松在"海蟹行动"的诉讼程序中忙得无法抽身，"桑蒂诺行动"一案就交由卡洛斯·布埃伦（Carlos Bueren）法官负责。尽管他的工作远未获得加尔松在"海蟹行动"中获得的赞誉，却导致了更多的监禁，终止了数吨毒品的流通，并阻止了许多船只的登陆行动——包括遏制了西托·米南科的一些同伙肆无忌惮地将1.1吨可卡因直接运到拉科鲁尼亚港的企图——以及进行了众多在陆地上的突击搜捕，如此之多，不胜枚举。

1994年12月，就在"海蟹行动"诉讼中的主要黑老大被赦免三个月后，一艘名叫阿尔扎号（Alza）的拖网渔船在菲尼斯特雷近海被扣押，船上有10吨重的摩洛哥大麻。驻扎在蓬特韦德拉湾畔翁斯岛（A Illa de Ons）地方的探员，在离岸20千米处发现了该船。随即就是直升机长达七个小时的追逐。最后，这些毒贩只好听天由命让船搁浅，将船开入菲尼斯特雷和科尔库维翁之间的萨尔迪涅罗（O Sardiñeiro）海滩附近，自己游上岸。当地人以为是水手遇难，前来救援。其中一名大副，拉蒙·科尔斯·卡尔德拉斯（Ramón Cores Caldelas），不顾身后当地一半国民警卫队员的追赶，甚至设法搭顺风车到了附近的穆罗斯（Muros），并从那里逃到了葡萄牙。他最终在边境被擒获，遭到监禁，但似乎他在监狱里仍未间断其生意勾当。他的下场很惨：1998年，人们在比利亚加西亚－德阿罗萨附近的雷耶斯温泉的一条沟渠里发现了他的尸体，身中三枪并被焚尸。案发原因是卡尔德拉斯在狱中的债务纠纷，但与此案有关的人员并未遭到逮捕。

逃离阿尔扎号追捕现场的还有一位比利亚加西亚–德阿罗萨的黑老大，此人名叫温贝托·罗德里格斯（Humberto Rodríguez），曾与西托·米南科"暗通款曲"。事实上，尽管无人揭发，但当局认为西托·米南科在狱中协调了阿尔扎号的运输。他的一名同伙埃尔南多·戈梅斯·阿亚拉（Hernando Gómez Ayala）在牢房里用手机打筹备电话时被发现。几年前，劳雷亚诺·乌比尼亚也被发现在牢房里携带笔记本电脑。该问题在议会上被提出并讨论，联合左翼党（Izquierda Unida）表示非常愤慨，居然有如此多在押的加利西亚毒枭可与外部世界进行明显轻松的交流。

1997年6月8日，"日出行动"（Operación Amanecer）在比戈湾南岸的一个海湾尼格兰（Nigrán）的帕托斯（Patos）海滩拦截了正在上岸的3吨大麻。早上6点，几名海关监督局探员发现一艘快艇正在向上游飞快驶去。快艇上的大麻原来是从一艘名为温迪号（Wendy）的补给船上取下的。这艘快艇准备返回去取另外5吨大麻时，被海关监督局探员缉获。

"日出行动"或许是最明显的证据，证明"海蟹行动"未能导致当地支柱产业任何形式上的人才流失，即便是国家媒体对这些"功成名就"的黑老大的一举一动都进行了监视。警方几个月来一直在监视乌比尼亚及其同伙，已经提前了解了这批特殊货物的运输。乌比尼亚本人在开车前往比戈时被捕，他此行的目的是要亲自接收货物并将其转入陆上的分销网络。在被戴上手铐时，他似乎说道："我妻子会要了我的命。"他的被捕当时牵连到了一批15吨大麻的运输，这是他与一个名叫雅克·卡纳瓦乔（Jacques Canavaggio）的科西嘉黑帮成员的联

　　　　　　　　可卡因海岸

手之作，而这批大麻在马尔托雷尔（Martorell）被截获。

在乌比尼亚被捕的当天，"皮图罗"（Piturro）何塞·曼努埃尔·巴斯克斯·巴斯克斯（José Manuel Vázquez Vázquez）、"空手道"（Karateka）胡安·拉蒙·费尔南德斯·科斯塔斯（Juan Ramón Fernández Costas）和胡安·穆塔·图里斯（Juan Mouta Touris）也被收监。后面我们还会谈到这些人，他们是家族帮派第二梯队的一些头目，就在老牌黑老大压力倍增的同时，他们抓住机会图谋各自生意的壮大。这三人与乌比尼亚一起被带到了马德里，当局给他们播放了所截获的关于该行动长达十个小时的电话、充斥着代码文字的对话录音。他们的律师居然声称，这些录音中没有一个字与贩毒有关。

没出几日，总检察长办公室，近乎一种怀旧的举动，在这批货物上发现了西托·米南科的指纹。彼时西托·米南科正在阿尔卡拉梅科监狱服刑，但调查人员发现，他一直在打电话，其中包括一个与"皮图罗"的通话，时间恰好是落货的时间。结果，西托·米南科被判与此案没有任何瓜葛，并于一年后出狱。我采访过的一位退休的国民警卫队员坚信西托·米南科参与了此案："显然，他是此次行动的幕后黑手，这点毫无疑问。他在一些诉讼程序性细节上得以洗脱。"他所说的诉讼程序性细节是指加尔松下令的窃听行动中的不法行为。乌比尼亚被成功发现牵涉此案，意识到自己所面临的指控后，他逃往了希腊。

同年，也就是1997年，"大头"（Cabezón）何塞·佩雷斯·里亚尔（José Pérez Rial）与卡利卡特尔合作，从波哥大运送了3吨可卡因，原计划用狂妄二世号（Segundo Arrogante）渔船于7月从比利亚加西亚－

德阿罗萨下水提货。这起案件的有趣之处在于，该船的船长收到了错误的情报：他原以为这是一批烟草。8月7日，他在公海与哥伦比亚补给船会面，拒绝接受可卡因，但哥伦比亚人三言两语就把他说服了。他本该坚持自己的立场：狂妄二世号在返回马林时被截获，3吨可卡因几乎全部被没收。（当船员们意识到当局即将登船时，在慌乱中曾试图投弃货物。）当时"大头"与保拉·查林（Paula Charlín）是夫妻关系，导致一些人猜测这是"老爷子"查林的另一份差事。

　　1999年的"神殿行动"（Operation Temple），作为西班牙和欧洲各国当局的联合行动，进一步证明了该地区持续存在的猖獗走私活动。西班牙当局在塔姆萨雷号（Tammsaare）船上缴获了14吨的可卡因，位居当时缴获数量规模第二。原定一半以上的数目要交由"伐木者"家族（los Madereiros）来负责，该家族因其老板"内洛"（Nelo）曼努埃尔·拉弗恩特（Manuel Lafuente）原先是伐木工人而得名。其余的可卡因准备分给那不勒斯克莫拉和一些东欧帮派。

　　指挥这项工作的是当时卡利卡特尔驻西班牙的头号人物"安东尼奥"（Antonio）阿方索·莱昂（Alfonso León），塔姆萨雷号的被扣押导致马德里、阿利坎特（Alicante）和加那利群岛数人落网。"伐木者"家族的14名成员在蓬特韦德拉省梅斯（Meis）被捕。"内洛"被判6年徒刑，其弟也被关进了监狱，他的罪行是把一个债务人绑在梅斯的一棵树上，拿着链锯在他面前晃悠，如果采用恰当的方法，可以像砍木一样有效地将人手从胳膊上锯断。

　　另外一个卷入塔姆萨雷号运输案的是毒枭中的"后起之秀"何塞·曼努埃尔·维拉·西埃拉（José Manuel Vila Sieira），人称"主席"

　　　　　　　　　　　　　　　可卡因海岸

（Presidente），因为他曾经营过博伊罗的一家足球俱乐部 —— 兰普顿体育（Sporting Lampón）。"主席"对监禁的反应是把自己变成线人：向加尔松提供5吨可卡因在卡拉米尼亚尔镇的藏匿地点来换取最低刑期。奇怪的是，2009年他在命运女神号（Doña Fortuna）渔船上被捕，船上藏有5吨可卡因。之所以奇怪，是因为此人曾向当局出卖情报，后来却被卡特尔召回继续起用。正如维托·科莱奥内（Vito Corleone）所说："这不是私人问题，完全是公事公办。"换言之，只要来钱，一切都可既往不咎。

1992年，在"海蟹行动"整整两年之后，当时的海关监督局局长罗伯特·C.邦纳（Robert C. Bonner）就加利西亚的情势接受了采访。他认为情况并不乐观："卡利卡特尔正在积极招募西班牙公民为他们做事，比如驾驶载有大量可卡因的船只前往加利西亚和欧洲其他地区。"作为海关监督局局长，特别点名加利西亚似乎不是个好兆头。他补充道，在一年前欧洲查获的约14吨可卡因中，有一半是在加利西亚查获的。"但是，根据我们的计算，还有100到200吨顺利通过。卡利卡特尔三分之一的可卡因被运往欧洲，而西班牙是主要的入境点。"

哥伦比亚的贩毒集团显然仍对海湾河口以及老牌的玩家情有独钟，而新兴的一茬加利西亚毒贩也成了他们的生意伙伴。鉴于乌比尼亚、多拉多和查林家族等玩家太过引人注目，许多小玩家开始迎头赶上，从中获利。

其他毒贩

卢卢家族

有些关于死亡海岸的说法并不正确。1995年，时任海关监督局局长的路易斯·鲁维·布兰克如是想。他曾遇到一帮年轻的兄弟，开着红色保时捷到处兜风，举行水上摩托艇赛消磨时光，而且住在一座巨大的豪宅里，从表面上看没有任何收入来源可以支撑这样的生活方式。这些兄弟都是卢卢家族的成员，该家族从过去到现在一直主宰着在这段海岸的贩毒。他决定就此事找该家族的新头目，当时还未到而立之年的费尔南多·加西亚·盖斯托（Fernando García Gesto）谈谈。

"我们第一次交谈是在他去穆希亚的一家银行把60万荷兰弗罗林换成了比塞塔的几天之后。我问他这笔钱的来源。他说：'从深海钓的

　　　　　　　　　　　可卡因海岸

蛏子（longueirón）.'我甚至不知蛏子为何物。[1]看到我无言以对，他接着说：'还有藤壶。先生，要不要给您送点藤壶尝尝？'"

路易斯·鲁维·布兰克回忆道："他们想出的说辞天花乱坠，这帮孩子，拿着百万弗罗林兑换，开着敞篷车到处逛游……我们出示出纳员的收据给他们看，但根本没什么用。他们对什么都应答如流。"

卢卢家族是20世纪90年代与大名鼎鼎的玩家并肩作战的家族之一，但他们避开了媒体的关注（至少是加利西亚以外的媒体）。可是，他们的履历跟西托·米南科或查林家族的履历一样令人印象深刻。

1993年1月，他们在穆希亚用卡鲁梅洛号（Carrumeiro）渔船运来了3.3吨的大麻。起初，这帮兄弟因此案被判八年徒刑，但最终被无罪释放。这是他们在死亡海岸传奇般霸主地位的开端。一名退休的国民警卫队员称："在那一带，他们不点头，什么货也别想走。最先，他们是为主要的家族提供物流支持，但不久就开始自己走货，费尔南多是头号老大。我认为他们是最高效，也是最狡猾的家族。很难撬开缺口，对自己的门道很在行。"卢卢家族在死亡海岸一带一直有个庞大的联络系统，可抵御任何渗透企图。

"当地很多小伙子都在他们的花名册上。每次落货，他们都会找一大群人放哨，很多当地的业主也会让他们把货物藏在自己的仓库里，或给他们当情报员。任何人想在这一带做点什么，都必须通过他们。"

1998年10月，国民警卫队收到举报，说有一批货物要运往卢卢

---

1 这种蛏子并不常见。

家族中心地带附近的奥斯穆埃奥斯（Os Muíños）海滩。但当局到达时，海滩上只剩一片狼藉，几个面包袋和一些水果罐头。几天后，他们追踪了费尔南多·加西亚·盖斯托，并示意他停下他的高尔夫GTI车，但他一踩油门冲了出去。接下来就是一场追逐，死亡海岸的高速公路瞬间变成了汽车拉力赛道，他们开枪堵截，但这位年轻的黑老大还是逃脱了。当天发现了526千克大麻，藏在一个叫邓姆布利亚（Dumbría）的地方的干草捆里。这处房产归一个名叫何塞·曼努埃尔·佛朗哥·诺亚（José Manuel Franco Noya）的人所有，在此之前，此人从未受到当局的留意。

又过了三年，费尔南多·加西亚·盖斯托才被绳之以法。不可思议的是，在这三年当中，在一群当地人的保护下，他几乎从未离开过穆希亚。这名国民警卫队员接着说道："在这三四十人中，有的是他的朋友和同伙，有的是忠心耿耿的同志。"几个月来，当局一直在该地区的主要道路和森林小径设置路障，但在"其朋友们小小的帮助下"，费尔南多·加西亚·盖斯托一次次成功避开。

他作为在逃犯的身份丝毫没有妨碍生意的发展。同年，也就是1998年，卢卢家族在穆希亚的另一个海滩内梅尼亚（Nemiña）运进了一批10吨重的大麻。另一名国民警卫队员回忆道："他们几乎月月都运货。他们就是一帮禽兽。"大约在那期间，西班牙电视台摄制组去报道该家族的情况，但受到了阻挠。费尔南多·加西亚·盖斯托的一个兄弟手持棍棒，向摄影师和制片人挥舞过去，双方最后都被关进了当地的国民警卫队警察所。之后整个卢卢家族的人都出面了，聚集在门外。当晚，电视台记者在国民警卫队的护送下逃离了穆希亚。

截至本书撰写之时，费尔南多仍逍遥法外，而他的兄弟兼得力助手安德烈斯（Andrés）则蹲了大狱。

阿尔弗雷多·科尔德罗

阿尔弗雷多·科尔德罗，又名"手推车"（Engarellas），扑克牌玩得特臭。他在阿罗萨新镇赌桌上的运气堪称传奇，人们仍然记得他一晚上就输掉了1100多万比塞塔。科尔德罗是位久经风霜的黑老大，在整个20世纪90年代，一直在针对乌比尼亚等人明亮的媒体灯光的阴影下运营生意。他曾为查林家族效力，并在"海蟹行动"中与他们一道受到指控。而且，又同他们一道被宣判无罪。在那之后，他开始自立门户，并在1997年因试图走私5吨重的可卡因在阿斯图里亚斯的塔皮亚－德卡萨列戈湾（Tapia de Casariego）被捕。一个当地人目睹了案发的经过，报了警，这就是远离家乡行动的危险。

科尔德罗设法逃走了。当局在接下来的三年到处找他，尽管事实上他并没有走多远；他被发现藏在比拉－德克鲁塞斯（Vila de Cruces）一间简陋的公寓里，离圣地亚哥－德孔波斯特拉很近。他被判18年徒刑，不过得到了提前释放。此后，他作秀，在家乡阿罗萨新镇的一家家庭酒吧担任经理，过着平静的生活。2015年3月，他再次展示了加利西亚黑老大杀回马枪的习惯：有消息说他涉嫌运输一批10千克的海洛因而被捕，后被无罪释放。不过这项工作确保了"手推车"从此成为任何有关毒品活动头条新闻的常规性谈资。

"法尔科内蒂"

"法尔科内蒂"路易斯·法尔孔最后一次站在法官面前是2012年。彼时,他已年迈,法庭让他解释他一生所积累的巨大财富。检方不太相信这是其殷勤好客所得,而这恰恰是"法尔科内蒂"的说法:阿斯西纳斯海滩的一家小吃店,阿罗萨新镇的两家餐馆和一家美国餐馆。由于缺乏证据,他最终被无罪释放,检方也没有对判决提出上诉。现在73岁的他,给人的印象就是一个地地道道的退休老人。

"法尔科内蒂"是烟草时代的另一位老滑头(就是他在一次与阿罗萨新镇市长的会面中把枪放在桌上,告诉他"眼下从葡萄牙雇一名职业杀手只需100万比塞塔")。远不止如此,在该区域的行业聚会中,有人甚至声称是他,而不是"老爷子"查林应该享有将第一批毒品运到海湾河口的"荣誉"。

1988年,"法尔科内蒂"在吉普斯夸(Guipúzcoa)的富恩特拉比亚(Hondarribia)卸下1.2吨重的大麻时被抓获,此次失手导致他的名望始终不如乌比尼亚和西托·米南科之流那么响亮。1991年,他因此案被判处18年徒刑(服刑6年后被释放),这使得他在"海蟹行动"时被排除在外。很多人认为他获释后就开始重操旧业。一名警官告诉我,他出狱后不久在卢戈海岸参与了一批8吨重的可卡因托运:"我们知道是他干的,但证据不足。他狡猾得很。"20世纪90年代,人们的目光都集中在乌比尼亚、西托·米南科等人身上,而"法尔科内蒂"无疑是另一个在此期间扩充地盘的黑帮头目。

"佛朗基"桑米兰

1994年，"佛朗基"哈维尔·马丁内斯·桑米兰（Javier Martínez Sanmillán）让人抹去了他的指纹，脸上做了一些轻微的整容手术，改头换面。这位生于利昂，在蓬特韦德拉长大的黑老大谙习世事，他作为"海蟹行动"诉讼的一部分被起诉，但就在宣判的前一天（他要面临12年的刑期），他不见了踪影。与加利西亚的同行不同，佛朗基决定逃得更远一点，虽然也不是太远。他去了阿利坎特的德尼亚（Dénia），在那里，他把自己安置在一个1.2万平方米的别墅里，手持一大堆伪造文件，用新的身份继续他的走私活动。一名警官在佛朗基被捕的当天说："我们无法想象的是他怎么改变的指纹，因为当时在西班牙还没有先例。我们所知的案件仅在哥伦比亚和美国。"在他逃亡的14年里，他成了西班牙15名头号通缉犯之一，并参与了至少两次大规模的可卡因行动。一次是塔姆萨雷号的运输案，另一次是1997年，他和阿尔弗雷多·科尔德罗联手作案，当局认为那次有5吨可卡因在阿斯图里亚斯的塔皮亚–德卡萨列戈湾上岸。由于当地人报了警，佛朗基当天险些被抓住，但他又一次成功地躲过了当局的追捕。一位警官告诉我："佛朗基很清楚自己的勾当，通过他，有二三十吨可卡因运到了这些海岸。而每次他都能逃之夭夭。"但在2006年，阿利坎特的一名国民警卫队员碰巧认出了佛朗基的脸，找上了他。最后他们带佛朗基去问话，法医小组查明他的指尖被动过手脚；直到那时他们才能确定他的真实身份。2009年，他被判处13年监禁。

哈辛托·桑托斯·维亚斯

哈辛托·桑托斯·维亚斯在公海用他的拖船皮泰亚号（Pitea）和克拉琳达H号（Clarinda H）运送毒品。前者停泊在比戈港，后者停泊在偏远的奥萨的拉科鲁尼亚港。两艘船完美交替使用，时而合法地拖着货船，时而把毒品带上岸。1996年，哈辛托·桑托斯·维亚斯上了报纸的头条，当时他试图把伏尔加一世号（Volga I）轮船上的35吨大麻带到蓬特韦德拉湾。他的确设法把这批货带到了马林港的岸上，但在卸货后被捕，被判四年徒刑。刚刚完成这项任务，他的拖船又开始双双投入运营，尤其是在拉科鲁尼亚和费罗尔周围的水域里定期往来。2004年，他准备在南非出售这些船只，但这桩交易似乎出了岔子，哈辛托·桑托斯·维亚斯所效力的摩洛哥匪徒走漏了有关他的消息。皮泰亚号一进入多哥海岸，法国海军就登上了这艘船，并在船上发现了500克的可卡因。克拉琳达H号一年前在葡萄牙南部海岸被扣押，同样也是在从非洲港口出发的路上，但这次距离最终的目的地稍微近些。这两次行动足以为这位加利西亚黑老大赢得12年的刑期。

他的左膀右臂尤洛吉奥·佩雷斯·雷福霍（Eulogio Pérez Refojo）也在同一诉讼中被定罪；雷福霍已经在"海蟹行动"中服了8年刑。这次，考虑到是累犯，雷福霍被判了19年。雷福霍一直负责这两艘拖船的维修维护。他的事业起步于为查林家族效力，并被认为参与了针对"卡诺"（Caneo）曼努埃尔·巴鲁洛·特里戈的仇杀行动，这位曾与加尔松合作过的黑老大，在读晨报时被枪杀。也正是雷福霍为那三个哥伦比亚职业杀手租下的公寓。

曼努埃尔·卡巴罗

在曼努埃尔·巴鲁洛·特里戈的枪杀案中还有另一个伤者——卡门·卡巴罗，她余生都在轮椅上度过。卡门的哥哥是"雀鹰"曼努埃尔·卡巴罗，烟草时代的另一个走私者，而他为贩毒之举付出了高昂的代价。表面看起来，他是最不愿意接受这一转变的人之一，而之后的枪林弹雨证明他并非杞人忧天：这位出生于阿罗萨新镇的"雀鹰"，我们之前也提到过（他曾把一名国民警卫队员推进了卡拉米尼亚尔镇的港口），眼睁睁地看自己的妹妹瘫痪；痛失爱子"达尼利托"卡巴罗；在一次运输中，由于轻信了他的同伙，自己也在枪战中九死一生。在早些时候，一度为"烟王"之一的他总是表现出仍在从事烟草运输的样子。他也曾是在葡萄牙与加西亚大区主席会晤的逃犯之一。据说儿子"达尼利托"早就敦促他开始贩卖大麻，但他是不见兔子不撒鹰，看到有利可图之后才动手，后来又从大麻转到了可卡因：1991年，他因与毒枭律师巴勃罗·维奥克联手，将2吨毒品带进塞代拉（Cedeira）而被抓获。那份工作以惨败而告终，不过曼努埃尔·卡巴罗还是成功地逃过了哥伦比亚人的魔掌。

那次托运，在历经六年的调查后，致使他被判17年的徒刑。就在该案即将宣判的前几天，也就是在2003年被保释期间，他逃到了拉丁美洲。阿罗萨新镇当地人说，他定期回到镇上，而且大摇大摆地穿过大街。但到2006年，他似乎厌倦了这种躲躲藏藏的生活：他到拉马监狱自首。他在狱中待了两年，之后心脏开始出现问题，于2009年死于家中。

乌比尼亚帝国的垮台

先生，要我们干掉它们吗？

如果打击贩毒的斗争是一场战争，那么1995年1月8日就是最重要的战役之一。就在那一天，当局查封了拜恩庄园，这可是乌比尼亚帝国王冠上的宝石，也是加利西亚所有黑老大荒淫无度的典型象征。

地方法官卡洛斯·布埃伦和司法管理员路易斯·鲁维·布兰克在一名国民警卫队员的陪同下来到了庄园。一大群骚乱的"抗议者联盟"的母亲已经聚集在了大门口。地方法官问乌比尼亚的妻子埃丝特·拉戈现金藏在哪里。她想糊弄过关，但最后还是放弃了，告诉他们钱藏在狗窝里。

"但是狗窝里有很多罗特魏尔犬。"路易斯·鲁维·布兰克现在马德里律师事务所工作，我去采访他时，艰苦的缉毒工作已过去多年，他这样说道:"我看着埃丝特·拉戈。'真的,就在里面。'我又看了一眼那些狗。"这时一个探员走过来,在他耳边悄悄地说:"先生,要我们干掉它们吗?"

"我说:'不要!你什么意思,干掉它们?'"

最后他们也不必那么做。埃丝特·拉戈进去把狗牵了出来。探员们稍微搜寻了一下,但什么也没找到。

卡洛斯·布埃伦说:"省省吧,埃丝特,你在浪费我们的时间。钱到底在哪儿?"

有那么片刻,埃丝特·拉戈一言不发。远处,在大门前,"抗议者联盟"的母亲们的叫喊声一直不停。最后她开口了,让他们去屋顶梁上找找。路易斯·鲁维·布兰克说:"我们还真去找了,我们爬上去,进了屋顶,把它撬开了,费了好大力气,可还是一无所获。"

埃丝特·拉戈又指给他们两三个地方去找:烤箱、一间卧室地板上假定的藏货点,甚至一个蓄水池。国民警卫队员、法官和路易斯·鲁维·布兰克都不耐烦了。最后埃丝特·拉戈指着鸽子窝说:"在那里,我发誓。"但还是没有找到。他们查封了庄园,却没有找到宝藏。布埃伦和布兰克空手而归。庄园里没有一个子儿的比塞塔,或者,就算有的话,也已经被藏得严严实实。不过这并不重要,或者说并不太重要。调查已经开始。国家已决定没收海湾河口的鹰冠庄园(Falcon Crest),其中包括萨伦斯县最大的阿尔巴利诺葡萄园。

这是战略转变的标志。"海蟹行动"中因无罪开释带来的失望对当局是一个深刻的教训:要抓那些黑老大的现行近乎不可能。当时的机会已经很渺茫,而随着时间的推移会变得更加渺茫。逃避税收已成为起诉的唯一可行途径，这也是新反洗钱法通过的原因之一。1988年，国家修改了这项立法，但1995年又进行了更为激进的修改，使这一领域有所提升。时任加利西亚警察局局长的何塞·加西亚·洛萨达（José García Losada）对这一情况给出了明确的总结："重要的是要打击这些组织的痛点。这就是为什么我们要特别追查贩毒所得的洗钱活动。大搜捕似乎有助于统计资料，但它们不会造成任何实质性的结果。俗话说，今朝有酒今朝醉，明日愁来明日愁。"这在今天更是如此。在拉科鲁尼亚，加利西亚反毒品及有组织罪案组负责人费利克斯·加西亚说得更加直白。在加利西亚反毒品及有组织罪案组大楼的一条走廊里，走在我前面的他指着"打击税务犯罪与洗钱科"（Departamento de delitos fiscales y blanqueo）的牌子说道："这些家伙，这些家伙才是真正能抓住他们的人。"

在打击税务欺诈的斗争中，海关监督局是步兵团。作为西班牙财政部的一个分支机构，海关监督局的任务是调查、发现和起诉走私违规行为。它已成为事实上的警察部队，其基础设施比国民警卫队更适合禁毒工作，包括两艘可以远航至拉丁美洲的巡逻船。那些黑老大的律师所用的一个早期论据就是海关监督局不是一个执法机构。但这一法律漏洞随后被堵住，使最高法院得以规范海关监督局的司法职能——至少在法律层面上。但真实的故事，过去，而且现在依然与表象大相径庭。国民警卫队和海关监督局之间的冲突已是公开的秘密。而对海关监督局精确功能缺乏定义的争议尚待彻底解决。两家机构的探员一直纠缠不清。有一次，在塔里法（Tarifa）缴获一批走私烟草后，双方人员居然大打出手。

"但现在事态已经平息，"1996年至1998年间负责海关监督局的路易斯·鲁维·布兰克说，"我们做了一项重要的工作；我们是先行者。这些都是有史以来此类工作中的首个举措，也是迄今为止，最大的举措。"路易斯·鲁维·布兰克的积极方法赢得了许多崇拜者。他重振了打击税务欺诈的斗争，并推动海关监督局探员从事更多类似警察的工作。但在1998年，就在他即将结束对马西亚尔·多拉多的调查时，他被炒了鱿鱼。

"多拉多是所有烟草大佬中最德高望重和最有权有势的一个，我相信有人在保护他。我认为我被炒是政治层面的。那里涉及一些极为重要的商业利益，唾手可得的暴利；也许，当我们开始找多拉多麻烦时，他请求了他人的介入。虽说都几年过去了，我现在已经没有那时那么沮丧，但我仍然认为我是基于这个原因被炒掉的。"

路易斯·鲁维·布兰克的免职——另一个关于走私者势力范围巨大影响的暗示——意味着海关监督局从前线的后撤。该缺口由国家警察以上述的反毒品及有组织罪案组（1997年创立）形式介入其中。尽管如此，这两个不同的兵种仍在继续协同作战——至今仍然如此——以一种事后诸葛的方式。

协作的成果之一就是对拜恩庄园的没收。虽然这是乌比尼亚的财产，但任何与这些契约有关的文件都没有出现他的名字。这份财产——正如我们所见——是以一位来自卡塞雷斯的女士（这个毒枭的律师巴勃罗·维奥克的姑妈）的名义注册的，她住的房子月租是200比塞塔。葡萄园则登记在相互关联的巴拿马公司集群中的一家公司的名下，当财政部开始寻根溯源的时候，才发现是在埃丝特·拉戈的名下。这是揭开整个事件的起点，并直接导致了1995年1月的没收决定。

在乌比尼亚和拉戈的优先事项清单上，这些葡萄园的职能被远远地排在后面；它们只是洗钱的渠道，尽管投资巨大，但设施却没有完全调动起来。路易斯·鲁维·布兰克说："他们的生产能力很了不起，他们本可以把萨伦斯所有的葡萄都进行加工的。大量的机器设备，都是最新的小发明，但没有一个是用来赚钱的，全是为了掩人耳目，是障眼法。"路易斯·鲁维·布兰克建议将这个被没收的庄园国有化。在此之前，所有国家查封的资产要么被关掉（导致失业，以拜恩为例，将有400人丧失工作机会），要么以低价出售，这使得那些毒枭可以通过其他烟幕公司再次购买。（实际上，这种情况仍然存在，这点我们稍后就会看到。）

在西班牙历史上，这是国家第一次以这种方式介入。一旦庄园被接管，400名工人就可重新回到他们的工作岗位。路易斯·鲁维·布兰克说："我们和工人谈话，跟他们解释说生意还会继续下去，欠他们的钱也会支付给他们。有两三个人一看到我们就开溜了，他们的手脚不干净，换句话说，他们决定不招惹我们。"

对葡萄酒的世界毫无经验的路易斯·鲁维·布兰克，突然接手了一个巨大的葡萄园。他要组织葡萄的收获，让整个运营赢利。

"那时我对所从事的行业一窍不通。但后来，我又被任命为马德里竞技俱乐部（Atlético de Madrid）日常运作的主管，那才是最为棘手的工作。我受到过威胁，我的家人也受到威胁。在拜恩经营葡萄园以及对付毒枭，对我不是问题。只求给我换换吧，别让我搞足球，让我来对付毒枭吧!

"最困难的部分是获得资金,投资者都不愿意出手。要给工人发工资,在采摘前要安排工人的社会保险,要修理机器设备,还要买化肥……我还得保证葡萄的采摘。一道坎接着一道坎,但最后还好,我们找到了一家银行给我们贷款。"

他清楚地记得品尝所产葡萄时的情景:"我对葡萄味道一点也不懂,就给布埃伦打电话,他让我打电话问问弗拉加,弗拉加说他会给我请来加利西亚最好的酿酒师。没过几个小时,那人来了,品尝了一下,说葡萄品种不错。"路易斯·鲁维·布兰克甚至还参与了营销方面的事情。

"我们在第一批标签上写下,该庄园是国家法院没收的一个葡萄园。"他笑着说,"我相信这有助于销售。"

一年后,也就是1996年,一家大型葡萄酒生产商菲斯奈特(Freixenet)租下了这个庄园。2007年,在乌比尼亚和他的女儿们的上诉被搁置后(一路上诉到了斯特拉斯堡,尽管没有成功),政府决定将该庄园拍卖。为了防止其他毒枭竞标,政府出台了限制措施——竞拍者必须出示至少五年的葡萄酒行业经验证明。阿尔巴雷伯爵夫人(Condes de Albarei)在这次拍卖中获胜。2008年庄园举行了正式的售卖仪式,并进行了庆祝活动,以纪念其恢复正常运营。出席庆祝活动的人,有"抗议者联盟"的母亲们,怎么可能会没有她们呢?她们平静、自豪、喜气洋洋。就在十多年前,同样是这群女人,面对手持机关枪虎视眈眈的乌比尼亚的保镖,她们仍差点把大门推倒。

很快拉戈和乌比尼亚也得到了处理。乌比尼亚在因与"海蟹行动"调查结果有关的税务欺诈而服刑一段时间后，于1997年作为"日出行动"的一部分被重新逮捕——也就在探员们给他戴上手铐时，他对他们说："我妻子会要了我的命。"对这一句话而产生的有点过时的家庭联想，可能无法涵盖其全部含义；乌比尼亚可能是因为搞砸了妻子的一份工作而感到惋惜。调查人员发现，所有的一切都表明拉戈才是真正的头领，她既负责设计避税计划，也负责组织在暗处的运输。但所有这一切都随着她2001年那场致命的车祸戛然而止。

乌比尼亚在监狱里待了近两年等待定罪，于1999年9月获释，离他被判刑还有不到一个月的时间。他还真是珍惜每寸光阴：出狱两周后，他参与了一次试图将15吨重的大麻带到女王玛里斯号（Regina Maris，以圣安德烈斯号［San Andrés］为名航行以掩盖其身份）上岸的行动，该船悬挂洪都拉斯国旗，从密西西比州圣路易斯出发经佛得角而来。海关监督局在国际水域上了船并将之拖到了加的斯港（Cadiz）。这次行动被巧妙地命名为"日落"（Ocaso），为两年前开始的"日出行动"工作画上了完美的句号。

就在登船的同时，埃丝特·拉戈在比利亚加西亚-德阿罗萨被捕。而在阿罗萨新镇，她的儿子兼家业继承人大卫·佩雷斯首次被收监。被捕的还有另外15人，但其中却没有黑老大本人，乌比尼亚逃得无影无踪；当局于是签发了关于他的逮捕令，结果发现他早就溜掉了，身上还有三项判决有待执行：一个是1994年马尔托雷尔的托运，另外两个分别是"日出行动"和"日落行动"。国际刑警组织出马了。

"他清楚没有什么好果子吃，于是撒丫子跑了。"我采访过的一位不愿意透露姓名的记者说。最初，这位阿罗萨黑老大逃到了安达卢西亚，躲进了内陆的一个小镇。唯一与之保持联系的人就是他的儿子大卫·佩雷斯。通过这些通讯，几个月后，警方差一点就将这个父亲抓获，但他又侥幸逃脱了。蒙齐尔·阿勒·卡萨尔（Munzer Al Kassar）登场了，他是一名叙利亚军火商，是那些神秘的、看似虚无缥缈而受到需要武器的国家保护的罪犯之一。理论上，阿勒·卡萨尔曾被英国、法国和荷兰通缉，但实际上，他使用各种护照出入这些国家反而相对容易。他的豁免权可能是由于他作为消息来源对西方特务机关的重要性。《时代》杂志在20世纪90年代初发表了一篇文章，描述阿勒·卡萨尔在伊朗为巴解组织和尼加拉瓜的反桑地诺民族解放阵线游击队提供武器。他的路子野，人脉广，因而成为许多人羡慕的对象。他的名字也因与乌比尼亚有关而出现在"海蟹行动"中，据称他曾向乌比尼亚出售武器。

阿勒·卡萨尔作为一名特务机关合作者的名声因为乌比尼亚案而更加响亮。国际刑警组织要求阿勒·卡萨尔与乌比尼亚碰头，作为交换，他们将放松对他在马尔韦利亚活动期间的调查。阿勒·卡萨尔联系了乌比尼亚，提出让他参加俄罗斯的废金属交易，他们安排在2000年10月31日会面，此时这位加利西亚黑老大已经逃匿了一年零一个月。约会的地点定在了希腊优卑亚岛（Eubea）佩拉戈斯酒店（Hotel Pelagos）的315房间。据透露，乌比尼亚一直以罗梅乌先生（Señor Romeu）的假身份而居住在这里。当乌比尼亚在大卫·佩雷斯的陪同下敲门时，前来开门的是国际刑警组织的特工。乌比尼亚在希腊监狱待了几天后，被引渡到了西班牙。

该记者说道："在拘捕后，我们中的一些人就开始怀疑是不是阿勒·卡萨尔从中牵线搭桥。几天后，加尔松与我们联系，要求我们不要发表任何有关于此的报道。"他们的怀疑得到了证实。胡里奥·法里亚斯在《加利西亚之声报》中披露了这个故事，他在意的是新闻工作者的本能，而不是加尔松的告诫。

在随后的 11 年里，乌比尼亚一直在班房里度过。2012 年 6 月，他走出牢门，感受了短短 3 个月的自由之风；9 月，他因一桩洗钱悬案被判四年徒刑。哈维尔·萨拉戈萨回忆起这位加利西亚黑老大粗劣的手段时说："他是个替罪羊，白痴一个，所有收据上都有他的名字。他们就是冲着他去的，他狗屁不懂，而他的律师一直都在糊弄他。他没有把不同的定罪合并到一起集中服刑，而是对所有的罪名分别服刑。"

乌比尼亚是个模范囚犯，他为几个身无分文的囚犯支付了律师费，还出资维修了所在的监狱。2004 年，阿尔卡拉梅科 3 号翼楼被粉刷一新，是他掏的腰包。同年，他在瓜达拉哈拉（Guadalajara）租了一所房子，供女儿们逗留：他想让她们的探监更轻松些，不想让她们每次都从加利西亚开车一路赶来。据说他妻子的死对他打击非常沉重。他在接受记者大卫·洛佩斯（David López）采访时说："他们对我比对恐怖分子还差，就好像我是罪大恶极的杀人犯或强奸犯。恐怖分子对我说，我受到的待遇比埃塔组织的人还要差。最糟糕的是萨拉戈萨（Zaragoza）的苏埃拉（Zuera）监狱：我遭到毒打，我上报此事，报告却被束之高阁。"

拜恩庄园的黑老大，一度在加利西亚叱咤风云，作为所有不可一世和有罪不罚的象征，他在 2016 年 70 岁时被释放，成为西班牙向民主过渡以来服刑时间最长的囚犯之一：26 年。

可卡因海岸

"放下武器，章鱼，不然我们就把你打翻在地！""来啊！"

第 九 章
仿效黑手党

毒枭政治

1991年5月5日，在加利西亚的一个沿海村庄，人们早上起床，眺望大海，在海湾里发现了一串串颇似小型舰队的可卡因包裹。就在前一天晚上，暴风雨大作，何塞·曼努埃尔·巴斯克斯·巴斯克斯，又名"皮图罗"，试图把它们带上岸，而这些就是从他的硬壳充气艇旁掉下来的。

"皮图罗"和他的女婿胡安·卡洛斯·索泰洛（Juan Carlos Sotelo）从哥伦比亚乘坐多贝尔号（Dobell）轮船归来，随船携带了2吨卡利卡特尔的可卡因。卡特尔的商品上总是印有生产商的厂牌，而在这批货的包装上则盖印了"卡利元"的标志。有证据表明，多贝尔号曾在里韦拉停留，在那里将一部分商品交给了一个名叫伊尔德方索·特鲁斯·卡斯特罗（Ildefonso Treus Castelo）的毒贩。可以肯定的是，当该船抵达最终目的塞代拉的拉科鲁尼亚港时，暴风雨肆虐，行动面临着被迫取消的风险。这些毒枭犹豫了片刻，决定继续前进，把成捆的可卡因卸到硬壳充气艇上，首尾相接，就像用绳子串起的大头蒜一样。硬壳充气艇向岸边驶去，而这些包裹也随之纷纷脱落。到船要登陆时，原来2吨的可卡因只剩下0.3吨了，其余的则构成了次日清晨早起的当地人看到的景观。

"皮图罗"后来声称，上岸后，他们把这0.3吨交给了"三个不是加利西亚人的人"。一辆轿车[1]装了货物后，开走了。货物的目的地与他无关：在这次特别行动中，他只提供运输服务。此次行动的负责人是曼努埃尔·卡巴罗和巴勃罗·维奥克，后者是前人民党党员、律师，也是当时负责向卡利卡特尔解释事情经过的人。但他决定对自己的解释稍加创意，声称整批货全部丢失，而对那0.3吨的货物只字未提。可以想见，结果并不好。

"如果巴勃罗·维奥克要进城，巴塞罗那格拉西亚大道（Paseo de Gracia）上的银行都会推迟营业时间，就差铺上红地毯了。"费利克斯·加西亚抨击道。

"如果那些老牌黑老大再明智一些，并听从了他的忠告，我们就会在大西洋上看到一个西西里了，百分之百。他是个百事通，谙习各种不同的领域：法律、犯罪分子、政治……再加上他完全没有顾忌，如果20年前他在比利亚加西亚－德阿罗萨出山的话，那么他早就统领

1　这辆轿车属于阿尔弗雷多·比·贡德尔（Alfredo Bea Gondar）。2001年，贡德尔被指控走私2吨可卡因上岸，但最高法院裁定他无罪。

一方了。"

支持这一观点的还有一位资深的国民警卫队员："维奥克是唯一一个有头脑的人。其他人只有在他出现的时候才知道如何有效地行事。"

1975年，巴勃罗·维奥克从位于西班牙西部的埃斯特雷马杜拉（Extremadura）来到了阿罗萨。他姐夫对他说，如果他能完成法律学业，就答应给他找份工作。他还真的做到了，靠打半职业篮球为自己筹措学费。姐夫信守诺言，把他介绍到了比利亚加西亚－德阿罗萨商会。他飞黄腾达，迅速崛起，在短短的几年里，就开始与该地区的商界精英们（这里是对烟草走私者的委婉说法）分享阿尔巴利诺葡萄酒佳酿和最好的海鲜了。他是他们眼中的完美男人：可以在法庭上为他们辩护，作为额外的奖励，协助他们洗钱。就在来这里九年后，感谢人民党的支持，维奥克出任商会主席，反过来他又保证了人民党在地方选举中的高额得票率。他没有像维森特先生那样爬得那么高而荣获党的金质奖章，也没有成为什么地方的市长，如"小鬼"何塞·拉蒙·巴拉尔做了邻市里瓦杜米亚的市长，但他手中的权力胜过他们两个中的任何一个，而且与党内所有的高级要员都关系良好。一位不愿透露姓名的法官说："他为他们的竞选活动捐款，并在其他方面提供经济帮助。所有右倾政党都拿过他的钱 —— 人民党、社工党、加利西亚民族主义集团……他替他们清还债务，支付所有的费用。"1997年7月，当他在卡拉班切尔监狱时，他对一名记者说，他想交代清楚在加利西亚他所帮助筹资过的所有政党。他声称，他掌握的证据会让自治区政府的高级官员坐卧不宁 —— 人民党和社工党的政治家。然而，这些证据从未曝光。他的威胁让人想起了乌比尼亚几年前在接受采访时说过的话："当西班牙走向人们现在享有的所谓民主的时候，我曾塞钱给人民联盟，给弗拉加，给民主中间派联盟（Unión de Centro Democrático），给苏亚雷斯。而且我并不是唯一一个这样做的走私者。我只想提醒那些政客，我跟那时的我没什么两样。"

"在加利西亚，我们对事情从不追根究底。"这名法官说道，"毒枭身居要职。以前这样，现在仍然如此。人们只是避而不谈罢了。"

维奥克是阿罗萨见过的最接近西西里黑手党的货色。1987年，他在蓬特韦德拉省阿姆恩泰拉（Armenteira）的一座修道院举行了婚礼。那是一场群星荟萃的盛事，商界领袖、走私犯、国民警卫队和警方高层云集。记者伊莉莎·洛伊斯后来指出，正是婚礼上的某些嘉宾后来给维奥克戴上的手铐。

这名法官还说道："他把商会变成了黑手党的前哨。"

"那是家族帮派开会、安排落货、为黑老大举行防御演习的策源地……其目标是建立一个可以集中组织毒贩的辛迪加：洗钱、回扣、落货……其中每个毒贩都是某种发言人。这是我们在加利西亚看到的最接近成熟的黑手党的行为。"

我采访过的一位警官也有相似的记忆，称商会是活动和聚会场所："弗拉加去那里参加酒会，还有费霍……所有大人物。他们都会顺便光顾。"

20世纪90年代初，维奥克是炙手可热的人物。他的律师事务所出庭代表这些家族，为其服务收取天价的费用，他在当地商界领袖中说一不二，确保该区域的政治符合他的利益，同时，他还把装满可卡因的快艇带到了海湾河口沿岸。

在塞代拉落货失手时，维奥克的权势正如日中天。也许这可以解释他向卡利卡特尔撒谎的大胆（或愚蠢）的决定。但看起来哥伦比亚人不太买账，维奥克急忙处理了这0.3吨上岸的货物。

维奥克的势头因此而急转直下。在瓦伦西亚（Valencia），国民警卫队缴获了那0.3吨的可卡因，维奥克的如意算盘落空了。不仅如此，国民警卫队还邀请记者们前来给没收的货物拍照。突然间，那些像砖头垒砌的"失踪"的毒品照片上了各大报纸，弄得满城风雨。猜猜，还有谁在窥视这一切？驻西班牙的卡利卡特尔成员立刻认出那些包裹上的厂牌。有这个证据就足够了：维奥克隐瞒了实情。

从波哥大发来了传票，这位律师、商人、政治家兼毒枭设法说服了他们在西班牙的土地上与他会面，地点设在本纳文特，正好处于马德里的卡特尔总部和阿罗萨海湾河口的中间位置。事情又出现了另一个意想不到的（怯懦的）转折，维奥克派了两个同伙替他前往：一个是商会司库何塞·曼努埃尔·维拉斯·马丁内斯（José Manuel Vilas Martínez），他的左膀右臂，另一个是商人路易斯·胡根·维拉斯（Luis Jueguen Vilas），他的表弟——别弄错，这绝不是什么电影脚本——也是协调塞代拉落货的曼努埃尔·卡巴罗的一个表弟。1992年3月17日，这两个人开着标致505直奔本纳文特，傍晚时分到达，两人来到拉莫塔酒店（Parador de La Mota）对面的一个公园里坐下。两个哥伦比亚人走到他们面前，他们交谈了几句。不出所料，话不投机，双方各怀鬼胎。哥伦比亚人解决这一僵局的办法是掏出手枪，直接击毙了司库维拉斯·马丁内斯。随后，他们又把枪口对准了胡根·维拉斯，但他在子弹纷飞中穿过公园死里逃生，只外套被子弹打了个窟窿。他一路狂奔，跑到了当地的公共汽车站，搭上他能找到的第一辆公共汽车返回了加利西亚。维奥克在圣地亚哥跟他见的面，可能表现得很惊诧。几年后，维拉斯·马丁内斯的遗孀在法庭上说："我丈夫就是被派去送死的。"

塞代拉的烂摊子导致了1995年维奥克的被捕，同时落网的还有其他十人。这是国民警卫队进行艰苦卓绝历时四年调查所得到的结果。也正是在那时，商会才解除了维奥克的职务。两年后，"皮图罗"又给了他致命的一击。"皮图罗"在厌倦诉讼程序后，决定向加尔松供出实情。已经被审前拘留近三年的维奥克在审判仍悬而未决时得以获释。如同任何一个"自尊自重"的海湾河口黑老大一样，他刚刚获得自由便又开始马不停蹄地，用一辆运木材的卡车组织了1.8吨可卡因从瓦伦西亚到马德里的运输。商品被截获，他被判18年监禁。在2003年宣判前几天，他的一些同伙，包括路易斯·胡根（本纳文特枪击案的幸存者）和曼努埃尔·卡巴罗，逃到了拉丁美洲。卡巴罗，正如我们早先所述，在2006年回国向当局自首，后来死于心脏病。在撰写本书时路易斯·胡根仍是一名在逃犯，据信他目前居住在阿根廷。

但巴勃罗·维奥克璀璨的好莱坞生涯并未就此告终。在入狱前他被诊断出患有结肠癌，于是打算做出最后一搏。在索托德尔雷亚尔（Soto del Real）监狱被监禁一周后，他责成一名哥伦比亚狱友迭戈·莱昂·卡多纳（Diego León Cardona）为他找一名职业杀手：他要取下当时禁毒办公室主任，后来成为国家法院检察总长的哈维尔·萨拉戈萨的人头。卡多纳打通了电话，他的联络人又联系上了一个厄瓜多尔职业杀手，此人取了武器、定金和萨拉戈萨的照片。但这个厄瓜多尔人碰巧是国民警卫队的线人。尽管维奥克对此全盘否认，但这进一步的指控又延长了他几年的刑期。

2009年，他被确诊为癌症晚期，他请求离监在家中死去。同年1月24日，他因病去世。不过还是有许多国民警卫队员开玩笑说，即使在这件事情上他也有可能是在瞒天过海："他并没有停下脚步，还在进行下一个交易。"他在江湖驰骋了30年，人们对他的怀疑似乎可以理解。

毒枭之"道"，毒枭之"义"

一位退休的国民警卫队员告诉我，有一段时间，马德里当局禁止他们与加利西亚的同僚互通消息。多年来，国民警卫队和国家警察的禁毒部门，以及法官、检察官都知道，与西北地区的人互通消息不太安全。这些家族帮派到处都有耳目，从律师事务所到行政区市长办公室，从国民警卫队的警察所到当地的商铺，在某种程度上，今天仍然如此。尽管毒贩势力已经日落西山，但偶尔也会出现举报和贿赂的新闻报道。

1991年6月，一名国民警卫队员与当地一名市长取得联系，请求他协助将一批2吨重的可卡因运到加利西亚，参与协作的还有两个毒贩，分别是"莽汉"和"老狗"何塞。听起来像魔幻现实主义，的确就是魔幻现实主义，只是缺少了魔幻的内涵。在20世纪80年代初，何塞·路易斯·奥尔比兹·皮科斯弃官从商，丢下了国民警卫队交警的工作，转行从事走私活动。在接了几单低级的小活之后，他成了查林家族的同党。1983年，就是他前往巴利亚多利德找塞莱斯蒂诺·苏恩斯算账，遭到当地某些警卫的殴打，夹着尾巴灰溜溜地被赶回了家，也是他伙同"老爷子"查林一起绑架了苏恩斯，并把他关在了冷藏室。他也是巴勃罗·维奥克的伙伴，在与加尔松的辩诉交易中倒戈将之出卖。

1991年6月，奥尔比兹·皮科斯向卡利卡特尔主动请缨，协助他们将一批2吨重的可卡因托运到西班牙。1983年至1991年期间在位的格罗韦市市长阿尔弗雷多·比·贡德尔兼人民联盟党党员，向他伸出了援手。接着他又拉西托·米南科的搭档"莽汉"曼努埃尔·冈萨雷斯·克鲁杰拉斯入伙一起干。事发十年后，三人才被定罪。

这名前国民警卫队员于1996年被捕。当时海关监督局登上比戈的一艘安妮塔号（Anita）渔船，发现船上有1.1吨重的哥伦比亚可卡因。当时国家禁毒计划（Plan Nacional sobre Drogas）的发言人冈萨洛·罗布雷斯（Gonzalo Robles）兴奋地说："自从捣毁劳雷亚诺·乌比尼亚网以来，这是我们最重大的行动。"罗布雷斯大概没有怀疑，乌比尼亚网远远没被捣毁，而是还在继续从事各种走私勾当，不惜冒着次日登上报纸头条的危险。

当审判到来时，奥尔比兹·皮科斯并没有谨言慎行。他把他所知道的关于"老狗"何塞的一切都告诉了加尔松，声称他是在国家警察的要求下深入毒贩集团的卧底。他又说，警方随后撤回了他们的支持，但到那时他已经深陷其中，唯恐哥伦比亚人的报复。这位法官没有听信，对奥尔比兹·皮科斯和"老狗"何塞双双判处20年的徒刑。

但这并没有阻止奥尔比兹·皮科斯的儿子何塞·路易斯继续步他的后尘。2008年，在一艘定期往返于哥伦比亚和马林之间的客轮无敌舰队号（Armada）上，警方拦截了他，并在他的物品中发现了275千克的可卡因。他被判6年徒刑，但在2014年圣诞节那天，也就是到期入狱服刑时，他突然人间蒸发了。在本书撰写时，他还是名在逃犯，同时在那个变节的国民警卫队员父亲死于心脏病之后，他成了一个孤儿。

奥尔比兹·皮科斯并不是唯一反水的人。当时战斗在一线的一名国民警卫队员说："那时也是大势所趋，加利西亚腐败成灾。要记住，很多探员来自他们本应管制的地区；他们要送入监狱的可是他们自己的家人和邻居呀，他们也不忍心下手啊。"

2002年，四名来自桑亨霍的国民警卫队员被停职，海关监督局在一个叫梅斯的小镇的公墓里抓到他们与西托·米南科的团伙碰面。在被监视的五次会议中，西托·米南科还出席了一次。那些国民警卫队员声称这些会议是他们自己调查的一部分。法官无法确定这些会面的真实性质，因此将每个人的停职时间缩短为一年。最高法院军事部门称这些会议"严重违背了国民警卫队的廉正"。

如今这种问题依然存在，但已经没有那么明目张胆。2012年"斯巴达行动"（Operación Espartana）导致一名在科尔库维翁服役十多年的国民警卫队员何塞·阿尔瓦雷斯－奥特罗·洛伦佐（José Álvarez-Otero Lorenzo）被捕。他与卡利卡特尔的继承人贝莱斯（Vélez）兄弟联手，试图用一艘114米长的保加利亚货轮SV尼古拉号（SV Nikolay）将约108包可卡因运上岸。船上所装的全是可卡因，没有其他东西；甚至也没有把毒品藏在其他货物中的企图，何塞·阿尔瓦雷斯－奥特罗·洛伦佐就是如此信心满满。他以为在自己的故土死亡海岸，从海关监督局到国民警卫队，一切都在掌控之中。在普通民众中，关于这位科尔库维翁探长的谣言已经流传了很长一段时间，虽然没有上升到任何正式投诉的程度。他在死亡海岸有多处房产，包括一家在塞埃（Cee）的酒吧，那里是远近闻名的犯罪点。人们普遍认为，他为家族帮派提供保护，既向他们传递内部信息，又确保他们在海湾河口落货的安全。所以没有人对SV尼古拉号的被捕事件感到惊讶，同样，对于他妻子鲁芬娜·帕拉辛（Rufina Palacín）在几个月后因洗钱罪被捕，大概人们也不感到惊讶。

一位在下海湾工作的年轻国民警卫队员说："据我所知，现在这都不算是什么问题了。从前腐败是个大问题，但现在情况已经有所改善，偶尔也会有些冒失鬼。但我觉得到处都一样，我们不算是个例。"

2013年8月，两个这样不计后果的冒失鬼被逮捕。他们分别是来自格罗韦的迭戈·丰坦（Diego Fontán）和来自蓬特韦德拉总部的哈维尔·洛佩斯（Javier López），两人被指控提供内部消息。之所以产生怀疑是因为当局一直在追查的一批货物突然取消了托运，一定是有人透露了毒贩被监视的信息。洛佩斯后来承认，是他将这一信息卖给了出价最高的人，而国民警卫队纪律机构也指认了其他五项被他阻挠的调查。而丰坦则不那么坦诚配合，2014年2月，他与另外两名探员因给毒贩通风报信而被捕，但对他的判决依然没有下文。

毒枭的势力，以及染指的官员和政客，延伸到了法院。20世纪80年代，蓬特韦德拉司法宫（Palacio de Justicia de Pontevedra）的何塞·玛丽亚·罗德里格斯·赫米达法官，由于对因贩毒指控而被起诉的任何被告都有恻隐之心而闻名，当地律师开始将他接收的案件称为"RH阳性"。1984年，他因收受被囚禁在马德里的那不勒斯克莫拉头目安东尼奥·巴德利诺（Antonio Bardellino）的贿赂而被吊销法律执照。赫米达所设定的保释金低到了荒唐可笑的地步，只有500万比塞塔，巴德利诺支付之后，迅速逃离，此后，他一直逃避所有国家司法部门的监管。

来自比利亚加西亚–德阿罗萨的弗朗西斯科·贝拉斯科·涅托在巴勃罗·维奥克的律师事务所工作，多年来一直担任劳雷亚诺·乌比尼亚和埃丝特·拉戈的代表律师。2004年，他死于心脏病，享年52岁。在当地人印象中，他总是戴着宽檐帽。法官和律师界的其他成员对他的回忆却没那么生动，因为他经常阻挠突袭并干预警方行动，可对他而言，那是尽职尽责。2001年，他因帮乌比尼亚洗钱而锒铛入狱。

贝拉斯科·涅托是"毒枭律师团"的成员之一，他们大多数来自巴勃罗·维奥克的律师事务所，被指控参与各种走私和贩毒活动。佩费克托·康德回忆说，1988年的一张照片胜过千言万语。照片上，贝拉斯科·涅托站在科尔库维翁法院的台阶上，被一群由开罗驶来的史密斯劳埃德号（Smith Lloyd）船上的水手包围着，该船是驶往加利西亚的，因船上藏有的烟草刚刚被缴获，水手们争相从贝拉斯科·涅托手中拿现金：他们的保释金。

有时候代表乌比尼亚的是赫拉尔多·加约索·马丁内斯（Gerardo Gayoso Martínez），后来因贩卖大麻罪而入狱，还有安娜·索莱尔（Ana Soler），这位律师在为这个黑老大作最后一次洗钱辩护时与他一同受审。

有位记者说："总的来说，律师们收取的费用物有所值，他们的律师费用远远高于现行价格。乌比尼亚曾向其律师支付1000万比塞塔（约合6万欧元），让他们去马德里参加甚至无须发言的听证会。"毒枭有的是资金用来到处打点，正如有足够的"毒枭文化"使这一切保持运转一样。

毒枭暴力

"一天夜晚，我们在坎巴多斯外出游玩，就在市中心，我们去了我们最喜欢的酒吧之一。有那么一刻，我们走了出来，看到有姑娘向一辆汽车的车窗里张望。她们招呼了我们一下，我们走了过去，然后我们看到：驾驶座上有个死人。他满脸是血，嘴咧开着，在副驾驶座位上有一把猎枪。突然一大群人围了上来，大家都想看看那个死去的家伙。'这是一起仇杀。'有人说。警察来了，清理了现场。我们返回了酒吧，继续喝酒。并不是说这是每天都司空见惯的事，但我们有点像是会这样想：如果他们想到处彼此残杀，那就杀个够吧。"

说话的人是个比利亚加西亚－德阿罗萨的女人，我称她为维罗妮卡，而那具尸体是安东尼奥·钱塔达（Antonio Chantada），又名"图乔·费雷罗"（Tucho Ferreiro）。他是来枪杀曼努埃尔·卡巴罗的儿子兼西托·米南科的左膀右臂"达尼利托"卡巴罗的。这点他还真的做到了："达尼利托"和罗莎琳多·艾多（Rosalindo Aido）正在年轻的"阿罗萨毒贩"经常出没的名为比利亚加西亚-德阿罗萨博物馆（Museo de Vilagarcía）的酒吧喝酒，这时"图乔·费雷罗"走了进来，裤腿里掖着一把点三八巴西猎枪。他刚出狱，情绪低落，有戒断症状，而且"达尼利托"还欠他钱不还。更糟糕的是，他蹲大狱的时候，"达尼利托"还搞上了他的女友。他一言未发，当着众多的酒吧客，掏出枪，对着西托·米南科助手的喉咙一阵扫射。就在他重新上子弹，人群发出尖叫，推推搡搡地离开酒吧时，罗莎琳多·艾多跑掉了，有的子弹击中了她的胳膊，但她侥幸脱险了。

"图乔·费雷罗"回到车里，驱车前往坎巴多斯郊区的科维隆（Corvillón）。他把车停在一家比萨店外面，拿着枪走了进去。贩毒老手胡安·何塞·阿格拉（Juan José Agra）正和三岁的女儿坐在一起吃比萨饼。"图乔·费雷罗"用枪指着阿格拉的胸部，女孩一低头，他扣动了扳机。他的下一个目标是"公牛"（Mulo）拉斐尔·布加洛（Rafael Bugallo），他从前的老板。他去这位毒枭经常光顾的坎巴多斯的酒吧找他，但没找到，他回到车里，把枪放进嘴里，最后一次扣动了扳机。这就是维罗妮卡和她的朋友几分钟后看到的那一幕。

"图乔·费雷罗"和"达尼利托"自幼在同一条街上一起长大，他们也在同一天下葬。送葬队伍走的也是同样的路线，只不过相隔半小时。一个是杀人犯，一个是受害者。两人的讣告也并排放在比利亚加西亚-德阿罗萨市政厅，这种奇闻也只有在加利西亚才会出现。

"图乔·费雷罗"的两起谋杀和自杀在整个大区掀起了惊涛骇浪，比本纳文特袭击比利亚加西亚-德阿罗萨商会司库的冲击波还要强烈。

加利西亚反毒品及有组织罪案组前负责人恩里克·莱昂说："鉴于该地区的毒品数量，以及作为所有家族帮派的基地，其暴力程度一直还算是比较低的。"加利西亚反毒品及有组织罪案组现任负责人费利克斯·加西亚表示赞同："这可能是因为他们极力想避开当局的注意。他们知道每一具尸体都会让他们损失数百万，因为我们会介入调查，而他们的行动就得暂停一段时间。好像形成了一条潜规则：什么都可以，就是别到处开枪杀人。当然，有时候他们也会打破规矩。"

家族帮派之所以不跟当局正面交锋也是出于同样的原因。"他们没那个胆，从过去到现在，他们一直知道，他们不可能在这场战争中取胜。这一带从没有法官、探员或警官被杀害。所以在我看来，当人们把加利西亚说成准西西里时，我真的觉得他们有点危言耸听。"恩里克·莱昂说，"此外，那些小家族帮派之间更倾向于窝里斗，不会殃及社会。大家并不认为这是一个暴力区。我未曾听到一个当地人形容这个地区是暴力区。"

维罗妮卡对此也很认可："他们的兴趣不在我们这些人。不错，有时人们会遇到可怕的事情，冷酷无情的人，动不动就火冒三丈的人。我记得几年前的一个夏天，在阿罗萨岛一个环形交叉路口，险些发生车祸。两辆车都刹车停下，辱骂声满天飞。一个人拿出一根棒球棒，但立刻放了回去，因为他看到另一个人手里拿的是一把枪。"

维罗妮卡微微一笑，那种轻蔑的微笑。"他们只是内讧。如果你不是这附近的人，你永远都不会懂。我个人从未感觉受到过威胁。"

从统计学的角度来看，自20世纪90年代初以来，加利西亚贩毒造成的30人死亡似乎是人们对此类非法活动的最低期望，当中还有哥伦比亚贩毒集团的参与及行业上的巨额利润，还要考虑到，正如我们所见，家族成员动不动就心甘情愿地互相告发对方的事实。但30个死人终究还是30个死人。而且，他们用自己的方式改变了海湾河口。

1993年，在"图乔·费雷罗"大开杀戒几个月后，警方在一个叫坎加斯（Cangas）的地方发现了路易斯·奥特罗（Luis Otero）和欧亨尼奥·西蒙（Eugenio Simón）两具小毒贩的尸体：他们被碎尸后扔到了附近梅斯镇的化粪池里。只有路易斯·奥特罗的DNA可以匹配上某些记录，这就意味着从官方角度来看欧亨尼奥·西蒙失踪了。这些化粪池是某些作坊的一部分，归一个名叫安东尼奥·西尔维斯特罗（Antonio Silvestro）的人所有，他因而被指控犯罪。据称，他欠毒贩700万比塞塔，他觉得与其清还欠款，还不如买通几个职业杀手。但由于缺乏证据警方难以立案，导致他被无罪释放，至今这仍是一起悬案。

两年后，1995年，人们在兰扎达（Lanzada）海滩的淋浴间发现了一具浑身是枪眼的尸体。经确认，死者是曼努埃尔·波塔斯（Manuel Portas），凶手是安德烈斯·米尼诺（Andrés Miniño），波塔斯欠米尼诺的债款达到了1200万比塞塔。波塔斯的一名同伙卡梅洛·巴鲁洛（Carmelo Baúlo）侥幸逃脱，身上留下了鹿弹算是作为纪念。几天后，安赫尔·加西亚·卡埃罗（Ángel García Caeiro）的尸体出现在比利亚加西亚–德阿罗萨的一片树林里，他是被勒死的，当地消防队员去森林救火时发现了这具尸体。卡埃罗早就不见了，据推测已经失踪了数月，结果发现他欠家族帮派8000万比塞塔。何塞·曼努埃尔·罗德里格斯·拉马斯（José Manuel Rodríguez Lamas），又名"章鱼"（Pulpo），是1997年仇杀故事的主角。一天拂晓，他走进了蓬特韦德拉比拉沃阿（Vilaboa）的一家旅社，在手枪上拧上消音器后，射杀了三个在这里过夜的小毒贩。几天后，在卡弗拉尔（Cabral）贫民窟，经过一阵追捕和交火后，他被警方逮捕。"放下武器，章鱼，不然我们就把你打翻在地！"警察在把他带走之前说。"来啊！"这就是他的回答。

同一年，还有三起命案，死者都是小家族帮派成员，而且都是债务问题。在里瓦杜米亚的卡巴内拉斯（Cabanelas）海滩发现了两名妇女和一名男子的尸首。经确认，这两名妇女是安吉拉·巴雷罗（Ángela Barreiro）和德洛丽丝·戈麦斯（Dolores Gómez），她们只是倒霉的旁观者，而弗朗西斯科·圣·米格尔（Francisco San Miguel）才是真正的目标。在圣·米格尔和一个名叫弗朗西斯科·雷伊（Francisco Rey）的毒贩激烈争执后，三人丧生。在接下来的五年中，每一年就有一起凶杀案件，其中包括卢卢家族的党羽胡安·弗雷尔（Juan Freire），人们发现他死在塞埃一辆烧毁的汽车里。

"家族帮派之间的报复行为从未影响过我们的日常生活，但确实占据了新闻头条。"比利亚加西亚-德阿罗萨居民阿贝尔（Abel）说，"真正的问题不是暴力，而是毒品。但电视为了收视率会报道这些，所以人们才认为加利西亚是个可怕的地方。"早年间，阿贝尔在马德里服兵役，他谈起了在阿尔瓦塞特结识的一个朋友："我说，何不来加利西亚玩上几天？他从没来过。然后，就在他答应来的前几天，'达尼利托'卡巴罗在酒吧被杀的消息见诸报端。我朋友被吓破了胆。他说他不想来了，听起来这里像西西里或什么的，他打定了主意，我怎么劝都没用。"

近年来，家族间暴力内讧虽零零星星，但也持续不断。这些家族帮派还面临其他敌人，包括20世纪90年代初的自由加利西亚人民游击队（Exército Gerrilheiro do Povo Galego Ceive），这是一个分裂组织，对家族帮派及其资产进行了多次袭击。该组织认为毒品走私是加利西亚民族主义事业的一大败笔。他们在坎巴多斯、比利亚加西亚－德阿罗萨、阿罗萨新镇、蓬特韦德拉和拉科鲁尼亚放置炸弹，但没有一个地方造成人员伤亡。他们的目标之一是之前提到的位于拉科鲁尼亚的洛萨汽车行，也就是哥伦比亚黑老大马塔·巴列斯特罗斯洗钱的地方。

但玩火者必自焚……1990年10月11日，自由加利西亚人民游击队在圣地亚哥一家名为锵锵（Clangor）的迪斯科舞厅放置了一个炸弹装置，据他们自称，该装置是用来炸毁贩毒网络的。但考虑到后来的事态发展，他们的说法已经无关紧要。预设炸弹会在迪斯科舞厅清场空无一人时爆炸，不料却在恐怖分子安装时就引爆了；而且当时迪斯科舞厅爆满。该组织的两名男子和一名学生当场死亡，49名青少年受伤。该组织后来称这是一个"无心之失"，他们"理解"人们的痛苦。

据我估计，2001年至2003年间，加利西亚有150吨可卡因上岸。

第 十 章

全力出击

10

2001—2003年: 贩毒热

《可卡因雪崩泛滥》(*La avalancha de cocaína no cesa*), 这是2003年7月5日《国家报》的头条新闻:

> 前天, 国民警卫队和海关监督局探员在大西洋中部登上一艘渔船, 缴获了近3000千克可卡因。该船从委内瑞拉的一个港口起航, 驶往蓬特韦德拉的阿罗萨湾。这是自3月31日以来在同一国际水域第6次缉获的毒品, 使6个月内没收的可卡因数量达到20000千克。在2002年一年间, 一共缉获了17616千克。

在这篇文章发表两年前, 时任西班牙内政大臣的马里亚诺·拉霍伊曾将2001年称为"加利西亚贩毒的恐怖年"。

"那是一段可怕的时期。"一位在当时服役的国民警卫队员称。"也是加利西亚贩毒史上最猖獗的时期。"一位专业记者补充道。2001年，当局没收了这些家族帮派经手的31吨可卡因。根据国家禁毒计划的数据，该数字是2000年的5倍，创下了历史新高。当地法官何塞·安东尼奥·巴斯克斯·塔因说："这3年总共没收了54吨可卡因。据我估计，2001年至2003年间，加利西亚有150吨可卡因上岸。"

问题是：为什么？没有科学的答案。我们可以指出这"繁忙"三年里的某些因素，部分地解释了为什么会有这么多的落货、这么多的毒品和这么多的警方行动。也就是说，为什么毒贩与加利西亚当局之间的斗争突然达到了一个新的水平。

主要因素是指挥警方行动的新领袖——塔因。他后来赢得了哥伦比亚卡特尔"梦魇"（pesadilla）之名。2001年，加尔松将指挥棒传到了他的手中，随之发生了大规模的战略变革。塔因扩大了战场，并引进了新的方法。当局不再针对单一的家族帮派，而是把目标扩大到所有与帮派有关联的人、事、物等：从低层的小喽啰到律师，从各种咨询顾问到快艇修理工；所有的供货人、帮派使用的所有加油站、帮派租用的所有仓库或汽车公司。

塔因出生于奥伦塞的阿利亚里斯（Allariz），一上任就来到了比利亚加西亚-德阿罗萨。在短短六个月的时间里，他领导了四次打击家族帮派的行动。他并非一到阿罗萨就旗开得胜，遍地开花，也不是说自己的阵线上没有人给他出难题，穿小鞋。他处理的第一件案子——六个加利西亚毒贩因在乍得班德号（Chad Band）帆船上运输3吨大麻而被判有罪、监狱服刑，就被国家法院宣布无效。这一举动被检察总长哈维尔·萨拉戈萨形容为"惊心动魄"。最终，取代国家法院的最高法院恢复了原判。该举动开启了此类案件被否决的先河。

法官签署了一项协议，以便在海上行动中，不仅海关监督局、国民警卫队和警察要合作，海军也要配合。对于这种大规模的兵力部署，迎头而来的是一股与之抗衡的力量，一个火车头，而且疾驰的速度同样快：从2001年到2003年，加利西亚出现了有史以来最大规模的新家族帮派的繁殖扩张。乌比尼亚等其他毒枭的倒台，以及对西托·米南科和马西亚尔之流所施加的压力，为这些小帮派的整合扫清了障碍，而在此之前，他们一直在吃那些黑老大的残羹剩饭。那些老牌的黑势力眼睁睁地看着这些小帮派横冲直撞，而自己只能靠边站。在将可卡因带入加利西亚的一场崭新的、勇往直前的竞赛中，竞争的性质也发生了突变。

塔因所采取的更为全面的手段，加上家族帮派活动的骤增，带来了前所未闻的突袭、登船、逮捕和查封次数。在这三年中，法官签发了19次行动。一名国民警卫队员称："塔因真的让卡特尔气急败坏，真的让他们焦头烂额。他们确信一定出现了内鬼，认为这是唯一的解释。他们做出了反应，派人去海湾河口四处打听，但没有打听到任何内鬼。"

还有一个因素助长了贩毒热：乌戈·查韦斯（Hugo Chávez）政府对毒品的自由放任态度。在哥伦比亚政府向卡特尔宣战的同时，邻国的委内瑞拉成了某种安全的避风港。毒枭可以不受限制地越境进入邻国，同样，也可以不费周折地将货物从委内瑞拉港口运出。作为一个连锁反应，查韦斯主义成了加利西亚贩毒的福音，虽然并不长久。2014年，哥伦比亚警察部队发表公开声明，赞扬委内瑞拉政府为打击贩毒活动所提供的帮助。

塔因说："就在同一时期，这些卡特尔将黑手伸向了非洲，如多哥、佛得角、塞内加尔等地。他们把那些地方作为前往加利西亚的中转站。"很快，委内瑞拉—非洲—加利西亚线路开始被西班牙安全部队称为"6号线"，并以同样的神速而被废弃。

"即使按照卡特尔的标准，非洲人也算是腐败透顶。人人都想从中渔利：军队、警察、当地帮派……无论卡特尔在非洲的土地上留下什么东西，哪怕是一艘船或一架喷气式飞机，几周后就会发现它们变成了破铜烂铁。在与非洲人合作后，卡特尔更加欣赏加利西亚人的效率和严谨。"

造成那些年月贩毒热潮的另一个可能因素是媒体对此类报道的放松心态。并不是说媒体停止了对毒品走私的报道，而是人们对这个话题的热情消退了，这反过来使西班牙民众又产生了一种完全错误的感觉，认为最糟糕的毒品贩运时期已经成为过去，认为"海蟹行动"的实施和黑帮大佬的倒台已经是大功告成。媒体对次要家族帮派的关注强度不够，可能也给了这些毒贩更多的自由去获取利益。

2001年，海关监督局拦截了阿布兰特号（Abrente）货轮，在同时期的一次行动中，警察逮捕了负责运输的"加泰罗尼亚人马诺洛"。

据说阿布兰特号是一艘渔船，专门从事剑鱼、鲨鱼和加那利群岛南部海域的捕鱼。然而，在返航到卡马里纳斯时，船上几乎没有任何收获，可是船长曼努埃尔·马丁内斯（Manuel Martínez）似乎从不担心，船员也不发愁。这也情有可原：一旦"加泰罗尼亚人马诺洛"给的差事一帆风顺，他们的余生就再也不必留心剑鱼了。实际上，他们本来可以把阿布兰特号泊在港口，直到行动的那一天，但是作作秀也很重要，要表现出它是一艘活跃的船（几乎所有兼职的贩毒船都继续随船队出海）。2001年2月19日，此时的阿布兰特号满载可卡因，已经离开加纳利群岛行驶了两天。几小时后，在前往加利西亚的途中，海关监督局的官员从巡逻艇海燕号上登上了这艘船。船员们投弃了货物，但海燕号配备了浮选系统，可以防止可卡因下沉。时代已经变了。与此同时，当局在陆地上逮捕了"加泰罗尼亚人马诺洛"和"帕纳罗"。在法官拒绝将电话录音作为证据提交后，两人最终被判无罪。谈话内容包括船长警告对方海燕号已经出海的那句话。他的原话是："玛鲁哈（Maruja）已经出院了。"

这是塔因和许多不同家族之间一系列漫长敌对行动的开端，以至于在这里只能一言以蔽之，这也包括当局采用的各种招数。同年，海洋之星号（Estrella Oceánica）游艇突然漏水，并在海上抛锚，船上装有2吨卡利可卡因，尽管毒贩设法将货物转移到了另一艘船上，但两艘船上的船员均在抵达加利西亚时被捕。第二年，"莽汉"曼努埃尔·冈萨雷斯·克鲁杰拉斯答应与卡利卡特尔合作，将1.8吨可卡因运上岸。他们组织了一场面对面的碰头交易，当时"莽汉"碰巧躲在委内瑞拉。他招募了一些旧同僚，包括国民警卫队前队员"费利佩"（Felipe）赫拉尔多·努涅斯（Gerardo Núñez），同时也是卡特尔的直接联系人。他们使用的船梅尼亚特号（Meniat）在佛得角停留后，西班牙特种部队登上了该船。

另一次重要的扫黑行动发生在阿尔贝亚尔（Arbeyal）海滩，这是

"皮图罗"之子的第一次露面,"皮图罗"就是后来驾驶维奥克的硬壳充气艇将可卡因包裹串成"大头蒜串"在暴风雨中漂泊的毒枭。2003年12月,其子胡安·卡洛斯·巴斯克斯·加西亚(Juan Carlos Vázquez García)刚满20岁,就因从渔船上卸下约3吨的哥伦比亚可卡因而被抓获。"小皮图罗"被判11年徒刑,不过调查人员确信他是被当作替罪羊推到台前的。一名办案警官称:"太年轻了,难当此任,组织不了这样的行动。"

可卡因海岸

塔因的最后一击：米南科、查林和多拉多落网

2001年8月16日，随着西托·米南科被捕入狱，这段紧锣密鼓的斗争迎来了最辉煌的时刻。用警方的话来说，这一由马德里法官胡安·德尔·奥尔莫（Juan del Olmo）指挥的行动堪称精彩至极。西托·米南科自己都不明白他们是怎么做到的，在被缉拿的时候，他问道："你们是怎么找到我的？"答案是："你就是不懂得何时收手。"

这位坎巴多斯黑老大又被抓了个现行。在前一次，即1991年，特种部队发现他在自己的波苏埃洛－德阿拉尔孔安全屋研究航海图。这让他在阿尔卡拉梅科吃了七年的牢饭。我采访的所有探员一致认为，如果他当时就收手，他们可能也就不再追究了。但西托·米南科，像大多数海湾河口的毒贩一样，不见棺材不掉泪。所以他又重操旧业，而且有过之而无不及。实际上，他就从未消停过：正如我们所看到的，他在狱中还组织了"日出行动"中缴获的那批货物的运输。他

后来这项工作的指挥别墅位于马德里郊区比利亚维西奥萨-德奥东（Villaviciosa de Odón）的一个名叫森林（El Bosque）的住宅区。同上次一样，当特种部队到达时，他正站着俯身看自己的航海图，一个卫星通信系统和三部手机触手可及。他们说当他听到门被撞倒的声音时，他目瞪口呆。在被带走的时候，他转向一个他认识的国民警卫队员说道："埃洛伊（Eloy），他们会升你为警司的。""可我已经是警司了，西托。""这样啊，那至少是一大堆奖章。"

理论上讲，西托·米南科所进行的是他的最后一份工作：阿吉奥斯·康斯坦丁诺号（Argios Constandino）在法属圭亚那离岸1600千米的地方等待着提香娜号（Titiana）货轮前来，提取船上的5吨可卡因。但是最先出现的是缉毒局，他们是从国家警察那里得到的情报，而且登船时也没遭遇太多的抵抗。与此同时展开的是，西班牙特种部队进入了别墅。一切都是双管齐下，如同探囊取物；法官不用费太大周折。西托·米南科被带走时说："我一定要查出是谁干的。"他指的是泄密事件，而事实上真的有人泄密。西托·米南科的那伙人口风很紧，但这批货物需要与一名黎巴嫩毒贩联系，而此人恰好是缉毒局的线人。美国方面在阿吉奥斯·康斯坦丁诺号启航前三天就与西班牙方面互通了这一情报，他们先是掌握了西托·米南科的行踪，然后才对他采取的行动。西托·米南科之所以大惊失色，是因为他搞不明白到底哪里出了纰漏。他的副手，卡利卡特尔的基克·阿兰戈（Quique Arango）也被拿下。一位警官说："我们都很纳闷，为何西托没有金盆洗手呢？我们以为他要做的事情都已经了结了。"在这最后一次被捕的照片中，西托·米南科看上去灰头土脸：体态发福、头发蓬乱、情绪低落。与

　　　　　　　可卡因海岸

往昔开着法拉利，油头粉面的"海湾河口埃斯科巴"相比，此时的他看上去无疑就是个流浪汉。这次的刑期是20年。2015年4月，他从巴利亚多利德监狱获准白天监外工作；夜间和周末必须回监狱住。他在一家建筑公司找到了一份工作。他最初提出了在海湾河口做贻贝渔夫的想法，但是似乎没有得到太大的支持。事实上，法官下令他永不可踏进加利西亚。然而，西托·米南科的故事并未结束，远远没有。

西托·米南科的被捕给了那些大玩家第二次打击。八个月前，"老爷子"查林的女儿、宝座的继承者何塞法·查林·波马雷斯落网。1994年，作为"海蟹行动"的一部分，加尔松法官签发了关于她的逮捕令，但她一直在逃。当时她父亲已经坐牢，她逃到了葡萄牙，在那里遥控查林家族的行动。在那些岁月里她犹如一个神话：当局撒下了天罗地网，可她依然继续协调货物运输，并用铁腕操控着家族的一切。她在阿罗萨是个家喻户晓的人物 —— 尤其对查尔波罐头厂的员工来说。虽然这家工厂只是烟幕生意，但管理手段却非常暴虐，工作条件也非常恶劣。有一次工人们组织了一次集会，她下令用防暴喷射器将他们驱散。家族里的男人也从不敢跟她顶嘴。据说这位"查林女老大"（La Charlína）在女儿还未成年时就让其帮自己洗钱：有发现说在她女儿名下的一个账户有4亿比塞塔（约合240万欧元）。那个姑娘后来在国家法院出庭作证。

据说1997年，何塞法曾试图将加利西亚有史以来最大的一批可卡因走私上岸，但载有那7吨可卡因的船在摩洛哥附近遇难。

人称"教母"的她在2000年12月15日被捕。她所持护照上面的名字为安吉拉·阿查（Ángela Acha），当葡萄牙当局给她戴上手铐时，她显然没有抵抗。在逃亡的岁月里，她一边打理家族事务，一边创建了一家利润丰厚的葡萄酒生产公司。她当即被引渡到西班牙，并被判处12年徒刑。

2003年10月13日迎来了最后一次打击，结果也成了塔因的告别之作。在他亲自指挥的"复古行动"（Operación Retrofornos）中，国家警察和海关监督局查获了南海号冷冻船，在其双层船体内藏有7吨可卡因。负责这次胆大包天运输的是毒贩卡洛斯·索莫萨（Carlos Somoza）和罗伯托·莱罗（Roberto Leiro）。前者来自阿罗萨新镇，曾为查林家族效力，并娶了"老爷子"的另一个女儿，不过此时他已自立门户。但最引人注目的是，此次行动的结果导致了马西亚尔·多拉多的被捕，人们发现与南海号对接的船鹦鹉螺号（Nautillus）是由他一手安排的。多拉多一直坚称自己从未偏离过烟草走私的轨道。一些探员认为，多拉多建造并出售给索莫萨和莱罗的鹦鹉螺号船确实是一个孤立的失误，但同样有人认为多拉多和其他人一样是个毒枭——只是更狡猾。无论如何，搞砸的南海号/鹦鹉螺号工作给他带来了10年的刑期，这一刑期加上后来在2015年宣判的洗钱罪，意味着在撰写本书时多拉多仍在狱中。索莫萨和莱罗逃离了西班牙，他们的审判还悬而未定。

2003年，作为加利西亚贩毒黄金时代的最后一个大玩家，马西亚尔·多拉多的倒台使诉讼程序短暂停止。在短暂的沉寂之后，在历经一系列沉重打击之后，加利西亚家族帮派的重新部署甚至令哥伦比亚人刮目相看。过了一段风平浪静的日子，家族帮派改头换面重整旗鼓，他们将以崭新的面目出场。随着马西亚尔·多拉多、何塞法·查林·波马雷斯和西托·米南科的谢幕，一些新的角色又将登台。一个时代宣告结束，另一个时代正式开始：一个"毒枭运输"时代来临了，快艇的引擎已经发动。

加利西亚史上最"了不起"的快艇。

第 十 一 章
一代新人换旧人

11

21 世纪加利西亚的毒品贩运

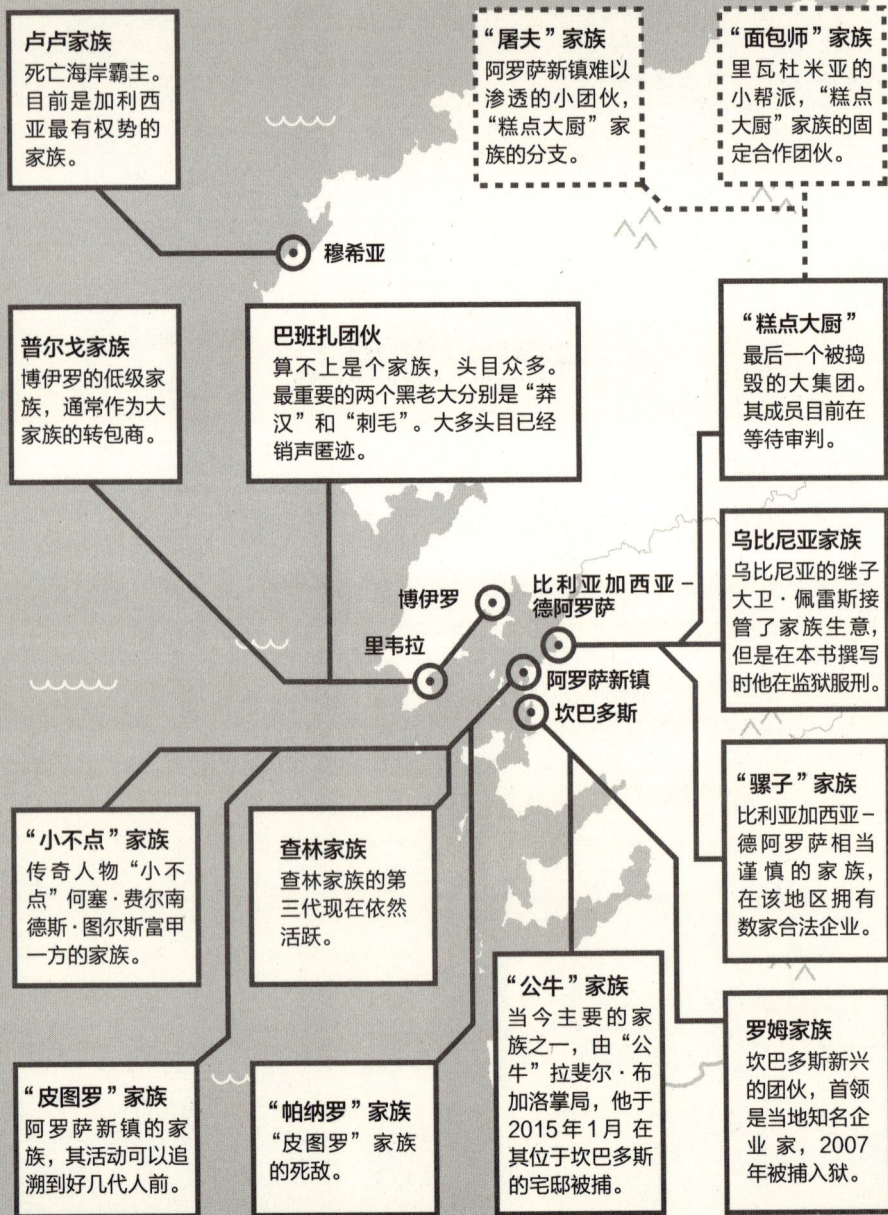

卢卢家族
死亡海岸霸主。目前是加利西亚最有权势的家族。

"屠夫"家族
阿罗萨新镇难以渗透的小团伙，"糕点大厨"家族的分支。

"面包师"家族
里瓦杜米亚的小帮派，"糕点大厨"家族的固定合作团伙。

穆希亚

普尔戈家族
博伊罗的低级家族，通常作为大家族的转包商。

巴班扎团伙
算不上是个家族，头目众多。最重要的两个黑老大分别是"莽汉"和"刺毛"。大多头目已经销声匿迹。

"糕点大厨"
最后一个被捣毁的大集团。其成员目前在等待审判。

乌比尼亚家族
乌比尼亚的继子大卫·佩雷斯接管了家族生意，但是在本书撰写时他在监狱服刑。

博伊罗

里韦拉

比利亚加西亚－德阿罗萨

阿罗萨新镇

坎巴多斯

"小不点"家族
传奇人物"小不点"何塞·费尔南德斯·图尔斯富甲一方的家族。

查林家族
查林家族的第三代现在依然活跃。

"骡子"家族
比利亚加西亚－德阿罗萨相当谨慎的家族，在该地区拥有数家合法企业。

"公牛"家族
当今主要的家族之一，由"公牛"拉斐尔·布加洛掌局，他于2015年1月在其位于坎巴多斯的宅邸被捕。

罗姆家族
坎巴多斯新兴的团伙，首领是当地知名企业家，2007年被捕入狱。

"皮图罗"家族
阿罗萨新镇的家族，其活动可以追溯到好几代人前。

"帕纳罗"家族
"皮图罗"家族的死敌。

毒枭运输有限公司

在 2001 至 2003 年的狂欢之后是一段时间的宿醉，迎来了一段较为缓和而平静的时期。哥伦比亚人花了几年时间寻找新的商业伙伴，但没有成功。正如一位警官对我说的："在塔因的扫黑行动后，他们决定寻找其他线路。我们给他们造成了严重的伤害，所以他们开始尝试非洲、保加利亚、俄罗斯、荷兰……但无论在哪里尝试，他们都不踏实。哥伦比亚人需要加利西亚人。"

这次停顿也给了加利西亚家族帮派考虑他们选择的机会，像所有优秀的企业一样，他们也充分利用危机重塑业务，改变战略。西托·米南科、乌比尼亚、查林家族等人离开造成的空白将继续由规模较小的专业运输集团填补；加利西亚人可能参与的分销工作和任何毒品交易都被人们遗忘了。此次登场的主角是那些大玩家的子女、侄男外女，以及他们以前的同伙和党羽。总的来说，就是那些曾居于现在散架的家族的低级梯队，那些在前些年历练过的年轻人，当然，有的也不太年轻。他们更加内敛，表现得也更为专业。他们不要大牌，而是谨慎行事。一切已无关拥有多少船只、卡车、乡间庄园、自己的律师团队、庞大的武器库、工业设施……从此刻起，他们将只提供运输服务，而且只收取现金。加利西亚禁毒基金会经理费尔南多·阿隆索说："他们摇身一变，成了一个运输联盟。他们以小公司的形式向哥伦比亚人提供服务，而且共同协作。每运一批货，就得有两三个不同的家族联手。"

这个新的生态系统分为两个层次：团体组织与快艇船长。前者是家族帮派的后嗣和他们的联系人，他们负责把可卡因最远带到加利西亚。后者是快艇驾驶员，提供专业化的决策：他们仅仅负责把货物运上岸，把自己的运输服务卖给加利西亚出价最高的家族帮派。如此一来，行动的模式发生了变革：哥伦比亚黑老大将与加利西亚家族帮派联系，商讨货物运输事宜，而这些家族帮派将确保货物安全抵达，并把落货的任务转包给快艇船长。

大西洋彼岸也是后浪推前浪。卡利卡特尔已经屈服于哥伦比亚当局的压力，允许新的、规模较小的团伙涌现——如贝莱斯兄弟和萨因·萨拉萨尔（Saín Salazar）兄弟，等等，他们后来成为加利西亚人在拉丁美洲的新搭档。

这种跨大西洋毒品流动的新犯罪手法反过来迫使警方改变策略，一个新的国家警察部门，专门处理帮派、有组织犯罪和贩毒问题的部门宣告成立，即有组织犯罪特别响应组（Grupo de Respuesta Especial para el Crimen Organizado）。它将与反毒品及有组织罪案组、国民警卫队、海关监督局和处理财政犯罪的部门协同工作，打击财政违法行为。要抓住新一代毒贩的现行几乎不太可能。从现在起，几乎所有的起诉都将以洗钱罪名进行。

快艇船长

"快艇追逐 —— 你想象不到会是什么样子。你飞得如此之快，就像海浪要把船击成碎片一样。你浑身透湿 —— 就像站在瀑布之下一样 —— 引擎和浪花的轰鸣让你什么都听不到，似在雷暴中出行，再加上那些混蛋分外难抓。"

一位在缉毒队工作期间曾参加过无数次这样追捕的国民警卫队员如是说，在最后一句话中，他的声音中透露出无可置疑的钦佩。"这是这项工作中最糟糕的部分。无比疯狂，让我们在海上这样冒生命危险。"他回忆起十年前的一个早晨，当时他和一个同事在海上巡逻，遇见了一艘快艇，或者看上去像快艇的东西。"那船真的飞起来了。我们开始紧追不放，通常情况下，我们都懒得去追，因为我们知道怎么追都是白费力气。但那天我们豁出去了。"追捕在阿罗萨湾展开，然后又追赶到穆罗斯河的支流，就在那时，嫌犯突然转向，直奔河边的

　　　　　　　　　　　　可卡因海岸

一个小悬崖。"他们那叫一个神速、一个娴熟，但我不懂他们要干什么，他们是在玩命，是要把自己逼到绝境。"在撞向悬崖的一两米之内，快艇的机头腾空而起，就像一辆摩托车单靠后轮的平衡特技。"它一直向上翘起，差不多呈垂直状。我们看傻了。然后，它大约在90度的垂直角度，猛地向后一转，转了一个圈之后，径直从我们身边飞了过去。我们从没见过这样的场面，他们就这样离开了，直奔大海。"这名探员的话中洋溢着一种艳羡之感。"只有'帕托科'（Patoco）才能玩出这样的特技。"

自烟草走私时代以来，小型快艇的船长就独领风骚，西代·米南科本人就是快艇特技最佳表演者之一。随着船只的升级，它们变得越来越快，越来越强大，再加上那些驰骋江湖的驾驶者，情况发生了巨变。

加利西亚快艇船长是毒贩运输专业化转型的受益者，他们不必考虑货物带来的物流困难，也不需要设法筹集资金，租用渔船跨海到哥伦比亚或委内瑞拉。他们所需要做的就是从补给船上取下可卡因，安全带上岸，然后再交给哥伦比亚人，偶尔他们会远航到亚速尔群岛或佛得角取货。

这些毒贩承运人有很多四轮驱动汽车、吊车和后备船长，必要时在陆地上移动他们的快艇。他们在海岸边还有星罗棋布的谷仓和棚屋——当地共犯的财产——可以储备必要的汽油并庇护快艇本身。他们会想方设法把这些船只藏在车间和仓库里，尽可能靠近海边入口处，最好能第一时间冲进开阔水域。当局对船长采取行动时，感兴趣的不仅仅是缉获可卡因，还有汽车、汽油和船只本身。

家族帮派开始从英国和意大利造船厂订购最新和最高规格的快艇：他们寻找的是水上赛车，半刚性船只，长15米，马达功率在1500到2000马力之间，随着塑料树脂的使用，所有部件都越来越轻，他们需要有足够大的隔间来存放20000升汽油和10吨毒品，用橡胶外壳来防水。快艇的时速可达到100千米，如果有五六个引擎，它们可以长时间保持这样的速度。胡里奥·法里亚斯说："从阿罗萨到加那利群岛12个小时，他们装满备用汽油、一点食物和水，启程出发，往返一般在一天之内。"

不是所有的家族都能买得起快艇，也不是所有人都能找到地方把它们藏起来。1987年，皇家法令创建了关于这些船只停泊及最大发动机尺寸的条例，当时是针对烟草走私者的。实际上只有少数几个集团有自己的船只，所以其他家族要从他们那里租借使用。

技术进步引发了一些千奇百怪的事件，其中包括一个集团试图购买一艘潜艇。2006年8月，国民警卫队和国家警察在一次联合行动中，于比戈湾发现了一艘12米长的深海潜艇，船上空无一物，但引擎都还开着。看上去像是两三个家族有意探索从大西洋彼岸带入毒品的新途径，于是与塞维利亚一家造船厂签约所造的船。但他们似乎遇到了什么阻碍——也许是此潜艇最多只能装下30千克的可卡因这样一个事实。

在这个神话百出的大千世界，快艇船长成了王者，创造神话的大众偶像，正如本章开篇所描述的那样。事实上，快艇船长的形象如此高大，以至于许多阿罗萨青少年一度希望，现在也希望追随他们的脚步。在落货或被当局追逐之后，会有吹牛比赛（毫无疑问，很多添油

　　　　　　　　　可卡因海岸

加醋的成分）。对加利西亚社会的某些阶层而言，特别是对那些有走私背景的人来说，快艇船长被视为海上超人，拥有运动跑车、昂贵的太阳镜和饱经风霜的面孔。之前的那名国民警卫队员接着说道："说不清他们是勇敢还是愚蠢，我见过这些人为了躲避雷达而在船上乘风破浪——像玩冲浪板一样冲浪。在这么高的速度下，这真是愚蠢至极——一不小心就可能人仰马翻。"

这一时期最显赫的毒枭承运人包括费霍兄弟、拉蒙·普拉多（Ramón Prado，西托·米南科的堂弟）、拉蒙·法贝罗（Ramón Fabeiro）、"南多"（Nando）何塞·巴斯克斯·佩雷拉（José Vázquez Pereira）、"悠悠"（Yoyo）格雷戈里奥·加西亚·图尼翁（Gregorio García Tuñón）、"帕里多"（Parido）胡安·卡洛斯·费尔南德斯（Juan Carlos Fernández）、"萨罗"（Saro）巴尔塔萨尔·维拉尔·杜兰（Baltasar Vilar Durán），还有最最"耀眼"的曼努埃尔·阿瓦尔·费霍，又称"帕托科"。

在"海蟹行动"前的岁月里，"帕托科"曾在查林家族担任快艇船长。那时他被称为"小帕托科"，我们以前提到过他，就是那个在葡萄牙让他的女友给他拍快艇照的人。他后来在海湾河口为自己创立了不折不扣的垄断地位。

但是没有战争就没有和平。在"帕托科"一统江海之前，新集团之间发生了大量的纷争，基本上是年轻的鲁莽之辈间的霸主之争。平静的局面通常是由原来说一不二的黑老大出面调停撮合来的，但这种平静一旦面临有钱可赚就会被打破，随之而来的是暴增的仇杀。

来自坎巴多斯的里卡多·费霍（Ricardo Feijóo），弟弟胡安·卡洛斯（Juan Carlos），还有他们的堂弟何塞·安赫尔（José Ángel）是最先揭竿而起的，但结果并不喜人。他们夹在一群当地人中间，这些人在20世纪90年代还是少年郎的时候就开始为那些大家族帮派跑腿，在干过几单落货之后就自以为功成名就。当他们决定挺身而出成为货真价实的毒枭时，所面临的却是悲惨的结局。

第一次，在2004年的一天，胡安·卡洛斯驾驶他们藏在乌利亚河口卡托伊拉（Catoira）的五引擎快艇出海后失踪。他本来要前往加那利群岛，去那里接来自哥伦比亚的一批货。但是在去的路上发生了不测。他和他的同伴，另一个来自坎巴多斯的年轻人双双未归。三个月后，他们的尸体被德特内里费（Tenerife）和大加那利（Gran Canaria）渡轮捞回。他们的潜水服里塞满了各种文件。

里卡多·费霍和何塞·安赫尔·巴斯克斯·阿格拉的遭遇也相差无几。2005年，他们接了一单活，雇主是在巴斯克自治区运营的何塞·曼努埃尔·冈萨雷斯·拉昆萨（José Manuel González Lacunza）。事情的始末一直没有明朗，但似乎这对堂兄弟从一批托运货物中擅自保留了一些。一位加利西亚记者搜集了这个故事："这些快艇船长经常互相出卖对方。如果说背叛在查林和乌比尼亚的时代盛行，那么在新一代之间则登峰造极。他们总是把手伸向别人的口袋。"他讲述了关于一个新兴家族首领的故事：首领在失去一个同事后，打电话给他的四个搭档，要求他们每人买一个花圈以示敬意。"但他只买了一个，而把其余的钱都揣进了自己的腰包。"

回头来看费霍堂兄弟的情况，他们私藏了一些不属于他们的可卡因，拉昆萨大为不快。在发出多次警告后，该毒枭趁他们外出时来到了卡托伊拉，纵火焚烧了他们存放快艇的庇护所——快艇就在里面。这种疯狂的决定——对毒贩和快艇船长的共同追索——是个昂贵的教训。

放火还不算完，与拉昆萨同行的还有一个在法国的昂代伊（Hendaye）长大的德国职业杀手帕特里斯·路易丝·皮埃尔（Patrice Louise Pierre）。当费霍堂兄弟匆匆赶回阿罗萨时，拉昆萨绑架了这两人。对于里卡多·费霍，情况是这样的，他们闯进了他家，当着他妻子和十岁儿子的面，把他捆了塞到了车后座。拉昆萨和皮埃尔开车把他们两人带到坎巴多斯塞兰泰洛斯（Serantellos）的一个旧风车旁，那个杀手开枪打死了他们。拉昆萨又仔细搜查了两个人的尸体，然后点火焚尸。"风车犯罪"（当地人的说法）在整个地区激起了涟漪。拉昆萨和皮埃尔均被判40年徒刑，这名杀手于2015年3月死于加的斯的博塔夫艾格斯（Botafuego）监狱。

2005年5月，创伤复发。这次是两个较低级的毒贩，"麻雀"（Gorrión）维克托·冈萨雷斯·席尔瓦（Víctor González Silva）和圣地亚哥·蒙德龙·帕斯（Santiago Mondragón Paz）。两人被发现死在一个叫西利达（Silleda）的地方的林间小路上。警方后来在"麻雀"的车库里发现了150万欧元，似乎是从另一个家族偷来的。这一次，一些哥伦比亚职业杀手应邀前来惩罚这起盗窃案。同年，同样来自坎巴多斯的拉蒙·奥特达（Ramón Outeda）在自家门口被枪杀，也是由哥伦比亚杀手亲自出马。

"帕托科"曼努埃尔·阿瓦尔·费霍出生在坎巴多斯，八岁时第一次驾驶快艇。他起先为查林家族工作，在"海蟹行动"中没有被定任何罪。也正是在那些年月，前文所述的他那精湛的驾驶特技和电影化的追逐传奇开始广为人知。1996年7月18日，他的名声一蹶不振，那天两艘快艇在雾中出航，船上有四人，他是唯一活着回来的。"库巴拉"（Kubala）曼努埃尔·杜兰·索莫萨（Manuel Durán Somoza）是在那次暴力冲突中死亡的人之一；他曾被认为是最好的船长，同时也是"帕托科"的导师。

　　在那些大家族垮台后，"帕托科"开始建立自己的舰队。2008年，他从米兰造船厂购买了一艘黑色快艇，后来成为阿罗萨最强大的快艇。他给它命名为"帕托科"号。该船有七个2100马力的引擎，每个引擎都有独立的启动机制，而且最高时速为126千米。在一支12艘强大快艇的舰队里，它一直是他的骄子。这艘船花了他近10万欧元，据说，这笔交易的中间人，来自巴利阿里群岛的一名商人，要在该船建造的过程中不断地给"帕托科"寄照片。"帕托科"是在加利西亚安装的导航系统和发动机（为此他又支付了70万欧元）。国家警察录下了机械师之间的一段电话对话，伊莉莎·洛伊斯随后在《国家报》发表了一篇文章："黑手党人昨天为引擎事宜来到此地，来测试其功能。他们拎着一个装有1000万比塞塔的袋子，然后他们坐下来开始点现钞。"

　　恩里克·莱昂说："'帕托科'算是一号人物，年轻时他就扬言要成为运营运输的第一人。他是内行，不是好高骛远。"另一名警官表示同意："'帕托科'号对我们嗤之以鼻，该船神乎其神，是加利西亚史上最了不起的快艇。"

皇冠上的这颗宝石被存放在养猪棚里。乍一看，这个位于乌米亚河口的养猪场并不起眼。但仔细一看，你会发现几十个闭路电视摄像头、加固门，以及其他养护牲畜貌似不太合理的安全措施。农场的所在之处是个被严密保守的秘密。据说，"帕托科"的党羽在去该处的路上每次都要到各处绕上一圈，大约五次，并在人行道和道路上突然停车，以防被人跟踪，或者仅以每小时20千米的速度开车。据说那些养猪场的工人在车上是被蒙住眼睛带到现场的。

快艇船长及其活动催生了一个由车间、仓库、起重机、卡车、拖船和加油站组成的复杂配套网络，许多机械师和店主都在工资单上。"帕托科"的副手是"皮图罗"家族头头的侄子何塞·安赫尔·巴斯克斯·阿格拉（José Ángel Vázquez Agra），其余的头目依次是巴尔塔萨尔·维拉尔·杜兰，又名"萨罗"，"帕托科"的姐夫格雷戈里奥·加西亚·图尼翁，又名"悠悠"。组织结构界限明确，每个人都各司其职，颇似传统家族的模式。"萨罗"协调一部分的快艇舰队运作，"悠悠"负责另一部分。"帕托科"死后，由于他的遗产问题需要解决，这些内部分支变得更加重要。

"帕托科"实行铁腕统治，而且鉴于他宣扬要独霸海湾河口，所以小冲突时有发生。他发号施令，并且几乎所有的快艇船长都为他效力。他的组织为家族工作，每次落货都是10万欧元的差事。间或，哥伦比亚人也直接给他派任务。海关监督局在大西洋中部几次发现了"帕托科"旗下的快艇，到那些水域需要20个小时。一个国民警卫队员说："他们跑那么远，简直是玩命。这种计划在大洋中央还算划得来，但是在海湾河口……情况就不同了，他们要在栈板与岩石之间以每小时100多千米的速度迂回。他们会在夜间，在浓雾中，在任何情况下出海。一群疯子。但话说回来，他们中的大多数人从孩提时代就开始驾驶快艇，他们对海湾河口也已经如数家珍。"

2008年8月19日，"帕托科"和"南多"出发前往海上提货，但当他们到达规定的坐标时，那里却没人接应。在返回他们藏身处的途中，他们惊奇地发现了一艘国民警卫队巡逻艇。然而，探员只是封锁了毒贩的快艇，没有留下任何人看守。这些毒贩干脆杀了个回马枪，把快艇转移到了别处。据说国家警察大为光火，他们花了差不多整整一年来监视这个藏匿点，而现在却不得不从头开始。但事实证明，那是他们抓住"帕托科"的最后一次机会，因为一周后，他就在一场车祸中丢掉了小命。一个老头从人行道上走下来，迎头撞上"帕托科"疾驰的摩托车，车手和行人双双在车祸中命丧黄泉。

头目"帕托科"的骤然死亡留下了一片空白，继位之战就此打响。争权者分别是"悠悠"一派和"萨罗"一派。

事实证明，"帕托科"前同僚之间的对决宣告了末日的来临。这是一场公开的宣战，因而使得抓捕变得更加容易，这座帝国大厦也随之摇摇欲坠。裂缝很快显现：2009年2月，海关监督局在穆罗斯发现一艘被遗弃的快艇。它有五个300马力的发动机，螺旋桨上涂有金属以增加稳定性，这些细节表明这艘船毫无疑问属于"帕托科"的舰队。两个月后，即4月15日，一艘快艇在格罗韦的雷罗斯（Raeiros）海滩被付之一炬。一个贻贝渔夫在拂晓时分发现了它，并通知了国民警卫队。这两艘被遗弃的船只很可能是"帕托科"的手下之间仇杀的结果。据证实，都是些毫无意义的争吵。与其这般狗咬狗，他们还不如

早些关注一下当局正在采取的行动："大戟行动"（Operación Tabaiba）

已经启动。

"大戟行动"

结果证明，"大戟行动"在捣毁快艇船长网络对海湾河口的扼杀方面与"海蟹行动"同样重要。但其背后的理念与加尔松的理念不同：1990年，当局进行了一次单独行动，包括系列大范围的突击扫黑，而此次的方法是在抓走快艇操作人员及其同伙之前先进行长期的监视行动。引入这种方法的是何塞·安东尼奥·巴斯克斯·塔因，而坎巴多斯法官艾琳·鲁拉（Irene Roura）又将之发扬光大。她向快艇网络的所有人下发了逮捕令，从机械师到造船厂工人、加油站服务员、司机、向罪犯出租车库的当地人，以及任何被视为参与配合的人，大大小小都不放过。可以随意出售舷外发动机而"无人过问"的日子已经一去不复返了，再也行不通了。人们再也不能事不关己高高挂起了，任何与"帕托科"和他的手下协同作战的人都被拿下。经过两个阶段的逮捕，总共有26人被起诉。

"大戟行动"之所以能够如此精确地进行，部分原因在于2007年有组织犯罪特别响应组的成立，它成了加利西亚家族最可怕的梦魇。

　　"萨罗"和"帕里多"在2009年1月的第一阶段行动中被捕。他们本来要和卢卢家族成员安德烈斯·加西亚·盖斯托（Andrés García Gesto）一起去穆希亚卸下一批3.6吨的可卡因，但在途中被当局截获，他们不得不扔掉可卡因，放弃快艇。实际的逮捕是在事发几天之后，不过三人已被释放等待审判了。"悠悠"在他的堂兄弟法贝罗兄弟的帮助下，利用这些事态发展，全面控制了"帕托科"帝国。但在2月12日，发生了一件莫名其妙的事："悠悠"策划了"帕托科"号的失踪事件。人们发现这艘巨大的快艇漂浮在尼格兰阿雷亚福法（Area Fofa）海滩的浅滩上，就像一头大象的尸体。其中一个舷外发动机失灵了，船上有将近20000升汽油，还有几个床垫和大量的食物和水。也就是说，这是准备远航出海的全套装备。既然如此，为什么要遗弃呢？是另外一起仇杀？这似乎又太过自我毁灭了。最有可能的解释似乎是发射器引擎失灵，或者船长在某种程度上无法操控该船只的尺度和绝对功率。这一"帕托科"组织的象征，一经大批探员前来提取了所能采集的所有指纹，就被国民警卫队拖走了。如今，这艘"帕托科"号快艇被涂上了西班牙海军的颜色，大部分时间都在印度洋巡逻，专门护送途经索马里海盗肆虐海域的渔船。

　　在那次创伤性事件发生几周后，进入了第二阶段的缉捕，"悠悠"的手下科内克家族（los Conexos）被捉拿归案。国家警察的一名警官说："这是第一次我们能够对那些明知故犯地为运送毒品者提供支持的人提出指控。"共有26人受审，缴获12艘快艇，以及2艘游艇、2艘渔船、数十台舷外马达、起重机，以及用于在陆地上拖快艇的拖拉机、3辆卡车、2辆四轮驱动汽车和18万欧元现金。在撰写本书时，审判正在马德里进行，总检察长要求对每个被告判处23年徒刑。毫无疑问，被告们都想起了缺席的主角，那个开创了这一新阶段的人：曼努埃尔·阿瓦尔·费霍，又名"帕托科"，海湾河口的快艇之王。

黑帮组织

大卫·佩雷斯·拉戈和阴魂不散的乌比尼亚家族

故事大致如此：2005年，塔妮娅·巴雷拉（Tania Varela）和大卫·佩雷斯·拉戈一见倾心，然后开始约会。大卫·佩雷斯·拉戈作为一个懂得享乐的情场高手的名声需要澄清。塔妮娅·巴雷拉是坎巴多斯的一名律师，大卫·佩雷斯·拉戈是劳雷亚诺·乌比尼亚的继子，埃丝特·拉戈的儿子，同时也是现在乌比尼亚家族的老大。一年后，2006年，警方以涉毒的罪名逮捕了两人。他们聘用了马德里律师阿方索·迪亚斯·莫诺（Alfonso Díaz Moñux），此人过去曾为西托·米南科和老乌比尼亚辩护，并设法保释了塔妮娅·巴雷拉。后来，塔妮娅·巴雷拉和迪亚斯·莫诺变得如胶似漆，她搬到了马德里，在他的律师事务所工作。从那时起，迪亚斯·莫诺开始频频受到威胁。接着，

2008年12月18日，当他在马德里查马丁（Chamartín）小区的家门口上车时，两名职业杀手走过来向他开了两枪。塔妮娅·巴雷拉就在他身边，却毫发无损地逃走了，杀手也随即不见了踪影。

也就是在那时，真正的肥皂剧上演了，大卫·佩雷斯·拉戈成了主要嫌疑人。有一种说法，虽然看起来不太可能，是他与杀手约定干掉那个抢走他女友的人。这不太可能，因为根据大家所说，当塔妮娅·巴雷拉和迪亚斯·莫诺搞在一起的时候，他已经开始跟别人——各种各样的人约会了。另一种可能是，哥伦比亚杀手之所以出面，是因为有批货物的一部分不知去向。第三个也是最有可能的选项让故事情节跌宕起伏，并将焦点从下海湾移开：迪亚斯·莫诺死时，还在为格鲁吉亚黑手党头子扎哈里·卡拉绍夫（Zakhariy Kalashov）辩护。事情的真相尚待确定。2013年，就在塔妮娅·巴雷拉因与大卫·佩雷斯·拉戈共事而被判刑的时候，她突然失踪，逃离了西班牙。但这对案情没有任何影响。国际刑警组织怀疑她可能在冰岛，但她设法躲过了所有的逮捕。

大卫·佩雷斯·拉戈在圣地亚哥–德孔波斯特拉的私立学校上学期间被称为"大卫希托"（Davicito）——"小宝大卫"。即使在青春期，他也很清楚自己要变成什么样的人：拥有豪华汽车、华丽的做派、各种派对、众多美女在怀。毒枭之子的通行标准。但有一点不同："大卫希托"并不愚蠢。尤其是在贩毒的早期，他展现了惊人的商业头脑。据当局所知，他的第一份工作是在1999年，当时他参与了一项从女王玛里斯号船上走私15吨大麻到西班牙的行动。正是这次行动让劳雷亚诺·乌比尼亚败走希腊，后来又使他在希腊优卑亚岛被擒；他的

可卡因海岸

继子，那时已经成为他的得力助手，当天也在场。因此，在2001年埃丝特·拉戈死于车祸后，"大卫希托"掌控了全局。据当局称，他相当沉着冷静。

在重新整顿帝国之后，他成了加利西亚贩毒的年轻大佬。他往返于海湾河口和马德里之间，收藏了很多跑车，拥有三座豪宅和一系列不同的公司。他也成了当时所有马德里名流富豪派对的常客。

但光辉岁月在2006年4月拉上了帷幕。当时，作为"橡树行动"（Operación Roble）的一部分，他因参加了一次2吨重的可卡因托运而被缉拿，地点是在死亡海岸的科尔姆（Corme），卢卢家族一贯的犯罪地。（当地人称，被截获的那批货中的一些产品仍在尚未查明的藏货点。）他被判九年徒刑，2014年获释后，他又因另外一桩洗钱案受到指控。不过，他与总检察长达成了某种协议，他接受了三年的刑期——目前还在服刑当中。许多人认为他的故事远未结束。一位警官说："我们确信他仍在继续打理生意，他是加利西亚的主要黑老大之一，一旦获释，他会重操旧业，毫无疑问。"

我们也可以用另一种方式来解读这种情况。加利西亚毒枭的内心深处有这样一个想法：任何与总检察长达成交易的人都一定是以出卖情报作为条件的。很多人现在会把他看作某种告密者。一旦三年后他出狱，怀疑就会四起。

"公牛"团伙：死里逃生

这一时期最强大的集团是"公牛"家族，这一名字来自大老板的化名："公牛"拉斐尔·布加洛，此人身高一米八，是一位来自坎巴多斯的健美运动员。

"公牛"家族起家是在烟草走私时代，当时为查林家族提供运输服务。"公牛"后来因在西托·米南科的船上找到一份差事而脱颖而出，这是所有阿罗萨快艇船长梦寐以求的事情。他参加了多次行动，至少有两次九死一生。1992年10月5日，就在他在公用电话亭打电话时，他感到有枪对准了他的肋骨。那是"图乔·费雷罗"，来向他讨债的。"图乔·费雷罗"驱车把他拉到墓地，强迫他给自己挖坟掘墓。"公牛"甚至爬进了坟墓，后来他咬了"图乔·费雷罗"的手臂，在子弹纷飞中跑脱，这种事情也只会发生在加利西亚。一年后，"图乔·费雷罗"又来找他；也就是他去比利亚加西亚-德阿罗萨博物馆的酒吧里找到"达尼利托"卡巴罗，并枪杀胡安·何塞·阿格拉的同一天晚上。"公牛"非常幸运，那天晚上他偏偏没去他经常光顾的酒吧。

"公牛"的人脉很广，2001年，他与哥伦比亚联合自卫军（Autodefensas Unidas de Colombia，一个准军事组织，后来自己更名为乌拉贝尼奥［Los Urabeños］）首领卡洛斯·卡斯塔尼奥（Carlos Castaño）直接签署了一项协议。但这次行动——将2吨可卡因装上渔船保罗号，被缉毒局在加勒比海水域缉获——促使法官塔因对"公牛"发出了逮捕令。西班牙当局的调查与其美国同僚同步展开，一度，时任缉毒局局长的丹尼尔·J.卡西迪（Daniel J. Cassidy）前往比利亚加西亚-德阿罗萨，亲自调查哥伦比亚准军事组织与加利西亚家族之间的联系。他还带来了一帮缉毒局探员外出巡逻，这次"公牛"也许是要吃不了兜着走了。

我采访过一位不愿透露姓名的记者，他指出了这桩交易中值得注意的一点："'公牛'肯定是为一个大人物效力，他不可能直接与准军事组织谈判。"但这个大人物是谁呢？"一个众人不知底细的顶级黑老大，或者更准确地说，不准任何人透露半个字的黑老大。"我们稍后会讨论这个含沙射影的问题。

　　毋庸置疑的事实是，"公牛"成功地塑造了新时代最强大的组织。在塔因及其手下穷追不舍的情况下，"公牛"逃到了葡萄牙，但这并没有阻止他继续监督货物的运输，迄今为止至少有两批。2006年，他越过边境到西班牙一个叫图伊的地方进行短暂访问，险些被缉拿。当局将他团团围住，但他设法偷了一辆警车逃走了。2008年8月，他回到伊比利亚半岛，在佛得角海岸取走2吨可卡因后，被海关监督局的雷达锁定。当局动用了一艘巡逻艇和国家警察的一架直升机对其紧追不舍，"公牛"开动引擎，向岸边驶去，而船上的其他毒贩则飞快地投弃了可卡因包裹。在接下来的几个星期里，这些包裹被冲上了岸。这艘快艇开到了阿罗萨的兰扎达海滩，那里已经有一辆四轮驱动车严阵以待；他们迅速地点燃了快艇，驱车而去，在内陆崎岖的山路上行驶一小段后，甩开了追击者。第二天早上，当地的海滨游客们看到了一幅不同寻常的景象：一艘烧焦的19米长、3米宽的动力船船体，后面有六台220马力的发动机。船内没有毒品，但有几个罐子，装有1000升的汽油。第二个星期，国民警卫队终于追赶上了"公牛"，还有当天同他一起出海的同伙（西托·米南科的堂弟）拉蒙·普拉多，将其捉拿归案。

　　到了2012年，在假释出狱期间，他又，或者试图，干了另外一票。计划是用鲭鱼渔船拉图内罗号（Ratonero）向岸上走私1.7吨可卡因。但行动土崩瓦解，几乎整个家族遭到逮捕。当局也向"公牛"发出了逮捕令，在接下来的两年里，他一直在逃亡之中。而这"逃亡"却令人匪夷所思。那段时间他一直藏在坎巴多斯的豪宅里，那里拥有一个毒枭所希望的一切：藏货点、秘密通道、奥林匹克游泳池、可容纳12辆车的停车场，所有房间都安装了闭路电视。十年前，"公牛"还拆除了一栋新盖的别墅，因为它不完全符合他的喜好。

2015年1月，也就是在这座宅邸，他企图开展后来成为他告别之作的一单工作：用委内瑞拉渔船科拉尔一世号（Coral I）运送49包哥伦比亚可卡因。但在1月17日，有组织犯罪特别响应组的一个小分队冲进了他的豪宅，发现他蜷缩在其中一个藏货点里。

就在被带走的那一刻，他还口出狂言："你们永远压制不了我，永远别想……"

在这次逮捕的第二天，一名记者去采访"公牛"的邻居，一位邻居说："拉斐尔是个好人。他从未做过任何错事。"

这位从未"做过任何错事"的"公牛"目前正在监狱里执行各种连续刑期。

"皮图罗"家族：家庭至上

"皮图罗"家族的传记与查林家族的传记可以互相匹敌：几乎每一个与家族有血缘关系的人，从父亲到儿子、叔叔到侄子，最终都被发现涉及贩毒。我们之前提到过该家族的族长，现年70多岁的何塞·曼努埃尔·巴斯克斯·巴斯克斯：他曾与毒枭律师巴勃罗·维奥克一起工作，由于巴勃罗·维奥克长期欠债不还，最后他向加尔松法官供出了有关后者的信息。在本书的前面，我们还提到过他的儿子胡安·卡洛斯·巴斯克斯·加西亚：就是他在 20 岁时参加了在阿尔贝亚尔海滩的一次落货，被塔因的手下拿获，此外还有"帕托科"的副手何塞·安赫尔·巴斯克斯·阿格拉。但是，真正在阿罗萨新镇这错综复杂的亲朋好友中出类拔萃的是曼努埃尔·迪亚斯·巴斯克斯（Manuel Díaz Vázquez）。这位族长的侄子在 2012 年因试图往西班牙走私 2.2 吨可卡因而被判 11 年徒刑。

在撰写本书时，几乎所有的"皮图罗"家族成员都作为"天鹅行动"（Operación Cisne）的一部分而接受过调查。他们被控洗钱 400 万欧元 —— 所有这些据称都是贩毒所得。这个家族本来想用这笔钱开拓他们的各项业务，包括在比利亚加西亚 – 德阿罗萨建一个购物中心、一些高档服装店和一个深海捕鱼企业。他们的大部分资产已经被冻结，银行账户也被关闭。在阿罗萨新镇，尽管几乎人人都知道哪些酒店、餐饮业和商业企业属于他们，但很明显，这些都还在正常运转。

"帕纳罗"家族："皮图罗"家族的死敌

故事接下来的部分可谓一波三折，够得上拍一部关于黑手党的惊悚片。如果你想从下面乱七八糟的名字中理出头绪，就要紧紧抓住这根主线不放。

2001年2月19日，"加泰罗尼亚人马诺洛"和"帕纳罗"华金·阿格拉一起使用渔船阿布兰特号运送可卡因，两人遭到逮捕，但最终洗脱了罪名。

他们的无罪释放令"皮图罗"家族十分恼火，因为他们确信华金·阿格拉是通过出卖有关他们的消息 —— 关于另一批货的情报而赢得了自由。这种背叛（或疑似的背叛）是两个家族之间一场没齿难忘恩怨的发令枪。两边都在2009年受审，正是在这期间，他们彼此的嫌恶以最壮观的形式浮出水面。

"皮图罗"族长何塞·曼努埃尔·巴斯克斯·巴斯克斯和华金·阿格拉的兄弟何塞·阿格拉（José Agra）在码头上，他们被指控在皮特杰号（Pietertje）渔船上（特种部队在加的斯附近上的船）运输了3吨可卡因。在供述中，巴斯克斯（他一直背负着出卖维奥克的耻辱）声称是华金·阿格拉操纵了这次行动。当时轮到何塞·阿格拉出庭作证了，他也没有心慈手软：他说，他与此案无关，因为他的家人从未与他称之为"叛徒"的巴斯克斯做过生意。他接着解释说，尽管他们（在2006年的一次晚宴上）被要求来一道干这份差事，但何塞·阿格拉拒绝了这一提议，并将其归咎于心脏问题不能合作。他之前也曾收到华金·阿格拉的忠告，让他避免与著名的警方线人巴斯克斯打交道。[1]

---

1 "帕纳罗"家族的族长华金·阿格拉，在2008年逃避法律制裁后，两年后被发现从蓬特韦德拉一家咖啡馆走出。他留着胡子，体态臃肿，戴着帽子和太阳镜。有组织犯罪特别响应组的探员一下子猛扑过去将他擒拿。他被判20年徒刑。当局仍在继续监视他的后代，包括2004年在巴拉圭被谋杀的豪尔赫·阿格拉（Jorge Agra），所有迹象都表明，他逃离时卷走了家族的钱财。

两个家族之间的敌对行动以平局告终 —— 或多或少未分胜负：巴斯克斯被判13年，何塞·阿格拉被判11年。像阿罗萨所有的优秀家族帮派一样，"帕纳罗"家族仍在以这样或那样的形式活动。

罗姆家族：算命师、色情网站

这是证明这套规则的一个例外 —— 或者更确切地说，是另一套不太出名的规则的例证。罗姆家族（los Romas）完全避开了当局的注意，直到2007年10月，他们的老大拉米罗·巴斯克斯·罗姆（Ramiro Vázquez Roma）才被捕。他的邻居们对这一举动颇感意外，这对当局来说也算是个新闻，因为他们从未监视过他的活动。拉米罗·巴斯克斯·罗姆与原来的主要玩家没有任何历史渊源，以及他在20世纪90年代与贩毒没有任何关系这一事实，使他成为一个局外人 —— 或者，是另一套一直存在的规则的证明。他的例子表明，当所有的注意力都集中在主要玩家身上时，其他人，包括一些新手却一直在从中获利。

拉米罗·巴斯克斯·罗姆是来自坎巴多斯的一名水手，他在娱乐性泛舟生意上大获成功，甚至建立了自己的造船厂，最初在坎巴多斯，后来在葡萄牙的维亚纳堡。

他在建立一个帝国方面表现出了相当高超的敏锐性，其帝国还包括在里瓦杜米亚的1家酒店、10处房产、20处乡间庄园和葡萄园、5艘船，以及在比戈和葡萄牙造船厂的股份。他的许多家庭成员都从这些企业的收入中获得了支持，就这方面而言，罗姆家族是一个传统的家族。这个黑老大在其葡萄牙造船厂里一直在研究一艘25米长的快艇

（比"帕托科"著名的标本还要大）；调查发现，这艘快艇的潜在买家是一个摩洛哥毒贩集团，他经年累月的客户。

调查人员还发现，罗姆家族还曾为萨因·萨拉萨尔兄弟效力，他们是20世纪八九十年代卡特尔没落后新兴的哥伦比亚团伙之一。

一位警长说："罗姆家族的案例是海湾河口企业被允许从事非法活动的经典案例，而他们搞得有声有色。我们推测他们不是唯一的一家。他们明面上的业务收益非常活跃，但这只是他们副业上的一点横财。其中有些是千疮百孔的业务，他们不能置之不理。正是这种情况。"这位警长断言，2007年，拉米罗·巴斯克斯·罗姆企图在莫拉佐（Morrazo）走私4吨可卡因。2013年，由于他的审判仍悬而未决，他的临时羁押期到期了，他获释后就参与了一次行动。此次与他签约的是委内瑞拉黑老大何塞·格雷戈里奥（José Gregorio），而且他还和一些老牌毒贩联手，包括自20世纪90年代以来非常活跃的走私犯弗朗西斯科·哈维尔·苏亚雷斯·苏亚雷斯（Francisco Javier Suárez Suárez）。调查发现（尽管审判尚未结束），该团伙在一艘名为里皮德号（Rippide）破旧的塞内加尔渔船上组织运送了3.4吨重的可卡因。该船原定于2013年5月26日与皮萨波号（Pisapo）游艇接头，但里皮德号的系统出了故障，无法离开港口，就是在这个关头，一个名叫曼努埃尔·罗德里格斯·卡梅塞拉（Manuel Rodriguez Camesella）的二把手毒贩给一个算命师打了大约20次电话，让她算算这批货会不会顺利。尽管算命师向他保证说都是吉兆，但事与愿违：就在里皮德号等待游艇抵达时，故障导致该船在水中不停地转圈，这种不寻常的动作引起了海事部门的注意，他们前来调查，发现了这些货物。另一则传言称，当局之所以能够找到里皮德号，是因为其中一名印尼籍船员一直在线上收看色情节目，他的电脑感染了一种病毒，在召回电脑密码和程序的同时，泄露了该船的GPS定位。这项名为"信天翁"（Albatros）的行动，后来在阿罗萨被称为"倾城波霸"（las tetas de los 100 millones de euros）行动——所没收的物品价值大约1亿欧元。

贼心不死的查林家族

所有家族中最典型的西西里方式就是把指挥棒传给自己人。在2006年的"闪光行动"中，他们的计划被粉碎了，但那并不是第一次。加利西亚有些人，一些过于自信的人，认为这标志着查林家族的末日。还是再好好想想吧。同年8月，"老爷子"的侄子何塞·贝尼托·查林·帕斯组织了一次有许多不同家族参与的行动：试图用豪华游艇天顶号（Zenith）将5吨可卡因带上岸。该游艇从拉科鲁尼亚出发后，在途中被海关监督局拦截。一捆捆的可卡因再一次被投弃到公海，几个月后当地人再次看见它们漂浮在近海。当时卡利卡特尔驻马德里的代表豪尔赫·伊萨克·贝莱斯并不觉得好笑。12月，同一伙走私者又联手参与了另一次流产的行动，此次行动的失败为后来被国家警察（带着习惯性的保留）称为"本世纪加利西亚最重要的"一系列扫黑铺平了道路。除了哥伦比亚的黑老大和何塞·贝尼托，一批与老牌家族有联系的人都纷纷落网，包括劳雷亚诺的堂弟何塞·路易斯·乌比尼亚·奥佐雷斯（José Luis Oubiña Ozores），还有曼努埃尔·巴鲁洛·特里戈的儿子，卡内奥家族的丹尼尔·巴鲁洛（不过他最终被无罪释放）。值得玩味的是卡内奥家族和查林家族的再度合作，要记住，大多数人认为是查林家族雇用了哥伦比亚杀手谋杀的曼努埃尔·巴鲁洛·特里戈。

在查林家族最近的一次登场中，他们再次以另一个复仇故事掀起了波澜。这就是2004年费尔南多·卡尔达斯（Fernando Caldas）失踪案，至今仍未侦破。

卡尔达斯以前曾为查林家族工作，既从事毒品运输，也在他们家开的一家手机店打工。他的一个叫尼雷亚（Nerea）的朋友说："他先是零星地为他们做了几单，因为他们付的酬金很高，他就想把所有能拿到的活都干了。"他的另一个朋友阿贝尔（Abel）说："卡尔达斯有个毛病，每次他拿到酬金，都恨不得世人皆知。他开的那辆车全是现代化设备，后面有一个电视屏幕，白色真皮内饰。有一天，他来到我的商店，问我们有没有电子秤，有没有点钞机。我说我们还剩一个。他买下就走了。第二天，他又来了，说想再要十个。"

此时主持这个家族大局的是豪尔赫·杜兰·皮耶罗（Jorge Durán Piñeiro），族长侄女罗莎·玛丽亚·查林（Rosa María Charlín）的合伙人。（豪尔赫·杜兰·皮耶罗在2005年因贩毒被判九年监禁，目前正因多项指控等待审判。）豪尔赫·杜兰·皮耶罗讨厌卡尔达斯的显摆做法，向他发出了谴责的警告，但没有什么效果。2004年7月16日，他没有回父母家跟他们一起吃晚饭，给他打电话也没有接听。尼雷亚回忆道："我们开始不停地给他打电话，一开始电话确实响了，但后来就一直关机。我刹那间想到了那些平时与他来往的人，唯恐他性命难保……"卡尔达斯再也没有露过面——没有比这更坏的结果了。调查显示，查林家族之所以除掉他是因为他那无可救药的浮华作风。阿罗萨的人们说，他的尸体就在支撑米拉多罗（Milladoiro）桥的一根柱子下面，这座桥是当年在圣地亚哥－德孔波斯特拉附近的AP-9高速公路上修建的。唯一可以肯定的是，他再也没有回来过，在海湾河口，他的死只不过是人尽皆知的常识。

巴班扎团伙："逃遁一族"

何塞·安东尼奥·波索·里瓦斯（José Antonio Pouso Rivas），又名"刺毛"（Pelopincho，事实上他的头发又细又长 —— 关于这一绰号说法不一而且离奇），他有六个子女，分别是五个不同的母亲（尽管都是巴西人）所生。他的很多生意都是用这些女人做幌子，而且他开的咖啡馆均以子女的名字命名。

"刺毛"不仅是个风流浪子，还是阿罗萨湾以北巴班扎县最有名的毒枭之一。他与摩洛哥毒贩合作，主要贩运大麻，直到有一天出了问题。到这时，读者应该能明白，在毒品走私的世界里，总会出现问题 —— 只是时间问题。有时这些毒枭进了班房，有时他或她再也杳无音信，而"刺毛"就属于后一种。一艘载有4吨重大麻的船在里斯本海岸沉没，或者，根据"刺毛"和他手下的说法，此船遇难。但与他们共事的摩洛哥人并不买账。

他当时的女友，一个叫泰萨·达·席尔瓦（Taisa da Silva）的巴西人说道："他总会跟我道别，而且总是随身携带行李，但这次没有，那时我就知道事情不妙。"调查失踪案的当局根据线索追踪到了摩洛哥、葡萄牙和巴西，但发现故事无法统一。有两种版本似乎可能：一种是家族间的仇杀；一种是他为了逃避即将面临的洗钱审判而逃离了西班牙。该案于2014年结案，不过每个月都有新的证据曝光，诱使调查人员重新开审。

巴班扎的毒枭头顶上似乎悬挂着一把诅咒之剑，如若不然，就是他们喜欢玩失踪。失踪者名单可以罗列很长，首先是"莽汉"曼努埃尔·冈萨雷斯·克鲁杰拉斯，早期的黑老大——之前在我们的故事中出现过，他那"魔幻现实主义"杰作，与一名国民警卫队员和当地市长手挽手共同作案。"莽汉"的一生充满了这样离奇的时刻。里韦拉的当地人记得，他会坐在当地咖啡馆的露台上公开讨论贩毒伦理，他从不试图隐瞒自己的行当，讨论结束后，他会为所有人的酒买单，他四处逛游时总是带着大笔现金。

"莽汉"的走私履历长之又长。他最大的败笔是梅尼亚特号渔船上的一批货物，2002年作为"油灯行动"（Operación Candil）的一部分被拦截。他被判13年徒刑，在首次临时出狱时，当局认为，他就立即从西班牙逃到了哥伦比亚，虽然里韦拉的人说他们仍然时不时地在当地见到他。他之前就有作为一个潜逃犯的经验，从1994年到1997年间一直在逃，最后以自首告终。第二次出逃的结局并不理想。2014年3月，"莽汉"在哥伦比亚监狱去世，据称是由于过度吸食自己贩卖多年的产品而毙命。

三个月前，警方发现了另一位里韦拉毒枭吉列尔莫·法尔肯·丰坦（Guillermo Falcón Fontán），又名"神话"（Mito），彼时他已在逃七年。作为2007年"红豆杉行动"（Operación Tejo）的一部分，在一艘从亚速尔群岛运送5吨可卡因的船上，警方拦住了他并将他逮捕，可是他又从警方的手中逃走了。令人惊讶的是，当警方最终再次抓到"神话"时，却是在他的家乡，显然他一直未曾踏出这片土地。

何塞·安东尼奥·克雷奥（José Antonio Creo）是失踪者清单上的另一名毒贩，国民警卫队的一个线人发现他在帮马西亚尔·多拉多落货。一天，他离开了家，表面上是去法庭，但从此消失无踪。还有一位是何塞·卡洛斯·庞巴尔（José Carlos Pombar），当局认为，他已经痛改前非，逃到冈比亚成了一名渔民。这些失踪者中年龄最大的是圣地亚哥·加拉巴尔·弗拉加（Santiago Garabal Fraga），在20、21世纪之交之前曾是名非常活跃的毒贩，在撰写本书时，他已经躲到某处20年了。我们后面将会谈到何塞·路易斯·费尔南德斯·托比奥（José Luis Fernández Tobío），他是最近一位开溜的巴班扎人。作为"糕点大厨"家族（los Pasteleros）审判前几天失踪的关键证人，他和他的故事堪称是意大利黑手党级别的"传奇"。

你知道吗？之前那些曾经对毒枭避而不看的人，现如今对毒枭的钱避而不看。

第 十 二 章
白粉踪迹

12

死缠烂打

　　曾经有一段时间，来自欧洲各地的记者成群结队地出现在阿罗萨地区。德国电视台摄制组、法国报纸记者、荷兰杂志记者……所有人都试图揭露贩毒行动的最新动态：一张最近的承运照片，上面带有在港口舷梯的尽头整齐堆放的包裹。西班牙所有的报纸都在该地区有特派通讯记者，加利西亚的新闻界也特派了一名记者驻扎在比利亚加西亚-德阿罗萨。然而，如今却没有专职报道这一主题的记者了。一个也没有。这意味着加利西亚贩毒在集体想象中已经停止，不复存在了，而这恰恰是一种误传。

　　"政府传达的信息是，有那么八九个家伙偶尔干上一票。"我采访的一个国民警卫队禁毒专家说，"我只想对你说，远非如此：家族帮派还在行动，而且组织相当完善，可以说，愈加完善。但是新闻界已经兴趣索然。就是说，我们为某个特别的黑老大忙活了一年，结果案情没什么进展，法官就会失去耐心，终止调查。媒体的淡然让这些罪犯受益匪浅，这正是他们所需要的。"

"大戟行动"终结了快艇船长的活动，削弱了新一代家族的势力，导致2010年诉讼程序第二次暂停（第一次是在2001—2003年的多灾年份之后）。哥伦比亚人再次企图寻找新的方式将他们的产品推向欧洲大陆——基本上又是枉费心机。"他们试图通过某些非洲国家，通过安达卢西亚，把毒品带进来，但这些屡遭挫败。"一位不愿透露姓名的法官说，"几年前，哥伦比亚革命武装力量曾试图通过非洲运送20吨可卡因，途中有20%的货物被盗。这种事情在加利西亚从来没有发生过。所以，他们才会一而再再而三地回来。"

费利克斯·加西亚表示同意："的确如此，确有死灰复燃之现象。他们会抓住任何机会，和加利西亚的家族合作。这些年来，他们在一起共事，建立了良好的默契。"

那么安达卢西亚人呢？我向当地的一个国民警卫队员询问了这个问题。"怎么说呢，安达卢西亚人就是安达卢西亚人……我曾在那里工作过一段时间，追踪某些安达卢西亚毒贩，但根本没有可比性。在安达卢西亚，你跟踪他们80千米，他们也许都意识不到。而在这里，面对这些加利西亚黑老大，他们给你计时，如果你盯上他们超过10分钟，他们就会做出反应。加利西亚人是这一片最厉害的，根本没有可比性，这也正是哥伦比亚人不肯割舍这一纽带的原因。"

一位专门报道加利西亚贩毒活动的记者说："加利西亚依然存在一条不可思议的毒贩生产线。负责运输的人或是快艇船长，拿下一个，马上冒出另外两个来顶替他的位置。"根据国民警卫队统计，自2000

年以来，在运往欧洲装有2吨或更多可卡因的被查获的船只中，八成注定要通过加利西亚入境。那个国民警卫队员说："这难道还不算什么吗？难道这里就真的没什么可看的了？最近十艘载有2吨或更多可卡因的船都是在前往下海湾的途中被我们截获的。"这些数字很难被驳斥，很明显，加利西亚是大宗货物的持续入境点。

那位记者说："毒品贩运有高峰期和平峰期，但贩毒一直是加利西亚的一个特色，而且永远都是，这要等到国际集体采取行动时才会有所改变。"这一超越西班牙管辖范围的呼吁指出，加利西亚只是从哥伦比亚和亚洲到美国和欧洲这一长长链条中的一个环节，跨越数十个国家，牵涉到许多不同的组织、政治阶层。任何将加利西亚问题孤立看待的企图，都像是给还在行驶的汽车更换车轮一样。

哥伦比亚仍是根源所在，老牌的卡特尔已经退居二线，让位给由同样个体领导的集团，西托·米南科、查林家族等就是为这些人效力。这些新集团的行动基地在委内瑞拉，在西班牙也开设了前哨站。他们的人负责协调行动，处理支付，对越轨之人进行法办。费利克斯·加西亚说："最近有三个哥伦比亚人在阿瓜尔达四处打探消息，这样你就知道有批货出了问题。"在这个地区，人们一听到哥伦比亚口音仍然会感到紧张不安。

这里不存在排他性条款，虽然与卡特尔的程度有所不同，但哥伦比亚革命武装力量游击队和准军事组织也利用加利西亚人。近年来加利西亚一些家族已经开始为另一个重量级组织——克莫拉工作。2010年，有组织犯罪特别响应组负责人里卡多·托罗（Ricardo Toro）在接受《比戈灯塔报》采访时表示，克莫拉是意大利犯罪组织，他们同其他犯罪组织一样利用加利西亚的承运人向西班牙境内外走私毒品。"克莫拉与加利西亚家族彼此勾结，事实上，负责打击黑手党的地方检察官正在进行一系列调查。"2009年2月，警钟敲响了，一艘驶往加利西亚的那不勒斯渔船命运女神号因携带5吨可卡因被缉拿。人称"主席"的黑老大，何塞·曼努埃尔·维拉·西埃拉是罪魁祸首。蓬特韦德拉的缉毒检察官马塞洛·德·阿兹卡拉高（Marcelo de Azcárraga）几年前曾公开表示，加利西亚和那不勒斯之间存在着间接联系；最起码，加利西亚人充当了意大利人和卡特尔的中间人。

"这种关系是在意大利人开始进口可卡因时建立的，意大利人同哥伦比亚人之间存在语言障碍，而加利西亚人已经跟哥伦比亚人有了接触。这使得加利西亚人成为完美的中间人，他们一直试图阻止哥伦比亚人和意大利人之间的任何直接接触，好让自己不被甩掉。克莫拉收到的可卡因都是通过家族帮派之手。"

这一切又引出了一个新问题：墨西哥卡特尔是什么状况？他们已成为国际贩毒活动中最强大的玩家，但没有迹象表明欧洲是其主要进口地区之一，更没有迹象表明他们与加利西亚有任何联系。一位警长说："我们只知道墨西哥人确实有过提议，但均被拒绝了，我们就是不知道为什么。"这个问题疑团重重。不过有人认为，锡那罗亚（Sinaloa）卡特尔与2012年失败的SV尼古拉号的运输有关。在这项行动中被捕的一些哥伦比亚人可能曾与墨西哥卡特尔有联系。同样的消息来源还指出，美国缉毒局曾提醒西班牙政府，锡那罗亚老大查波·古兹曼（Chapo Guzmán）要在马德里设立一个前哨基地。这依然是推测，要不然就是当局在企图掩盖其真实意图。

登台献艺的还有一些保加利亚犯罪集团——这是肯定无疑的。随着力量的壮大，他们的目标是控制加利西亚的海湾河口。他们主要贩卖海洛因，这是一种制造成本低廉、吸食人数迅速增长的毒品。据费利克斯·加西亚称："他们一直在要求家族帮助他们将海洛因带上岸。他们可不是好对付的角色。我们知道何塞·卡尔沃·安德拉德（José Calvo Andrade）和他们有猫腻。"（何塞·卡尔沃·安德拉德是一个家族的头目，目前因企图走私3吨可卡因而被判九年徒刑。）与他们有勾结的还有"老爷子"查林的侄女尤兰达·查林；我们已经谈过她2013年的被捕与在巴利亚多利德一家土耳其经营的海洛因实验室有关。费利克斯·加西亚说道："但我们真正需要盯紧的是尼日利亚人，他们是后来者居上。"

令人好奇的是这些家族帮派经历了无数次的"凤凰涅槃"时刻，却始终没有放弃他们的传统方法。一名国民警卫队员称："现在大部分毒品都是通过集装箱船和游艇运来的，但小船和快艇依然活跃，尤其是在加利西亚。"古老的方式依然延续，并非出于怀旧情怀，而是由于纯粹的经济学。当大量的商品可以一次运送，而且配送速度更快时，利润就会更大。不仅如此，加利西亚毒贩承运人——或任何能够在海上的船舶之间转移商品的人——可以收取更高的费用。这些商业冒险的丰厚利润保证了他们的持续发展，毕竟无利不起早。

"小批量货运往往通过西班牙南部，特别是安达卢西亚进来。"费利克斯·加西亚说，"他们在集装箱船中见缝插针或者使用游艇。要知道，在所有进入西班牙港口的集装箱船中，只有5%被搜查过，胜算不低。但是加利西亚人，他们更愿意在公海操作，而且他们的焦点是大批量的运输。"

就在撰写本书时，警方估计有十艘快艇在海湾河口活动，不过在海上提货的要比"帕托科"时代少很多。"我们加强了监督力度，所谓魔高一尺道高一丈。"只要今天的家族有任何动向，当局都会掌握情况。对他们来说，仅仅为船只购买汽油本身都成了一个难题。他们不得不到黑市上购买，然后把它运到存放快艇的地方。

"如果有消息说有人刚在阿罗萨新镇买了600升汽油，我们当然会竖起耳朵。情况已经不像从前，那时他们称王称霸，加油站是他们地盘的一部分。现在，他们的任何举动都在我们的监视之下，他们对此很清楚。"

他似乎很乐于让他们知道。

如果快艇出现故障，肯为家族维修的也只有三四家，其他人都不想和他们有任何牵连，他们知道他们自己也在当局的监视之下。

几乎所有今天的黑老大都把钱存在瑞士、新加坡或中国香港的账户上。洗钱成了他们最大的挑战。法律越来越严格，税务欺诈调查办公室的装备也越来越先进。西班牙房地产泡沫的破裂也给他们造成了恶劣的影响。曾几何时，阿罗萨的各大银行会为埃丝特·拉戈之流敞开大门，迎接装满美金、弗洛林和比塞塔的垃圾袋，但现在不会了，那样的日子一去不复返了，比利亚加西亚-德阿罗萨居民再也不能从400万比塞塔的账户中取钱，而出纳员再也不能假装视而不见了。

可卡因海岸

敌对领土

"他们有防范，非常严密，也非常敏锐。"一位警官说，在过去的30年里，这样的话像连珠炮一样被三番五次地重复，"很难撬开这些组织的口子，我们到现在也没有完全理清他们所有的交易头绪，或者说，没在细节上搞清楚他们到底是如何运作的。"

对于警察和国民警卫队来说，下海湾仍然是敌对领土，是敌方阵地。费利克斯·加西亚说："简直太神了，他们到处都有耳目。"任何时候，国民警卫队或警察来到下海湾入口收费站，都要付钱，而不是出示警徽就被放行。一名国民警卫队员说："正因如此，他们会得知我们已在途中，到处都是他们的眼线，我们迫不得已要使用电子收费站，如果我们去五个人，我们就分乘五辆车。"在我撰写本书的几个月前，警察逮捕了一个叫桑切斯·皮孔（Sanchez Picón）的人，他一直在向家族出售警察和国民警卫队汽车牌照号码。"他甚至还伪造了我们的徽章，让它看起来像一份官方文件。"当然不是官方文件，但令人难以置信的是，所有的汽车牌照号码都准确无误。一名国民警卫队员说："有时我们开车经过时，会看到人们写下我们的汽车牌照号码。他们把什么都弄得天衣无缝，他们或多或少地会对我们所开的车心中有数。我们不得已开始雇车出行，我们一来他们就能听到风声。"

如果国民警卫队员或警察要去当地的咖啡馆或者加油站，他们要确保点餐或付钱的人是加利西亚人，因为外地口音也会暴露他们的身份。

"有些地方实际上是我们的禁区，我们不能靠近。就算我们身穿便衣出现在比利亚加西亚－德阿罗萨，他们也知道我们是谁，阿罗萨新镇或阿罗萨岛这样的地方也不例外。他们会毛发竖起，一看到这种情况，我们便知道最好就此收兵。"

我听一位警官说，有一天他开车去坎巴多斯。"我一进城，电话就响了。电话那头的人说：'是来看我们的吧？'说话人是个黑老大。我纳闷地问：'你他妈的怎么知道？'"

费利克斯·加西亚说："在坎巴多斯，所有的酒吧都有闭路电视。只要他们看见六个陌生人走进来，他们就会鸣金收兵。他们知道来者不善。"而且这种反监督在走货期间会升级。在行动的几天前，他们会派他们当中的一个人到加那利群岛，在酒店顶层租一个可以俯瞰港口的房间，这样如果有海关监督局巡逻艇出动，他们就可以通知总部。从事这一工作的家族成员每天会收取500欧元的费用。在海湾河口也是如此：如果当局的快艇或直升机有任何行动，家族就会知道。这是一场地下战争，是一场肉眼看不到的竞赛，那些夏日为海滩和海鲜而来这一地区的众多游客就更加不明真相了。

今天的黑老大很少参加会议，他们有大把可信任的人充当走卒：司机、快艇船长、仓库老板、机修工、律师……他们不大使用手机——不过，据一名国民警卫队员透露，他们是即时通信软件WhatsApp的铁粉——当他们别无选择只能亲自碰面时，他们采取的预防措施可谓偏执。据一名国民警卫队员说："2009年，我们得到消息，'科斯蒂纳'（Costiñas）和'糕点大厨'要在卡里尔的一家酒吧会面。我们去了那里，我的一个同事把车停在附近，只是想看看是否能逮着车牌号，或者拍几张照片。他们进了酒吧之后，'科斯蒂纳'走了出来，骑上摩托车，绕了一圈仔细审视附近所有停着的汽车。我的同事躺在座位上试图躲藏起来，'科斯蒂纳'继续往前开。然后，在检查完所有的车辆后，他回到了酒吧。几分钟后，他们都纷纷走出，各奔东西，会议取消了。"

正如美国电视连续剧《火线》（The Wire）第一季中的警察一样，加利西亚的缉毒者今天甚至弄不到他们要起诉的罪犯的照片。显然，在目前的大气候下，即使是在后视镜中拍摄到照片也算是一种成就。

作为黑老大之一的"糕点大厨"曾经在五个月内换了五次车。一名国民警卫队员说："他们经常把汽车送到修理厂进行改装，安上各种抑制装置。"这是这些毒贩的最新把戏：他们在车中放置铝棒来阻止当局定位装置的锁定。

"那天，我们在圣地亚哥和桑坦德之间跟踪一个定位装置。当我们开始靠近时，我们看到这个装置被扔在一辆卡车的拖车里。他们对自己所做的事情门清，他们是绝对的行家。有一天，他们有个人就在我们跟前跳上了车，一路不停地开到了阿尔加维（Algarve）。"

当局很清楚，比如2002年2月，"科斯蒂纳"在布雷拉（Burela）指挥了一批3吨重大麻的托运。2014年冬天，卢卢家族在死亡海岸走私了一批非常大的货物。正如一位警官所说："他们保持警惕很正常，但卢卢家族把警惕性提高到了另一个层次。你根本不可能打入内部。在2014年的那次托运中，他们派了15个人在山坡上观察当地的情况，人人都带着一次性手机。在落货之前，他们都会开机，然后我们会接到大量的电话活动。如果他们让手机响三次然后挂断，那就意味着一切安全。如果任何一个电话响了三次以上，那就取消活动，他们会扔掉手机并闪人。"

这些预防措施是当局进步带来的合理结果，不断的斗争迫使双方都开发了创造力，唯此，随着时间的推移，才能保持某种平衡。

对当局来说，要在落货时逮到这些家族简直是异想天开，是乌托邦，尤其是在没有任何线人的情况下。当然，国家警察和国民警卫队也养了一帮线人。但有个普遍的规则，任何曾遭到指控并认罪的毒贩都会被打上不可信的标签。

费利克斯·加西亚说："他们都是偏执狂，他们当中很多人都是。我绝对没有夸大其词，他们脑子有问题。"话语中没有丝毫讽刺意味，这让我想起了一个国民警卫队员曾对我说过的话："每次他们来到环形交叉路口，都会绕上四圈，次次如此。他们一定要确定没被跟踪。"昔日的黑老大，戴着政党金质奖章的人民英雄，在城镇集会上发言，在最好的餐馆享受最佳的座位和美味，与你今天所看到的黑老大简直是天壤之别：他们都是些深居简出的人，恨不得一步三回头，而且也不敢明目张胆地花钱。"

"过去，当他们想要制定一个落货计划时，他们会聚在一家餐馆里，分享美味的海鲜大餐。现在，他们不得不开车去一个偏僻的山坡，转上四十来圈，然后一两个人从车里出来，躲到树底下商议。"

然而，这种不炫耀的姿态并不意味着他们没有财力。在外人眼中，他们行事低调，但关起门来则是另外一种景象。2014年12月，当"糕点大厨"家族的首领被捕时，街坊邻居惊讶地发现，在他的别墅内部，完全是富丽堂皇的豪宅装饰。

费利克斯·加西亚说："阿罗萨有个非常有名的黑老大，他在迪拜有套绝对气派的公寓。他们身着最昂贵的衣服，虽然他们对时尚一窍不通。他们有的是钱，这点你不用担心。"我还听说过这样一则趣闻逸事，托克萨的赌场接到电话，说晚上要包场举行私人聚会，显然是其中一个家族的律师进行的预约。接电话的人说："取消营业要价很高的。"那个律师说："开个价吧，多少我们都付。"

一位警官说："我也曾扪心自问，他们这样做是否值得，不错，他们的确腰缠万贯。但是面对的这一切压力？我看还是算了吧。"但答案还是老一套：无他，这就是他们的生活方式。

"有时我们逮进去了他们当中的某一个，他们知道我们手中的案件铁证如山。我们会问他们，为什么这么做？答案不外乎其中一个：要么他们和哥伦比亚人做了一单，已经无法脱身；要么他们有债务缠身，必须偿还。但我还是不明白，你只需要落货一次，拿到三四百万欧元，然后抽身——进行投资就行了。但他们总想要得到更多。贪婪，十足的贪得无厌。"

为了得到更多，他们就要回到他们唯一在行的事情，接下另一份工作，以及下一轮的偏执、一次性手机、在环形交叉路口的盘旋。拼命赚钱，却没有机会享受花钱的乐趣。如此循环，周而复始。加利西亚的贩毒活动仍在继续，时而高峰，时而暗流，但并没有消失，丝毫没有。

当今海湾河口的霸主

"糕点大厨"及其"糕点"

2013年3月，审判的一切准备就绪，意味着要把奥斯卡·里亚尔·伊格莱西亚斯（Óscar Rial Iglesias）又名"糕点大厨"关进监狱；一名国民警卫队员称之为"当今海湾河口最强大的黑帮大佬"。他被指控企图通过委内瑞拉货船圣米格尔号（San Miguel）向西班牙走私3吨可卡因。

参与走私的"糕点大厨"家族成员何塞·路易斯·费尔南德斯·托比奥一定是良心发现，或者可能只是感觉到了他要被定罪的沉重负担，决定招供：他把"糕点大厨"和他的家族当作一盘大餐交给了当局。作为交换，托比奥获得了无限期的警方保护。当局给他派了一个

24 小时全天候的安全小组进行保护，希望他能够活到审判的日子。

但就在诉讼开始四天前，托比奥突然不知去向。

貌似是他问清了安保细节，让他们把他放在家乡博伊罗的一家酒吧，但他一去不返。但的确有两封信交到了法庭，上面有他的亲笔签名，声称他之前的指控不真实，并请求"糕点大厨"的宽恕。"糕点大厨"被宣判无罪，一年后，这位关键证人重新露面。不是在世界上某个遥远、异国情调的角落，而是在西班牙内陆小镇萨莫拉（Zamora）超速行驶。他被捕了，但迄今为止一直保持沉默。

另一个重新浮出水面的人是何塞·伊塞斯·冈萨雷斯（José Isasis González），一名哥伦比亚毒贩，持委内瑞拉护照。但他的出场很特别，那是在 2014 年 6 月 10 日，在离比戈不远的蓬特亚雷亚斯（Ponteareas）一个锁着的冷藏室里，以双腿被砍掉的尸体形式。冈萨雷斯是圣米格尔号的一名船员，也是唯一一个在"糕点大厨"家族的审判中抛头露面的人。虽然调查人员还不能确定他的死是否与该家族有关，但这似乎不证自明。

最后的几个事件不是发生在西西里岛或墨西哥的荒地上。它们就发生在加利西亚，朴实而古老的加利西亚，而且就在数月前。

世纪之交，奥斯卡·里亚尔·伊格莱西亚斯还是比利亚加西亚-德阿罗萨一个不起眼的面包师，做面包卷、甜点和肉馅卷饼（empanadas）；一半的警察都在监视他的一举一动。

话说是在 2006 年的"闪光行动"中，人们对其家人起了疑心。尽管"糕点大厨"在这些诉讼中被判无罪，但从那时起当局开始对他进行严密监视。他们逐渐发现，除了面包店，他还有各种公寓、跑车和一系列投资。他在比利亚加西亚－德阿罗萨郊区的宅邸与前海湾河口霸主的住宅风格相同：雕像，配有喷泉的游泳池，所有房间都有闭路电视。

"糕点大厨"没有参与大量的运输，但他只要参与，一定是计划非常周密。我采访的一名国民警卫队员说："他们高度谨慎，不露一点马脚。如果他们觉得有什么不对的话 —— 我是说，哪怕是一丝丝不对味，他们就会取消整个计划。"2008年，"糕点大厨"的一些快艇在去载有可卡因的圣米格尔号船上提货途中抛锚，当局赶了过来。为了安全起见，"糕点大厨"和他的手下决定把快艇沉入公海，让圣米格尔号来接船员，但不巧的是，后来圣米格尔号也出现了故障。当特种部队登上船时，船员们正在遭受营养不良和脱水的折磨。

托比奥就在一艘出现故障的快艇上，同在的还有何塞·康斯坦特·皮耶罗·布阿（José Constante Piñeiro Búa），又名"科斯蒂纳"，"糕点大厨"的得力助手（也就是那个骑着摩托车从家族聚会中出来查看附近车辆的人）。一名国民警卫队员说："这两个人亲如兄弟，无论做什么都形影不离。他们甚至有两辆牌照号码相连的奥迪S3。"该组织的第三个顶梁柱是何塞·安德烈斯·博维达·奥佐雷斯（José Andrés Bóveda Ozores），又名"查理"（Charly）。这名国民警卫队员讲述的一则逸事说明了"糕点大厨"家族的势力范围。"日前，我们在对'查理'进行审查，我们给他名下的一个停车场打电话，询问有关的保险细节。刚刚问完，没过几分钟，我们就接到省政府的电话，问我们为什么要这样做。我简直大吃一惊。"就在给我讲述的时候，他的表情依然充满狐疑。

"糕点大厨"家族有40人。一位警官说:"虽然从未达到20世纪90年代的集团那样的高度,但他们也非常强悍。他们搞运输,也搞一些分销。他们是我们接触的最接近之前大玩家实力的团伙。"

有的人说得更玄乎,负责调查"糕点大厨"家族的一名国民警卫队员确信他们背后有西托·米南科撑腰,没错,又是他。"我们确信他才是真正的老板,是他在狱中指挥'糕点大厨'家族。"这一理论似乎也并非没有根据:2010年,西托·米南科被转移到了韦尔瓦(Huelva)的一所监狱,一年后,监狱长失去了工作,显然是因为他收受那时在狱中服刑的毒贩的礼品——两三辆高档车。后来发现,西托·米南科在韦尔瓦享受着各种特权,从被允许打电话到获得白天自由的许可。两年后,在他被转移到阿尔赫西拉斯监狱后,他首次获释(这次是官方批准的),就得到了六天的假期。猜他干了什么?当然,他去了加利西亚。在那里,一名国民警卫队员坐在没有标记的车上,看着他与"糕点大厨"碰了面。"我们实在想不通,12年的牢狱后,他出来做的第一件事就是和另一个黑老大碰面。"在这样的事件之后,最高法院在2015年决定禁止西托·米南科再次踏入加利西亚也就不足为怪了。

但这次碰面并没有导致"糕点大厨"被捕。他是2014年12月落网的,同几乎所有的加利西亚毒贩落网的情况一样——洗钱。官方对他的商业往来进行了一次彻彻底底的调查,最后终于发现了马脚:一笔收购刚果一座铜矿的银行转账,像霓虹灯一样映入眼帘。2014年冬,这项调查达到高潮,以数架直升机和警犬为特色的大规模突袭导致比利亚加西亚–德阿罗萨陷入停顿。在他家中没有发现毒品，但当局更感兴趣的是数字，而且长期以来一直如此。到目前为止，这位"糕点大厨"以退休人员的名义经营着多家企业，调查还在进行之中。2015年，他在支付20万欧元保释金后获释，目前正在等待审判。另一位被指控的贩毒宝座继承人是否会因洗钱调查而落马，我们还要拭目以待。一名国民警卫队员说："现在，我们能做的就是盯紧他。"

与"糕点大厨"及其手下狼狈为奸的是来自里瓦杜米亚的"面包师"家族（los Panadeiros）；据调查人员所知，该联盟是近期刚刚建立的。据说，"面包师"家族2006年进军这一行业，起初做些低级的工作，从哥伦比亚走私小批量可卡因，不过只干了一年：2007年，一批270千克的货物在比戈港被查获。两个头目，弗朗西斯科（Francisco）和拉斐尔·托马斯·巴雷罗（Rafael Thomas Barreiro）分别被判十年徒刑。但当局认为，其他家族成员依然很活跃。

他们还指出，还有一个家族偶与"糕点大厨"有合作，他们是来自阿罗萨新镇的一个阴暗的小组织，被称为"屠夫"家族（los Carniceiros）。

"经典"集团：卢卢家族和查林家族

与最近组建的家族并肩运营的有两大"经典"集团，卢卢家族和查林家族。当局称，前者在所有集团中都处于最佳状态，而且制造的麻烦也最多。

卢卢家族最后一次制造新闻是在2014年12月5日，他们与一名穆希亚毒枭兼卢卢家族惯性共犯贝纳迪诺·费里奥（Bernardino Ferrío），和一个有兴趣与他们合作托运货物的团伙安排了一次会议。费里奥是加利西亚贩毒场上的老手，已经进进出出监狱好几次。他在死亡海岸的阿布瓦（Aboi）村中自己的家里接待了这些人。客人中还有几位是哥伦比亚人。原预谋为商定一批货物托运的细节而举行的聚会，很快就变成了一场抢劫；这些所谓的毒贩原来是一个专门抢劫毒贩的团伙，这可算是高危行业，而且如果你的受害者是费里奥这样的人，那就是危中之危了。在当局眼中，费里奥可不是什么好糊弄的角色。其中一个哥伦比亚人开枪击中了他的肚子，但他还是设法举起猎枪进行了还击。四天后，一位哥伦比亚籍的里瓦德奥（Ribadeo）居民出现在卢戈的医院，腿上带着枪伤。几个月后，警方成功地逮捕了这些抢劫大师，他们目前正在被起诉。

查林家族可谓百足之虫，死而不僵，已经发展到了第三代掌舵人。"老爷子"查林显然已经隐退江湖，每天去阿罗萨新镇喝上一杯咖啡，而那些老绅士会凑过来表达他们的敬意。他孙女的丈夫马科斯·比戈（Marcos Vigo）是现任的家族老大。在2013年，他因"信天翁"行动而被捕（据称，当时一名印尼船员频繁浏览黄色网站而导致当局找到了这些货物）。一位警官说："尽管他现在仍在狱中，但我们必须盯住他。他还在插手生意上的事情。我们知道他在监狱里有手机，但我们不去管。"他似笑非笑地说："那样，我们好从中得到一些线索。"

马科斯·比戈曾得到豪尔赫·杜兰·皮耶罗的帮助，此人是罗莎·玛丽亚·查林的合伙人。2005年，他被判九年徒刑，目前正在等

　　　　可卡因海岸

待一系列不同的、越来越多的指控。这两人因涉嫌一起失踪案，也可能是谋杀案而被调查，案件的主人公就是费尔南多·卡尔达斯，那个阿罗萨新镇的年轻人，人们在支撑米拉多罗桥的柱子下面发现了他的尸体。

目前在查林家族中能排上位的还有何塞·路易斯·维尼亚斯·莫尔盖德（José Luis Viñas Morgade），又名"小苹果"（Manzanita），一个没有任何要退休迹象的老江湖。"小苹果"与国民警卫队的第一次接触要追溯到1990年的"海蟹行动"。他参与了一场汽车追逐赛，驾驶一辆载有1.2吨可卡因的卡车，最后被逼到海边。他把货物扔进海里，试图游泳跑掉。他当时的老板，查林家族的另一名合伙人曼努埃尔·雷伊·维拉（Manuel Rey Vila）和他在一起，但他没有跳进大海，而是选择爬上水塔的一侧，躲了进去，被找到时，他已经冻得死去活来。

查林家族中在册的还有曼努埃尔·戈梅斯·雷伊（Manuel Gómez Rey），又名"香法纳斯"（Chanfainas），以及安东尼奥·卡巴拉·马格达莱纳（Antonio Carballa Magdalena）。前者在2006年作为"闪光行动"的一部分落网，他在梅利利亚（Melilla）一个自己经常出没的地方遭到逮捕。貌似"香法纳斯"是以快艇船长的身份为一些摩洛哥帮派提供服务的，那是他于"栈板云斯顿香烟"时代在西托·米南科的手下练就的手艺。至于马格达莱纳，他被控洗钱和参与最近成立的一个放贷诈骗企业，无疑是对贷款敲诈高额利率。

看来，这个家族的其他成员也没有混日子。许多人被作为"重审行动"的一部分在接受洗钱调查。家族中的第一代、第二代和第三代掌门——确实渴望成为掌门的人，都因转移巨额资金而被指控。2009年，该家族在一次国家拍卖会上出价80万欧元，竞购一家他们以前拥有的被征用的罐头厂。这是一个循环隐喻，似乎是加利西亚贩毒背景中最恰当的写照。

"小不点"家族

早在"海蟹行动"中就非常活跃的毒贩还有何塞·费尔南德斯·图尔斯（José Fernández Touris）。此人是一名当地人，20世纪80年代移民后，重返加利西亚，在阿罗萨新镇成立了一家建筑公司，之后开始从事烟草走私。1992年，他转向毒品走私，试图在一艘英国游艇上将2吨可卡因运上岸。他的儿子们现在掌管着这个被称为"小不点"的家族（los Peques），不过内部权力之争似乎从未间断。2009年夏天，其中一个儿子步行穿过坎巴多斯市时，两个罗马尼亚人跳了出来，将他一顿暴揍。详细情况如下：一个人从后面抓住他，另一个上去就是一阵拳头；跟电影中的场面一样，不同的是这是在市中心，在光天化日之下。被袭击的受害者身强体壮，一人独战双雄，将抱着他的人摔翻在地，而且反击数拳，两名袭击者落荒而逃。这还不算完，"小不点"上了他的四轮驱动奔驰车，一路追赶那两个开着宝马的人。他开车撞击他们，结果两辆车在路边均被撞得面目全非，引来大批当地人围观，个个目瞪口呆。国民警卫队赶来清了现场。据大家所说，这场斗殴是家庭成员授意的，起因是家族族长财产继承的纠纷。

"骡子"家族

来自比利亚加西亚–德阿罗萨的被称为"骡子"（Burros）的封闭家族格外引人注目，在阿罗萨集团中，它目前比较活跃且处于监视之下，又没有悠久的历史。似乎早在20世纪90年代，"骡子"家族就开始从事贩运活动，只是没有那么活跃。尽管他们有多年的从业经验，但他们并没有大批量开展业务——也许一年就一两单而已，但每单都呕心沥血。他们其余的时间和精力都用于将收益投资于各种不同的生意。其中一些在该地区相当有名，包括一家颇受欢迎的游船公司。费利克斯·加西亚说："他们一直处于大玩家的庇护之下，行事一向谨小慎微。但他们却是响当当的厉害角色。"

"骡子"家族的大佬在政界颇有人脉。2011年"冠军案"（Campeón）爆发时，他的名字见诸报端。"冠军案"是桩政治融资丑闻，牵连了加利西亚一些最高层级的公务员，至今仍未完全解决。

普尔戈家族

普尔戈家族是另一个来自博伊罗的血脉相连的小家族。该组织的常规方法是为更强大的黑老大提供服务。近年来，他们主要为"主席"何塞·曼努埃尔·维拉·西埃拉效力，他也是博伊罗人而且是海湾河口克莫拉的接头人。事实上，调查人员正在调查"主席"作为该家族目前一把手的可能性。2009年，他和儿子被判处15年监禁，原因就是参与了我们之前讨论过的命运女神号渔船的工作，此案截获了5吨运往意大利的可卡因。

不明身份的毒枭

　　从这里唯一能去的地方就是黑暗的投机领域。一位当地记者指出,许多有权势的加利西亚企业家都曾是贩毒头目。事实上,这纯粹是一个公开的秘密。在2010年接受一家比戈报纸采访时,蓬特韦德拉的禁毒检察官表现了前所未有的坦诚:"在当地仍有一些重量级的毒枭在活动,我认为在现行的立法下,我们永远也抓不到他们。他们总是设法保证商品安全,从不与运营物流有任何关系。"对此,记者补充道:"他们是商人,不招惹麻烦。他们将大量责任委派下发,这使得他们几乎不可能与任何行动有勾连。"他在新闻界的另一位同事胡里奥·法里亚斯进一步指出:"这些人已经富甲一方,只是偶尔从事一些犯罪活动,不是在加利西亚,而是在西班牙的其他地方。他们挑选一个他们知道不受监视的地方出出进进而免受惩罚。"警方的观点则不那么绝对:"可能有某些个人为行动提供资金,但他们这样的人不是我们认为的黑老大。如果任何人想继续卷土重来争取更多,任何地方有持续和持久的活动,我们都会轻松觉察。在我们看来,没有什么厉害的黑老大能逃过我们的眼睛。但是,人们对此议论纷纷。"

　　只有时间才能证明这些据称的黑老大是否存在,然后看当局是否能抓到他们。无论是哪种情况,我们永远都知道,除了西托·米南科、乌比尼亚家族和查林家族,加利西亚还有其他人在这一行做得风生水起。这些人的身份永远不会被完全知晓,而且他们的故事可能永远不

会被记录在书中，也就是说，如果哪个"白痴"有心给加利西亚贩毒
活动著书立说，那么想书写这些人都是痴心妄想。

瘟 疫

埃丝特·拉戈的女儿一天与一个女友结伴出行。"也许是她的表妹，我不太确定。"比利亚加西亚–德阿罗萨一家商店的老板娘米拉格罗斯（Milagros）说道。一天下午，埃丝特·拉戈的女儿和她的亲戚来到了她的商店，话说那已经是五年前的事情了。"我一眼就认出了她。我不记得她到底想买什么了。"米拉格罗斯用了"想"，因为最后她什么也没买。当她到收银台付款时，米拉格罗斯说她的钱不干净，对她下了逐客令。"她微微一笑，看了看钱包，拿出了两倍的钱……"此时，米拉格罗斯言谈间几乎无法掩饰她的愤怒，20年前，她的儿子阿方索（Alfonso）没有战胜毒瘾而丢了性命。"我抓起硬币，扔到了街上，它们弹到了商店橱窗上。我又对她说她来错地方了。"埃丝特·拉戈的女儿捡起钱，看了米拉格罗斯一眼就走了。"我记得我打算告诉她她手上沾满了血，但那些话还是没有说出口。"

下海湾这条划分正常社会生活和贩毒活动的界限，在20世纪80年代根本看不见，在90年代模糊不清，而今越来越清楚。任何参与这一勾当的人都被认为是罪犯，既不用委婉地表达，也不能赢得钦佩。然而，经过几十年的黑帮文化后，某些回响仍然存在。引用胡里奥·法里亚斯的话来说："宽容已经根深蒂固。人们学会了忍受明显非法的活动。"这种共存仍然存在，虽然不那么公开。这仍然是人们不想听到的，更不想从出版物上看到的东西。

对家族行动的有罪不罚现象已经不复存在，但缄默法则并没有消失，一点儿也没有。当地人依然掌握情况，也依然一言不发。比利亚加西亚－德阿罗萨警察局前局长恩里克·莱昂说："想想，个人又能做什么？"这个反问句指出了造成整个现象的关键问题之一：一个个体要如何解决如此广泛的问题？报警？诉诸新闻？第二天会面临什么？你刚才一直在说的毒枭也是你的邻居。罪犯知道你是谁，你住在哪里，你在哪里工作。归根结底，要解决问题的不应该是警察吗？这难道不是他们的工作吗？这种逻辑完全合理，但仍然不能证明在下海湾的喧嚣中保持缄默是合理的——"这不是我的问题"这种态度正是阻止人们支持社区禁毒措施的原因。这种缄默在阿罗萨新镇这样的小地方比在比利亚加西亚－德阿罗萨和坎巴多斯这样更大、更现代化的城镇更为明显。村子越小或越偏远，打击贩毒就越困难。在深入最远的地区之前，政府还有一段路要走。

米拉格罗斯说："人们只是不愿意蹚这个浑水。因为他们害怕，因为他们更愿意避而不看。人人都说对他们恨之入骨，但没人付诸任何行动。以前我们有成百上千的人参加游行和集会，人们都团结一致……现在，我们中最多有12人，而且都是母亲。除非人们身受其害，否则他们不会参与进来。"

一位当地记者表示同意："现在人们的态度是，反正永远都是这样；消极情绪盛行。"

自从儿子死后，米拉格罗斯和她的丈夫老阿方索一直在为"人性计划"（Proyecto Hombre）做志愿者，这是一项帮助年轻吸毒者的计划。"我们花了好几个月才找到自己的落脚点：人们都不想租地方给我们。这里的每个人都在谈论他们是如何反对毒贩的，但是当事情落到实处时，他们都懒得动动手指。现在我们只剩四个人在这里闹闹动静。"人们不想惹麻烦：这也许是可以理解的缄默法则今天在加利西亚依然盛行的原因。

海湾河口的某些特定人群相比其他人对毒品贩运的态度更加开放。对于那些不太富裕、生活选择较少的人来说，靠卸货赚钱的机会有时是难以抗拒的。那些个诱人的出价并非空穴来风——并不是说昆卡（Cuenca）某个领救济金的人会突然收到运送可卡因去海滩的邀请，而是机会就摆在那里，是一种存在，一种潜在的而且几十年来一直未曾消失的存在。只要对这一轻而易举的工作说"是"，马上就有出路——这是合法的劳动力市场根本无法提供的。毒品贩运仍然是一个可行的选择。加利西亚禁毒基金会经理费尔南多·阿隆索解释说："这是一个很难防范的层面，比如一个年轻人，20来岁，没有工作，家庭拮据，没有前途可言，然后有人给他5000欧元，让他开一辆车去趟马德里，把车停在停车场，然后再开另一辆车返回。你如何为此立法？"我曾采访过一个叫安东尼奥（Antonio）的阿罗萨新镇年轻人，他十几岁的时候，就有人找到他让他参加落货。"我说我不想和它沾边，但我的两个朋友去了，接下了那份工作，是可卡因，这是他们两人最后一次接这种活，但他们每人得到了1000欧元，而这只是一份20分钟的活。"这绝非是孤立的个案。

然而，如果将整个现象归结为走投无路的人的退出策略，又有点操之过简，似乎是在说为糊口而偷窃。很多时候，涉足其中的人员并没有经济困难，有时甚至来自富裕家庭。在海湾河口，贩运毒品几乎可算是一种家族生意，一种天命所归。你只需看看20世纪90年代初那些贩毒者的姓氏便可知：通常与今天涉及贩毒的个体没有什么不同。就算不是血亲，最起码也是朋友、邻居、生意伙伴……有一种向内的关系，甚至到近亲繁殖的地步。像一种传统，动力船会得到继承。就好比你曾祖父开了一家鞋店，你便被默认与之相关。

我们不妨做个社会分析。今天加利西亚的毒品贩运主要分为两个层次：毒枭大佬和小毒枭（narquito）或小毒贩。大佬掌控行动，是家族的头目（或头目之一），通常出身卑微，从事报酬微薄的家族生意，以此摆脱当局的注意：如果他的祖业是拾蛤，那么他还会继续拾蛤，只不过他会开着奥迪车回家；如果其祖业是从栈板上采贝，那他也会继承这份工作，但大佬妻子的手提包将是古驰（Gucci）名牌。这就是前面提到的，独特的加利西亚式媚俗：一个女人在海滩小屋里做炸鱿鱼三明治，手腕上戴着的却是劳力士手表。这些细节会透露你想知道的关于下海湾的一切。

另一种大佬是成功的企业家，外在的形象是受人尊敬的人、酒店老板、船厂老板、船运公司或房地产代理公司的老板 —— 同时兼营托运，并将利润注入他们的各种生意。阿罗萨新镇的居民巴勃罗（Pablo）说："尽管如此，他们在我们中间还是很突出。你能看出来，他们的仪态、举手投足，甚至说话的方式，处处都标榜着他们是毒枭。"

从大佬往下一级就是他们的后代，就是"爹爹的儿子"，用比利亚加西亚－德阿罗萨居民维罗妮卡的话说："这些新贵，要多嚣张有多嚣张。"你有时会听到他们当中有人"去读研了"—— 这是当地关于逮捕的暗语。巴勃罗笑着说道："在这一带，基本上就是这个意思，读研，换句话说，就是蹲大狱。"

最底层的就是小毒贩了，那些在这行初出茅庐的年轻人，偶尔做些零工，如跑腿的、快艇船长、哨兵……一个容易识别的社会群体：醒目的加强版汽车（如果做不到，那就是醒目的加强版摩托车），乐得为酒吧里的每个人买一轮又一轮的酒喝，身穿带着商标的名设计师服装……所有这些人都20来岁，没有固定的工作。巴勃罗说："在某些社交圈里，为毒枭充当走卒很酷。人们都心向往之。甚至还有一些家伙假装那就是他们的职业，虽然事实并非如此。"分析大众看法的风险在于，人人都可能突然成了嫌疑人。

"有一种方法，可以直截了当地加以区分。"我采访的一位坎巴多斯人称，"尤其是年轻的一代：一辆宝马驶来，巨大的引擎，坐在驾驶座上的那个人大约22岁，具有那种人特有的面庞，身板粗壮得像块面包。说实话，在这里，有这些就足够了。像他这样的人去哪弄一辆那样的车？你问别人，他们会说：'哦，你说他呀，他是维拉胡安的机修工。'世事难料。"

这类年轻人多半早早辍学，很快就尝到了成功的滋味，哪怕是昙花一现。来自格罗韦的年轻律师玛丽亚（María）语出惊人："在我攻读法律学位期间，我偶遇了一个幼时上学的同伴，一个中途辍学的家伙。他开的是敞篷车，问我要不要去兜风。他不停地问我同一个问题：'你的学位有什么意义，何必费那工夫？'他没有取笑我的意思，而是他真的搞不懂，他和他的朋友都已经有了他们的上上选择。"

玛丽亚后来还为类似的年轻人出庭辩护。

不仅仅是这些小毒贩会引人下意识地猜疑。在阿罗萨，一系列的社会信号会自动引发疑虑。维罗妮卡说："你看到这附近有一座大房子，金碧辉煌、各种雕像、豪华瓷砖，你首先想到的是……其实，你可以想象人们会怎么想。"巴勃罗补充道："你路过一家酒吧，外面有三辆跑车，你首先想到的是，里面一定有什么勾当。"阿罗萨新镇的另一位居民所说的更为深入："如果你看到两个或多或少有点名气、腰缠万贯的人在餐馆一起吃饭，你会立刻心生好奇。他们两个可能在聊什么？！或者如果你看到一个你认识的跟贩毒掺和的人，他正在和某位商人或店主一起喝酒……你会很清楚他们的共同点是什么。"

问题在于家族帮派的活动与普通社会活动之间的重叠程度。他们目前的所作所为，以及他们长期以来的所作所为，已经影响到了整个地区。比利亚加西亚－德阿罗萨的阿贝尔说："太疯狂了，到处都是大量的毒品，简直是太疯狂了，可卡因唾手可得，比大麻还容易。"在过去的岁月里，走进比利亚加西亚－德阿罗萨的一家酒吧，你会经常看到人们排着队随时准备来到台球桌边。在加利西亚所有的公共厕所，你会发现门上都有窥视孔，这样人们就可以望风。阿贝尔接着说道："我记得有一天晚上出去玩，我上完厕所，去洗手，不小心把水弄到了我不曾留意到的白粉上。天哪，它们就摆在那里，随时准备被吸食。好像大家都明白，没人会去动它们。当我醒过味来的时候，我立马抽身跑掉了。"

而且这个地区已经名震四方。"如果你去马德里，或者去西班牙其他任何地方，说你是比利亚加西亚-德阿罗萨人，你总会听到一些笑话，有人会问你可否卖给他们一些可卡因。"维罗妮卡说，"实不相瞒，我自己就经历了很多次。他们一听你口音就能判断。"

在这样一个弹丸之地，充斥着如此大量的毒品，带来了其他恶劣的后果。米拉格罗斯的儿子阿方索为戒掉可卡因和海洛因毒瘾，苦苦挣扎了三年，于1993年失去了活下去的念头。25岁时，他在圣地亚哥-德孔波斯特拉的一家旅馆上吊自杀。米拉格罗斯描述了他成长的过程："就像所有阿罗萨的年轻人一样，周围都是毒品：正是毒品夺去了他的生命。不可思议的是，在我所有的孩子中，阿方索是最中规中矩的一个，你一直认为他是最不可能偏离轨道出格的。但是……"在下海湾，一切都是"但是"。"例如，阿方索加入了马林海军学校的军乐队 —— 我们送他去那里是为了让他远离这一带所有的弊端。之后我们却发现那里的中尉在贩卖毒品。"讲到此处时，米拉格罗斯崩溃了。

她的丈夫老阿方索接过话头："我觉得最难相信的一点是，父母也参与其中。我认识这个地区的一些人，毒品害死了他们的孩子，而他们还继续走私毒品。"毒枭文化并非最具原则性。"这里的每个人都知道毒枭的子女同样是瘾君子。"米拉格罗斯和阿方索作为"人性计

　　　　　　可卡因海岸

划"的志愿者，其经历是反映毒品走私这一沉重的、不容乐观现实的典型。

"我记得有一天送这样一个年轻人回家。那天他毒瘾发作了，躺在街上，不成人样。我们把他弄上车，他指给我们去他家的路。我们到了他家门口，他妈妈帮我们把他弄进屋里，扶上床。整个经历已经将她拖垮，她泪流满面。要知道，她家房子对面有三栋豪宅。车道上有几辆奔驰和四轮驱动车，豪宅有宽敞的大门。她指着他们说：'是他们、他们和他们。'"

把她的儿子引上这条不归之路的人就住在30米外。

在加利西亚自治区仍有厚厚的西班牙白粉遮羞布。过去和现在，利用大量的毒品赢利进行的投资，数不胜数。数百家合法企业——从咖啡馆到迪斯科舞厅再到商店——最初都是通过某种托运或其他方式的背后收益所建立的。20世纪80年代阿罗萨新镇市长何塞·巴斯克斯一语道破："问题很严重：在某段时间，鲜有几家地方公司与毒品贩运没有任何联系。我觉得难以启齿，对我来说很痛苦，但这是事实。"2010年，海关监督局统计出比利亚加西亚-德阿罗萨的100家被用作洗钱的幌子企业。在"帕托科"死后，国家没收了124处独立财产，所有这些财产都与此人有关。根据加利西亚禁毒平台（Plataforma Galega contra o Narcotráfico）1997年的统计，当时阿罗萨有八成的酒店属于毒品贩子。碰巧，负责这项统计的人是米拉格罗斯和老阿方索的朋友。他们说，当他从宣布这项统计的新闻发布会上走出时，他的汽车轮胎被割破了。他们并没有在说笑。

在阿罗萨新镇，有一个只有10500个居民的地方。在一次审计中，当地一家咖啡馆老板对当局说，他们每天要做2000杯咖啡，且面不改色。

米拉格罗斯说："这些人靠毒品来赚钱，而我们还得眼睁睁地看着他们开着豪车，住着豪宅，表现得好像他们是成功的商人一样。"

"你举报他们不害怕吗？"

"害怕？我才不怕他们。在我失去儿子的那一刻，我就无所畏惧了。"

要做一名正直的公民并不容易，因为当地八成的酒吧都是用非法活动的收入建起来的。维罗妮卡说："我从不走进他们开的酒吧。有很多人和我的想法一样，但也有很多人不这么想，他们不在乎，有时问题是你不能完全确定哪些是他们开的。其他时候，你别无选择：因为这片就这么一家。"米拉格罗斯表示同意："我想我可能在毒贩的商店里买过东西而自己却毫无意识。这附近几乎没有什么东西不归他们所有。但我总要设法弄清楚店主是谁。我所能做的也只有这些……"当人们走进米拉格罗斯的商店时，她看到他们手中的购物袋是来自她所知道的某个与毒贩有关的商店时，她就会把购物袋收掉，给他们换一个新的袋子。"人们不在乎，他们还是要到那些地方购物。就算是子女参与'人性计划'戒毒项目的那些父母，也会大把大把地把钱花在用毒品钱开设的商店里。"稍作沉思后，我觉得她似乎一针见血地指出了当前的困境："你知道吗？之前那些曾经对毒枭避而不看的人，现如今对毒枭的钱避而不看。"

　　　　　　可卡因海岸

从这些家族手中没收的所有资产都交给了卫生部的国家禁毒计划，但这一程序存在许多问题：到起诉展开时，这些资产经常已经大幅贬值。在加利西亚的仓库里堆满了生锈的船体。这是20世纪80年代的情况，但至今仍没有采取任何行动加以改变。

　　在被告人被判刑之前，这些资产不得出售，但他们往往要过很多年才能被判刑。拉科鲁尼亚查封资产基金（Fondo de Bienes Decomisados）的仓库里堆满了一架子一架子的跑车、游艇和舷外马达，除了那些黑老大的亲属所认领的，一切都慢慢变成了破铜烂铁。费尔南多·阿隆索解释说：“那些被捕者的妻子或孩子可以继续开宝马，或住在昂贵的别墅里，这给人一种有罪不罚的印象，这反过来又让我们这些与罪犯作斗争的人感到灰心丧气。”最典型的例子就是西托·米南科的资产：直到今天，他的家人仍在享受他的“劳动成果”，从别墅到顶级轿车。

　　有一种方法可以避免这种情况，即所谓的“所有权预转移”，如果法官希望在判刑前扣押资产，他们可以采取这种方法。问题是很少有法官使用它，因为它会带来一定的风险。2013年冬，费尔南多·格兰德–马尔拉斯卡（Fernando Grande-Marlaska）法官在关键证人何塞·路易斯·费尔南德斯·托比奥决定不出庭作证后宣布“糕点大厨”及其家族无罪。随后，法院被迫撤销此前对其企业和车辆实施的所有限制措施，并重新激活了被冻结的银行账户。这触及一个庞大的官僚体系——一个仍在吃力运转的官僚体系。

　　国家法院检察总长哈维尔·萨拉戈萨解释道：“法院通常不批准所有权预转移，我们看到一种普遍趋势，就是我们只是持有这些资产。”

这意味着大约三分之一的资产最终都被丢弃在废品场。

"这要下大功夫整顿。"负责查封拜恩庄园的律师路易斯·鲁维·布兰克显然很恼火,"应该禁止西托·米南科的家人继续从他的活动中获益。这些程序本身需要改善,因为目前,行政程序可能需要十四五年才能完成,资产就会失去其价值。光说没有足够的资源,没有足够的人力远远不够,必须加以健全。"

费尔南多·阿隆索的语气更为强硬:"我们希望财产能尽早被封禁,并使之成为常态,而不是不得不向法官请示。我们要求改变被证明有罪之前的无罪推定。"

这样的转变很难实现:当局必须推定某些资产是用非法活动的资金获得的。这就把证明资产来源于合法活动的责任推给了业主。如果法官怀疑比利亚加西亚-德阿罗萨的一个杂货商同时拥有三栋别墅和五辆汽车,从而对他提出指控,那么杂货商必须证明自己清白。这种有罪推定不符合西班牙宪法,但在多年的有罪不罚之后,许多海湾河口的人会支持这种推定。

前景并非那么不乐观,从毒贩手中缉获的三分之二的财产被成功售出。原来归查林家族所有的"皇家景观"庄园,现在向公众开放(实话实说,尽管情况有些糟糕),园中有一块牌匾纪念着打击"加利西亚黑手党"的胜利,引用的是巴勃罗·聂鲁达(Pablo Neruda)的名言:"他们可以砍掉所有的鲜花,但他们阻止不了春天的到来。"这是为了专门纪念加利西亚所有毒品贩运的受害者。还有一个例子:当地区政府选择一家公司重新装修和修缮拜恩庄园大楼内部时,他们规定禁止任何涉及毒品或毒品贩运的信息,这点不容商榷。

加利西亚的政治似乎从某种角度也被净化了。在过去的那些年里，就选票而言，站在毒贩一边还是划得来的。即使费霍被拍到乘坐马西亚尔·多拉多的游艇游玩时并不光彩，但这一丑闻最终还是被遗忘了，费霍保住了他的工作。而今一旦毒贩被认定为罪犯，政客们就不再和他们穿一条裤子了。不过这确实有一个负面影响：在疏远的同时，这些政客也同样会停止对此采取任何行动。正如2008年经济衰退以来的所有情况一样，资源越来越难以获得：例如，海关监督局的巡逻船管鼻燕号（Fulmar）于2014年从比戈迁至加的斯，警方和国民警卫队都心怀不满。一位警官说："到处都是裁减，这正中毒枭下怀，使他们有可乘之机。一切都为打击恐怖主义服务，我想这也无可争议，但这只会让事情变得难上加难。"

而且，正如我们已经看到的那样，媒体人士也放松了警惕，这点也渗透到许多加利西亚人的态度中，他们把毒品贩运视为一种记忆，而不是当前的现实。几百年来被海盗袭击的商船，从葡萄牙越过西葡边境运来的青霉素和废金属、一罐罐汽油、一箱箱香烟，还有——"大飞跃"——一捆捆被冲到海岸的可卡因，都化成了记忆。如今，人们仍在寻找新的利基市场来储存可卡因，并开设了新企业来消化赚取的利润。从塞尔索·洛伦佐·比利亚和维森特先生到"糕点大厨"和"帕托科"，从西托·米南科到查林家族的第三代，从划艇到1000马力马达的动力艇：

一切尚未结束，因此绝不能忘记。